Endler · Musik auf Reisen

Ein Österreich-Thema aus dem Bundesverlag

Franz Endler

Musik auf Reisen

Unterwegs mit Wiener Ensembles

Österreichischer Bundesverlag · Wien

Diese Buchreihe ist Österreich gewidmet: Österreich mit seinen geistigen Kräften und Strömungen, Österreich mit seiner historischen und seiner kulturgeschichtlichen Bedeutung, Österreich mit seinen landschaftlichen Besonderheiten, seinen Persönlichkeiten und der so vielfältigen Wesensart seiner Bevölkerung. Vieles bietet sich an. Es soll nach und nach behandelt werden – anregend geschrieben und zugleich hohen Ansprüchen genügend.

Bildnachweis

Archiv der Wiener Sängerknaben: 75, 173 – Die Bunte/Krebs: 13, 97, 101 – Alfred Dutka: 23, 40, 71, 123 – Harald Hofmeister: 145 – Hans Reissner: 43 – Nora Schöller: 135 – Yamaha: 149
Die übrigen Bilder wurden vom Autor zur Verfügung gestellt

Satz: Times 10/11 Punkt
Gedruckt auf holzfrei Offset 120 g
Druck: Wiener Verlag, Himberg
ISBN 3 215 **04945** 7

Für Hans Weigel

Inhalt

Begonnen hat es . . .

Dies ist ein hoffentlich lesbares, wenngleich ein freilich recht sprunghaft erscheinendes Buch. Es ist Tag für Tag auf einer Ostasienreise der Wiener Symphoniker geschrieben – den plötzlich auf den Autor einstürmenden Anregungen oder Erinnerungen folgend. Das heißt, daß Tagebuchnotizen und Prinzipielles und Sentimentales und Persönliches kunterbunt auf den folgenden Seiten zu finden sind und hie und da eine Anmerkung, die wahrscheinlich nur Musikfreunde ganz begreifen. War ursprünglich anders abgemacht, als der Titel „Musik auf Reisen" entschieden wurde. Da gab es ein Vorbild,

Die Wiener Symphoniker in der Osaka Festival Hall – Wolfgang Sawallisch leitete 1967 das erste Konzert auf „heiklem Boden"

eine herrliche Studie von Truman Capote, den es mit einem „Porgy and Bess"-Ensemble nach Leningrad verschlagen hat.

Jetzt aber ist so gut wie nichts mehr vorhanden, was wenigstens den Autor noch an seine imaginierte Vorlage erinnert, und eigentlich hätte sie gar nicht mehr erwähnt werden müssen. Aber das wäre unaufrichtig gewesen, und wenn in den folgenden Kapiteln etwas gelten soll, dann soll's die Wahrheit sein. Es hat sich alles zugetragen, wovon da geschrieben wird, und hat sich alles so zugetragen. Es hat sich früher einmal oder auf dieser Reise im Jahre 1982 zugetragen, und der Autor hat es so erlebt.

Die Helden dieses Buches sind oder waren Musiker. Sie sind oder waren auf Reisen. Der Autor möchte gerne weiterhin ihr Beobachter bleiben, ihnen allen in Freundschaft oder höflicher Wertschätzung zugetan. Auch wenn sie sich in diesem Buch selbst finden.

Sehr viel mehr vorwegzunehmen scheint sinnlos. Ich liebe Wien, Musik, Musiker und vor allem, über Wien, Musik und Musiker schreiben zu dürfen. Ich weiß, daß ich damit nie fertig werden kann. Weil dazu ein Leben nicht reicht.

Wiener Musiker werden wieder auf Reisen gehen. Ich kann's ja wieder einmal versuchen. Für diesmal muß ich diesen Versuch als Buch ausgeben. Weil meine Reise zu Ende ist.

Tokyo, den 1. April 1982

Symphoniker und Philharmoniker

Wir haben Schwechat noch kaum hinter uns gelassen, da passiert's. Neben mir hat sich ein weiblicher Passagier mitten in die spürbar zusammengehörige Gruppe verirrt. Merkt, daß sie nicht dazugehört, und will wissen, wer da unterwegs ist.

Laut und deutlich erkläre ich, dies seien die Wiener Symphoniker auf ihrer Reise nach Hongkong.

Und eine Minute später stellt die junge Dame nicht minder laut und deutlich die Frage, auf die es mir ankommt. „Die Philharmoniker sind doch subventioniert. Warum fliegen sie da mit einer Linienmaschine?“ Wäre das erlaubt, ich würde laut herausjubeln.

So aber überlasse ich die knappe Antwort dem Cellisten Thomasberger und hebe mir die ausführliche für mein Buch auf.

Hier ist sie, gegeben der jungen Dame, die Kindermode vertreibt, und den Lesern dieses Buches. Gegeben in Hongkong; draußen proben die Symphoniker für ihr erstes Konzert in der City Hall.

Was den Unterschied zwischen Wiener Symphonikern und Wiener Philharmonikern anbelangt, so gibt es darüber noch keine Literatur, aber ungezählte Mißverständnisse.

Die Wiener Symphoniker sind ein Konzertorchester im Solde eines Vereins, der in der Hauptsache von der Gemeinde Wien unterhalten wird. Sie veranstalten einige Konzerte nach ihrem eigenen Geschmack, musizieren aber in der Regel als ein Ensemble, das von Konzertveranstaltern in Wien und anderswo engagiert wird wie der jeweilige Solist und Dirigent. Bei besonderen, jedoch auch jährlich wiederkehrenden Gelegenheiten werden sie als Opernorchester engagiert und musizieren bei den Wiener Festwochen und den Bregenzer Festspielen „Lucia di Lammermoor“ oder „Kiss me Kate“.

Wenn sie Schallplattenaufnahmen machen, schalten sie zur Regelung der finanziellen Angelegenheiten eine Art Arbeitsgemeinschaft ein, die „Symphonia“ heißt und von Vertrauensleuten des Orchesters geleitet wird.

Insgesamt aber sind sie Tag für Tag vor allem die Wiener Symphoniker.

Die Wiener Philharmoniker dagegen sind genaugenommen erst einmal Mitglieder des Orchesters der Wiener Staatsoper, beziehen aus dieser Tätigkeit ihr Grundhonorar und ihre finanzielle Sicherheit als Angestellte des Staates. Als Mitglieder des privaten Vereins Wiener Philharmoniker veranstalten sie in Wien Konzerte im Abonnement, lassen sich zu seltenen Gelegenheiten als Konzertorchester engagieren und gehen auf Reisen, wenn ihre Urlaube vom Stammhaus Oper es erlauben. Musizieren sie bei den Salzburger Festspielen, so heißen sie auch an Opernabenden Wiener Philharmoniker, werden aber ungefähr nach den Sätzen engagiert, die man dem Orchester der Wiener Staatsoper bezahlen müßte.

Das heißt, ganz vereinfacht, daß sie ihren Titel aus ihrem Nebenberuf ableiten, aber Anspruch darauf erheben, das beste Orchester Wiens zu sein, was ihnen auch meist zugebilligt wird, da man in Wien weiß, daß alles, was man gern tut, eine Spur besser gelingt.

Symphoniker geben völlig berechtigt zu bedenken, daß sie das große Wiener Konzertorchester sind. Philharmoniker geben gar nichts zu bedenken, sondern stimmen der allgemeinen Meinung zu, daß sie das erste Orchester der Stadt sind.

Den Unterschied kann man manchmal auch hören, wenn man im Konzert sitzt. Wenn man im Flugzeug eine naive Frage hört, begreift man ihn noch besser.

Was die Frage nach der Subvention und der Linienmaschine angeht, ist die Antwort noch sehr viel diffiziler.

Wenn die Wiener Philharmoniker auf Tournee gehen, tun sie es in der Regel in ihrer Eigenschaft als private Unternehmer. Sie lassen sich von Veranstaltern engagieren, die Reisekosten und Honorare in der Höhe übernehmen, die das Orchester verlangt. Dank kluger Verträge nützen sie Geld aus einer Reise für die Finanzierung einer anderen, Honorare aus Konzerten im Osten manchmal zur Bezahlung von Flugreisen im Westen und so weiter – Subventionen, wie man sie flüssig machen muß, um eine Reise der Wiener Staatsoper zu finanzieren, brauchen sie kaum.

Die Wiener Symphoniker, deren Marktwert niedriger zu veranschlagen ist, gehen auf Wunsch ihres Vereins auf Reisen. Musiker für Musiker, sind sie auch auf Reisen nicht Unternehmer, sondern Arbeitnehmer und haben ihre Forderungen, die

Karl Böhm und die Wiener Philharmoniker bei ihrem letzten gemeinsamen Auftreten in Tokyo anläßlich des Staatsoperngastspiels 1980

sich aus den Einnahmen der Konzerte nicht erfüllen lassen. Stadt (und Verein) schießen daher Beträge zu und können natürlich sehr viel weniger flexibel planen.

Linienmaschinen aber werden benutzt, weil man als Organisator einer Symphonikerreise zu bedenken hat, daß auch ein Reisetag bezahlt werden muß, daß nur eine bestimmte Anzahl von Stunden Reisedienst zu bezahlen ist, daß daher geflogen werden muß, wie es am günstigsten zu honorieren ist. Bestbieter, wovon der Generalsekretär des Orchesters gern erzählt, ist daher nicht die billigste, sondern jene Fluglinie, deren Flugplan am ehesten ins Dienstschema des Orchesters paßt.

Wir sind noch an der Oberfläche; die Frage wird noch viele Antworten herausfordern. Hoffentlich komme ich bis Tokyo mit ihr zurecht. Dann sollte ich nämlich fertig sein mit meinem Manuskript.

Schließlich soll der geneigte Leser im Folgenden nicht nur den Unterschied zwischen den Wiener Symphonikern und den Wiener Philharmonikern kennenlernen, sondern auch wissen, warum und unter welchen Bedingungen sich Musik auf Reisen ereignet. Es sind nämlich, wie man es aus einer recht langen Erfahrung erzählen kann, immer ungefähr die gleichen Bedingungen, nur dadurch jeweils etwas variiert, welche Interpreten gerade in welchen Gegenden der Welt unterwegs sind. Aber auch diese Variationen wird man, hoffentlich, spüren. Obgleich das Buch immer wieder von Hongkong und Fukuoka und Christoph von Eschenbach und Brahms handeln wird.

Ich weiß nicht mehr, was der Symphoniker-Cellist Thomasberger im Flugzeug geantwortet hat. Aber die junge Dame, die schon in Frankfurt ausstieg, war ihrer Ansicht nach mit den Wiener Philharmonikern, einem subventionierten Orchester, unterwegs. Und ich, neben ihr sitzend, bin mit den Wiener Symphonikern weitergeflogen.

Generalsekretär für alles

Auf dem Flughafen Frankfurt, diesem internationalen Attnang-Puchheim des Reiseverkehrs, unterbricht Generalsekretär Lutz Lüdemann seine Lektüre und wundert sich, daß ich noch keine Fragen gestellt habe. Er liest Peter Weisers vorzeitig erschienene Lebenserinnerungen und versucht so in die Wiener Mentalität einzudringen – er tut's schon seit einigen Jahren, aber solange ihm ein voller Erfolg nicht beschieden ist, wird er zweifellos ein guter Generalsekretär bleiben.

Lüdemann stammt aus Deutschland, hat aber energisch beschlossen, in Wien zu leben. Er hat seine Frau und sehr viele Kinder in dieser Stadt angesiedelt, er verbirgt seinen Hang zur Perfektion, und er versucht, seinen Fleiß nicht jedermann spüren zu lassen.

Wenn Veranstaltungen zu organisieren sind, bei denen er im Dauereinsatz sein und ein Walkie-talkie benutzen kann, blüht er sichtlich auf. Er nimmt Hürden, die sich zwischen einem Wiener (oder einem Wiener Orchester) und einem Mann aus der Bundesrepublik ergeben wie Märzveilchen im April, auf eine durchaus sympathische Art.

Seine Vorgänger bei den Symphonikern hießen Direktor und waren nicht immer glücklich im Amt. Einer war sogar ein ehemaliger Wiener Philharmoniker, von dem man sich erwartete, daß er seine lebenslange Erfahrung als Mitglied dieses Konkurrenzensembles ins Geschäft einbringe. Aber auch das mißlang, auf dem so völlig anderen Boden welkten die Ideen des philharmonischen Direktors rasch und sichtbar.

Einer war Wiener, jedoch mit Auslandserfahrung. Auch er war nicht vom Glück verfolgt und ist jetzt – ja, eigentlich weiß niemand, was er tut, er hat das Orchester verlassen, und seither gibt es ihn nicht mehr. Manchmal hört man Gerüchte, das Rathaus unterstütze ihn noch, weil man in Wien immer auf Unterstützung hoffen kann, wenn man einmal im Dunstkreis der Mächtigen war.

Lüdemann ist anders. Er ist nicht Direktor, sondern Generalsekretär. Seine Pflichten füllen ihn aus, seine Gesprächspartner mögen ihn zumeist. Er hat einige Differenzen zwischen dem Orchester und seinem Dienstgeber ausgeräumt und einige Differenzen zwischen dem Orchester und seinem Amt, das er nicht so persönlich sieht, beigelegt. Und nebstbei erntet er, was die Zeit so mit sich gebracht hat – der Betriebsrat des Orchesters hat sich verändert, einige Streitfragen sind ein für allemal geregelt, einige Regeln sind vom Verein, vom Generalsekretär und vom Orchester akzeptiert.

Das heißt, man hat einige Regeln erfunden, um das Zusammenleben reibungsloser zu gestalten.

Um das zu erklären, muß ich erwähnen, daß jedes große Orchester aus vielen kleineren Ensembles besteht. Oder andersrum: Ein Musiker, der sich entschließt, keine Laufbahn als Solist, sondern eine als Mitglied eines Orchesters zu erleben, ist deshalb noch lange nicht bereit, sein Leben als anonymer Teil von ungefähr hundertzwanzig musizierenden Menschen zu beschließen. Er ist immer auch noch etwas anderes.

Zum Beispiel in der edelsten Form Mitglied eines Streichquartetts oder eines Trios.

Oder Mitglied eines Kammerensembles für alte Musik.

Oder in einer Formation tätig, die sich der Pflege der Werke von Johann Strauß verschrieben hat.

Oder einer von fünfen in einem Bläserquintett.

Wobei dies nur einige der Möglichkeiten sind, die alle ausschließlich von einem einzigen Orchester genützt werden. In Wien sind außerdem Ensembles grenzüberschreitender Art zu hören; in ihnen wirken Symphoniker und Philharmoniker friedlich miteinander und dienen der zeitgenössischen oder der selten aufgeführten Musik. Und selbstverständlich sind die Herren von den ersten Pulten auch als Solisten unterwegs – ich denke, daß jeder Musikfreund weiß, daß der Ausdruck „die ersten Pulte“ als Synonym für die jeweils ersten Musiker einer Instrumentengruppe verwendet wird.

Man wird von vielen dieser Ensembles noch lesen, sie sind ja beinahe alle mit auf dieser Reise.

Hier nur so viel, daß der amtierende Generalsekretär neben der Einteilung von Proben und Konzerten für das Orchester, das er betreut, auch eine Verantwortung für das Gedeihen der unzähligen anderen Ensembles hat. Denn erstens muß er versuchen, deren Reisepläne und Probenpläne ohne zu viele Zeitverluste mit den Ideen des Orchesters unter einen Hut zu bringen. Und zweitens muß er insgeheim hoffen, daß alle die Ensembles, deren eigene, private Ambitionen ihm das Leben erschweren, blühen und gedeihen. Andernfalls würden ihm die Musiker unter den Händen hinwelken, und er hätte bald kein Orchester mehr.

Es ist dies keine Eigenart der Wiener Symphoniker; in jedem europäischen und amerikanischen Orchester verbeugen sich Kammerensembles und Quartette und Trios, und jeder Musiker wird einem gern erklären, daß er ohne Kammermusik, ohne Beschäftigung mit dem Neuesten oder dem Ältesten gar nicht auskäme.

Wer meint, es handle sich dabei um einen Zweitberuf, der irrt. Wer glaubt, das Orchesterspiel allein sei zu wenig Herausforderung, der ist auch im Irrtum. Wer annimmt, ein guter Musiker arbeite sehr viel mehr Stunden am Tag als irgendein Ingenieur oder Tischler, der kommt der Wahrheit schon näher. Und an Sonntagen spielen die Orchestermusiker für einen befreundeten Organisten auf einer Kirchenempore und wenigstens dies beinahe um Gotteslohn, wie man das zu nennen pflegt. Und freie Abende verbringen viele von ihnen in Tatgemeinschaft mit Kammermusikern aus dem Laienstand, mit Hausmusikern.

Dergleichen wird von Lüdemann nicht mehr registriert. Das würde seinen Tabellen und Terminplänen im Büro zu viele weitere Farbnuancen abverlangen.

Wenn er auf dem Frankfurter Flughafen in einem Buch von Peter Weiser nach wienerischer Lebensauffassung suchen und ansonsten Ruhe geben kann, so sind das für ihn rare Augenblicke. Vielleicht versteht man jetzt schon, warum ich ihn nicht um detaillierte Informationen über diese oder irgendeine Orchesterreise bitte. Ich mag Menschen, die sich Augenblicke der Ruhe gönnen und die versuchen, Wien zu verstehen. Ich mag diese Ausnahmen. Auskünfte aber hole ich mir in einer japanischen Stadt, die traditionellerweise für diese Aussprache reserviert bleibt.

Ein farbloser Auftakt

Auf dem Flug nach Hongkong passiert so gut wie nichts, und auch das ist buchenswert. Es wird mit einem ganz normalen Linienflug über Delhi und Bangkok geflogen, die Stewardessen nehmen nicht zur Kenntnis, daß sie ein ganzes Orchester zu betreuen haben, und der Flugkapitän plaudert zwar übers Wetter und gibt für deutsche Gäste die Resultate der deutschen Bundesliga durch, hat aber keinen freundlichen Gruß für die Wiener Symphoniker parat.

Üblicherweise geht es anders zu, gibt es Aufmerksamkeiten, ein hübsch nutzloses Präsent oder wenigstens ein anerkennendes Lächeln – ich habe schon Orchesterreisen mitgemacht, die vor allem in den Flugzeugen Höhepunkte an guter Unterhaltung und guten Gesprächen über Musik ergaben. Aber da war immer ein nettes Wort von außen der Anstoß. Da wußten alle, daß sie bewundert wurden, und gaben sich auch so. Da war der Abstand vom Touristen zum reisenden Musiker sozusagen amtlicherseits gewürdigt, und also benahm sich jedermann auch so, wie man es von ihm erwartete.

Freilich, die Flugzeuge neueren Zuschnitts sind geselligem Leben an Bord abträglich. Neun Menschen in einer Reihe, fünf von ihnen auf einem Streifen in der Mitte, das ergibt Schwierigkeiten in der Kommunikation. Und die Gänge sind schmal, und die Treffs bei der Kaffeemaschine kann man kaum nutzen, wenn die Damen Stewardessen es nicht ästimieren, einmal von echten Wiener Musikern unterhalten zu werden. Unweigerlich denke ich sogar wehmütig an einen Flug mit den Wiener Philharmonikern nach Tokyo, der in einer sowjetischen Maschine absolviert werden mußte. Da war zwar von der Mannschaft Zucht und Ordnung gefordert, und zwei strenge Russinnen fahndeten eine halbe Stunde nach zwei Blechgabeln, die ihnen auf der Liste fehlten. Aber zwischendurch konnte man ihnen Kaviar abschmeicheln und in den Gängen stehen und die traditionellen Scherzworte wechseln, an denen vor allem Musiker Gefallen finden. Passionierte Nichtraucher zum Beispiel, noch unter dem Eindruck von Alban Bergs „Wozzeck", formulierten ihr Mißfallen über Kollegen in dem variierten Textzitat: „Hier stinkt's, als stürbe ein Raucher", und die wirklich alten Kollegen rechneten einander vor, wieviel Dingacz es in Tokyo für den Schilling gäbe.

Der Dingacz ist als Währungseinheit nicht überall bekannt. Er wurde von einem Zahlmeister der Wiener Philharmoniker anläßlich einer Weltreise erfunden. Dem war es ohne Schwierigkeiten möglich, jeden zweiten Tag Diäten in einer anderen Landeswährung auszugeben, nicht aber, diese auch noch korrekt zu benennen. Also ergab sich aus einer Frage „Und wie steht der Dingacz heute?" die vereinfachte Version für ausländisches Geld, wie immer es heißen mochte. Gerechnet wurde in Schilling, ausbezahlt in Dingacz.

Wie aber soll einem dergleichen einfallen, wenn man wie ein Tourist behandelt wird?

Es gehört zu den guten Eigenschaften eines Orchestermusikers, daß er sich auf Reisen auch als ein eo ipso wichtiger Vertreter seines Landes fühlt. Das wissen Generalkonsuln und Botschafter in aller Welt, und deshalb stehen sie auch zum Empfang bereit und sorgen für bevorzugte Behandlung beim Zoll und einige höfliche Formeln gegen jeden, der ein Instrument bei sich hat oder haben könnte. Wo ein Vertreter Österreichs seine Zeit und Energie dafür nicht aufbringt, dort entsteht Mißstimmung, die sich bis ins Protokoll schlägt und dem einen oder anderen Diplomaten schon eine Position abseits vom Weltgeschehen eingetragen hat. Und andererseits hat es noch jedes Orchester dankbar vermerkt und mit Ehrenringen und Höflichkeiten belohnt, wenn man sich seiner annahm.

Wie soll man aber in Vorfreude an einen begeisterten Empfang in Hongkong denken, wenn man im Flugzeug um Bezahlung für die obligaten Kopfhörer gebeten wird – auf längeren Strecken wird nicht nur ein pausenloses musikalisches Programm gesendet, das erstaunlich viele Musiker mit Interesse hören, es wird auch ein Film gezeigt, den man nur genießen kann, wenn man via Kopfhörer den Ton erhält.

Nimmt man alles zu allem, so hat es sehr viel amüsantere Auftakte zu Reisen gegeben als diesmal.

Mit in einem Boot

Meine Position ist heikel. Im Alltag, oder was man Alltag nennt, merke ich die Fehler des Orchesters an und verdiene mein Brot damit. Also auf der anderen Seite des Flusses, wenn dies ein gutes Bild wäre – und es gibt ernst zu nehmende Menschen, die es gern anwenden.

Andererseits bin ich mit vielen Orchestermitgliedern aufgewachsen. Wir waren gemeinsam bei den Wiener Sängerknaben und wollen diese Zeit nicht vergessen. Wir haben gemeinsam studiert, und auch das verbindet. Oder wir sehen uns schon viel zu lange im Musikvereinssaal und ertappen einander in Momenten, in denen wir offensichtlich die gleiche Ansicht über einen Dirigenten äußern wollen und das nicht können. Das verbindet erst recht.

Hie und da erscheint es dem Publikum unstatthaft, daß Musiker und Kritiker in einem Flugzeug sitzen und anscheinend gemeinsame Sache machen. Ich bin mit Leib und Seele für die andere Ansicht. Wir lieben gemeinsam die Musik, wir haben ungefähr die gleichen Zeiten, in denen wir in Hochstimmung sein sollen. Sollten wir einander absichtlich nicht begegnen, wenn es um Musik geht?

Auf Reisen kommt freilich noch ein Moment hinzu, das Außenstehende nicht sofort bemerken werden. Ich kenne es, seit ich zehn Jahre alt war und selbst Konzertreisen machte.

Ich werde nie vergessen, daß wir kleine Buben und ganz gewiß nicht Patrioten waren. Aber wenn wir in London oder New York oder in einer Kleinstadt in Deutschland Schubert sangen und uns dann langsam zum Straußwalzer vortasteten, mit dem das Konzert allemal endete, dann spürten wir, daß wir etwas anderes gaben als ein Konzert. Wir gaben immer wieder eine Visitenkarte für Wien ab. Und wußten es, auch wenn uns das niemand sagte.

Das war in den Jahren nach dem Krieg, und wir reisten noch wie die allerersten Sängerknaben. Per Schiff nach Amerika, dann sechs Monate wie die Zigeuner in einem Autobus von Stadt zu Stadt. Zweiundzwanzig Buben, ein Kapellmeister, ein Präfekt, eine Nurse. Wir waren Wien, die Stadt der Musik. Wir waren es ohne viele Ansprachen, aber mit Leib und Seele, und den Donauwalzer sangen wir, daß es uns selbst das Wasser in die Augen trieb.

Wir lasen nie Kritiken, wir hörten kaum Ansprachen, wir wurden nie aufgefordert, etwas anderes zu sein als zweiundzwanzig Buben. Aber wir waren viel mehr, und wir spürten das.

Und wir lernten sehr viel über Musik und wie man sie dem Publikum vermittelt – und wir lernten viel über die Unterschiede zwischen einem Dirigenten und einem Dirigenten. Einmal, in London, kam als Gast Josef Krips zu uns aufs Podium. Er war vordem immer in Wien gewesen und hatte in den schweren Tagen nach 1945 beinahe täglich in der Oper und beinahe jeden Sonntag in der Hofburgkapelle dirigiert. Dann war die härteste Zeit vorüber, und die entnazifizierten Dirigenten kamen wieder. Man bedankte sich bei Krips und nahm ihm Abende weg. Er ging nach London. Bei unserem Konzert dirigierte er Mozarts „Ave verum", und wir sangen es ohne Probe um sehr viele Nuancen besser als an allen Abenden vorher und nachher. War halt ein besserer Dirigent als unser Kapellmeister und verlangte mit einem Blick, daß wir auch besser sangen.

Ich glaube, man muß das erlebt haben, um guten Gewissens mit einem Orchester unterwegs sein zu dürfen. Wenn man gewissermaßen zur Familie gehört, dann kann man auf einer Reise zwischen den Instrumentenkisten sitzen und auf die Schreibmaschine klopfen. Dann darf man seine Gedanken über eine Probe äußern. Und ist nicht auf der einen oder anderen Seite des Flusses, sondern mit im Boot. Das heikel und behutsam gelenkt werden will. Mit dem zuletzt alle glorios ankommen wollen. Als Patrioten und mit Musik.

Wobei es unehrlich wäre, die sehr unterschiedlichen Beziehungen zu leugnen, die sich auf Reisen ergeben. Da sind die Freunde, die von alters her. Mit denen kann man essen gehen und trinken gehen und sich gehen lassen. Da sind die höflichen Herrschaften, die man in Wien und unterwegs grüßt, aber nicht wirklich kennenlernt. Bei hundertzwanzig Musikern gibt es immer mehrere von dieser Sorte.

Und ein paar wollen partout nicht ins selbe Boot. Auch sie haben meinen Respekt. Ich belästige sie nicht.

Dem Dirigenten ausgeliefert – oder umgekehrt?

Üblicherweise ist auf der Reise auch ein Dirigent mit. Zumeist ist es der Chefdirigent des Ensembles oder einer, der mit dem Orchester besonders eng verbunden ist.

Die Wiener Symphoniker haben allerdings eine Zeit hinter sich, in der sie Carlo Maria Giulini an das Los Angeles Symphony Orchestra verloren und Gennadi Roshdestwenskij vom Londoner BBC-Orchestra noch nicht wegengagiert hatten. Da Reisen außerordentlich lange vorbereitet werden und Dirigenten heutzutage Mangelware sind, präsentieren sie sich mit Christoph Eschenbach, der demnächst Chefdirigent des Tonhalle-Orchesters Zürich wird.

Er ist Pianist gewesen, ehe er sich auch als Dirigent ausbilden ließ. Während ich zwischen Instrumentenkisten sitze und mein Manuskript tippe, hält er Probe.

Es ist dies eine Kunst, von der das Publikum nur erfährt, wenn ein indiskreter Musiker oder Beobachter nach einem Konzert zugibt, daß der Keim des Mißerfolges schon bei den Proben ausgestreut wurde. Oder wenn Musiker lauthals verkünden, die Proben seien ein Erlebnis gewesen.

Zur Erinnerung: Von Karl Böhm erzählte man sich, daß er bei Proben vor allem nörgelte; man behielt die besten seiner traurig-bösen Worte im Gedächtnis, und man liebte ihn für etwas, was ganz allgemein nur noch als sein Granteln bezeichnet wurde. Von Herbert von Karajans Methode, mit den ihm vertrauten Musikern nur das zu probieren, was einer langen Erfahrung nach heikel ist und besprochen werden soll, schwärmt jedes Orchester. Nicht, weil es Zeit spart, sondern weil es sehr effektiv die Zeit für richtige Arbeit reserviert und beiseite läßt, worüber längst Einigkeit hergestellt ist. Legenden, die sich mit der Zeit um einen Dirigenten ranken, entstehen niemals bei den öffentlichen Auftritten, werden vielmehr bei der Probenarbeit geboren und sickern dann langsam in die musikalische Umwelt. Hier hat ein Student mitgehört, dort hat ein Musiker erzählt . . .

Proben sind nämlich aus zwei ganz verschiedenen Gründen notwendig. Zuerst einmal, weil ja das gesamte Orchester vor dem Konzert erfahren soll, was der Dirigent sich an Interpretation eines allgemeinbekannten Werkes hat einfallen lassen. Dann aber auch, weil ausschließlich bei Proben zu erfahren ist, ob ein Dirigent alle die Qualitäten besitzt, die ein Orchester von ihm erwartet. Er muß den Takt schlagen können, er muß Begeisterungsfähigkeit auch am Vormittag mitbringen, er muß Vertrauen verbreiten.

Auf Reisen sind die Proben, deren es schon viele zur Vorbereitung in Wien gegeben hat, nicht weniger notwendig. Orchester und Dirigent müssen die Eindrücke abschütteln, die von der neuen Umgebung kommen und ablenken. Und sie müssen gemeinsam den Saal erspüren, sich an eine neue Akustik gewöhnen und erproben, was ausgerechnet hier anders zu spielen ist als anderswo.

Wieder ein Beispiel: Amerikanische Orchester, die daheim in großen Sälen aufspielen und nicht gelernt haben, sich der schützenden Akustik eines guten europäischen Konzertsaals anzuvertrauen, brüllen im Musikvereinssaal ihre Konzerte oft sehr indiskret heraus. Vielleicht wären sie glücklich, einmal im alten Stil musizieren zu können. Ehe sie aber gemerkt haben, wo sie spielen, ist das Konzert schon vorüber, und sie haben wieder einmal gezeigt, wie kompakt und überwältigend sie sein können.

Die Wiener Orchester wiederum, die sogar, wenn sie im gleichen Saal spielen, auf verschiedene Aufstellungen der Instrumentengruppen schwören und von Klangbalance sehr viel

Das Wichtigste und Heikelste zugleich: Dirigent Christoph Eschenbach beim Gespräch mit Konzertmeister Michael Schnitzler – dabei geht es, in der Probe, noch einmal um Tempi, um Temporückungen, um den Erfolg der Zusammenarbeit

halten, werden auf Reisen doppelt heikel. Der ausländische Musikfreund hat von dem berühmten Wiener Streicherklang gehört, der sich in seiner vollen Pracht eigentlich nur in Wien produzieren läßt. Wie also musiziert man in Hongkong, um wenigstens eine Ahnung von ihm zu vermitteln?

Kollegen, die nicht mitspielen, testen den Saal. Im besseren Fall hören auch die auf dem Podium, wie ihre Instrumente klingen. Zumeist bleibt ihnen dieses Glück versagt, und sie müssen auf Ratschläge vertrauen oder darauf, daß der Saal am Abend ganz anders klingen wird. Manchmal hilft auch der Dirigent, der Retuschen vorschlägt, dämpft, lockt.

Eschenbach spielt in den drei Stunden, die er zur Verfügung hat, das ganze Programm des Abends durch. Und hat für die „Ungarischen Tänze" von Johannes Brahms, die als Zugaben für den Fall triumphalen Erfolgs vorgesehen sind, erstaunliche Anregungen. Wäre ich Kritiker, mir fielen kritische Ausdrücke ein. Die ich mir allerdings bei Proben nicht gestatte. Musiker aus dem Orchester schwören, Eschenbach sei am Abend, beim Konzert, ein inspirierender Dirigent. Einige erzählen, er hätte Strawinskys „Le Sacre du Printemps" ausgezeichnet dirigiert. Diesmal steht Strawinsky nicht auf dem Reiseprogramm.

Und kein einziger Walzer von Johann Strauß, der Himmel weiß, wie das entschieden wurde. Ich muß doch noch vor Fukuoka mit dem Generalsekretär beisammen sein und das erfragen. Ein Wiener Orchester ist unterwegs und hat keinen Wiener Walzer vorbereitet. Mir wird zwischen den Instrumentenkisten etwas sonderbar ums Herz.

*

Ein Einschub, den die Fairness diktiert. Insgehein sind Noten für den Donauwalzer im Gepäck, hat man mir zwischendurch verraten. Und das Konzert, bei dem die „Ungarischen Tänze" von Johannes Brahms als Zugabe gespielt wurden, ist gut vorübergegangen.

Das jetzt schon zu verraten, ist gewiß gegen alle Regeln eines dramatischen Aufbaus, aber der geneigte Leser wird es ja schon jetzt gemerkt haben – um diese eine Reise und um die Erfolge, die kommen oder ausbleiben, geht es kaum. Es geht um alle Reisen und um alle Erfahrungen, die man mit Musikern auf Tournee machen kann.

Gesprächsstoffe auf „Dienstreisen"

Am ersten Tag in Hongkong wird nicht gearbeitet. Nicht im strengen Sinn. Einige Orchestermitglieder haben ihre Instrumente auf dem Flug bei sich gehabt, einigen darf man zutrauen, daß sie üben. Die Mehrheit hat mit der Akklimatisation zu tun, ein relativ weiter Sprung über die Datumsgrenze ist zu bewältigen und der Schlaf nachzuholen oder so zu verdrängen, daß er wenigstens in der zweiten Nacht wieder zur hiesigen Nachtzeit konsumiert werden kann.

Hongkong, vor allem aus finanziellen Erwägungen seltener auf den Reiseplänen österreichischer Ensembles von einiger Dimension, wird zuerst einmal mit einer Halbtagsbesichtigungstour zur Kenntnis genommen. In Bussen, mit deutschsprachigen Führerinnen, denen außer der Umrechnung von heimischen Preisen in die Schillingwährung fast alles gelingt.

Freilich, eine Stadt mit weit über fünf Millionen Einwohnern, Flüchtlingen und nicht registrierten Einwanderern aus China läßt sich in einem halben Tag kaum entdecken. Hier auf dem Weg eine Villa, deren Besitzer einige der – in Hongkong verbotenen, im portugiesischen Macao jedoch florierenden – Spielcasinos betreibt, zu seinem Fuhrpark mehrere Rolls-Royce zählt – was auch vom Bus aus verifiziert werden kann – und als überzeugter Kommunist die andere Seite unterstützt. Dort der Markt von Aberdeen, auf dem einem in einer knappen halben Stunde sowohl die sogenannten hundertjährigen Eier angeboten werden – in einer Schutzschicht aus schwer definierbarem Dreck und unter Beimischung von Arsen – als auch lebende Frösche und kleine Vögel. Sie werden rasch und routiniert vor den Augen der Kundschaft getötet und enthäutet oder entfedert. Und so weiter, dies soll kein Reiseführer sein.

Musikergespräche ergeben da rasch ganz andere Wendungen.

Ein Beispiel? Die chinesische Sprache wird erklärt. Sie basiert auf einer Art Viertonreihe; die Wörter erhalten ihre Bedeutung je nach dem „Ton", mit dem sie gesprochen werden.

Diese Erklärung genügt, um die Harfenistin Bayer und den Fagottisten Turkovic zum Austausch von Erfahrungen zu bringen. Und auch Turkovic erfährt erst bei dieser Gelegenheit, daß die Harfe nicht nur gestimmt, sondern sogar auf gewisse Kompositionen hin gestimmt werden muß, mehr noch, daß es für die Harfenistin wichtig ist, zu wissen, welcher Oboist in welchem Konzert mitwirkt. Bei dem einen muß sie „etwas flacher" stimmen, beim anderen brillanter, eine Nuance höher. Turkovic kann sich revanchieren, indem er für sein Instrument nachweisen kann, daß die dem Notenbild und allgemeinem Sprachgebrauch nach völlig gleichen Töne Fis und Ges – eine einzige der unzähligen schwarzen Tasten auf dem Klavier – doch nicht gleich sind, sondern verschiedene Schwingungen haben. Sie sind anders zu spielen, minimal, aber anders.

Vielleicht ist es verwirrend für den Nichtmusiker, aber es ist keineswegs komplizierter oder diffiziler als bei Rennläufern die Hundertstelsekunden und die Nuancen der Beschichtungen der Skier. Nur: über diese weiß dank entsprechender Berichterstattung und weil angeblich das Wohl der Industrie und das Ansehen der Nation dranhängt, jedes bessere Kind Bescheid. Was ein Oboist, ein Fagottist und eine Harfenistin an minimalen Veränderungen eines einzigen Tones alles zuwege zu bringen haben, sollte ein Musikland gleichfalls interessieren. Tut's aber nicht in einer Zeit, in der keiner zugibt, er sei Analphabet, jedermann sich aber zwischendurch brüstet, er sei unmusikalisch, man müsse das verstehen.

Daß Debatten über Fis und Ges und die flachere Stimmung der Harfe angesichts der Millionenstadt Hongkong ausbrechen, ist nicht unnatürlich. Im Alltag, dem auch ein Orchestermusiker ausgesetzt ist, finden Gespräche kaum statt, kann man sich nicht zusammensetzen und Zeit vergeuden. Im Autobus vom Markt in Aberdeen hinauf zum Victoria Peak kann man es. Man kann es auch beim gruppenweise gemeinsamen Essen nach Konzerten, das für einen Beobachter gleichfalls von hohem Reiz ist. Ein Orchester, von welchem Standpunkt immer man es betrachtet, zerfällt überaus rasch in kleinere Gruppen und dann wieder in Gruppierungen, die nur noch andeutungsweise etwas mit den verschiedenen Instrumenten zu tun haben. Aber auch das will langsamer erklärt werden.

Zuerst einmal etwas vom Geld. Dem Musiker sind auf der Reise Diäten auszuzahlen. Tagesdiäten nach einem Satz, der entsprechend den Preisen im Land errechnet ist; es läßt sich ordentlich leben mit ihnen. Die Nächtigungsgebühr ist, für dies-

Sightseeing in Hongkong: Harfenistin Elisabeth Bayer fachsimpelt mit Fagottist Milan Turkovic, Chronist Franz Endler belauscht's – und die exotische Umgebung ist dabei kaum zur Kenntnis genommene Staffage

mal, auf einem anscheinend einfachen System aufgebaut, kompliziert sich jedoch bei der endgültigen Abrechnung: Jeder Mitreisende hat Anspruch auf ein Einzelzimmer mit Frühstück im Hotel, dieses wiederum ist nach den Preisen im Land angenommen. Musiker, die sich zu Doppelzimmern entschließen, leben billiger und können sich die Differenz später auszahlen lassen. Musiker, die weniger komfortable Zimmer wollen, ersparen sich noch etwas mehr.

Philharmoniker, nach einem ähnlichen System unterwegs, haben es schon zu absurden Meisterschaften gebracht, indem einige von ihnen aus eigenem die jeweilige Reiseroute vorbestellten, sich um die günstigsten Preise kümmerten und bei der Auszahlung zuletzt durchaus positiv abschlossen. Das freilich nur in sogenannten zivilisierten Gegenden, in denen Reservierungen angenommen und zur Kenntnis genommen werden. Auf Reisen in den Fernen Osten ist die gesamte Gruppe zumeist aus Bequemlichkeit eine Gruppe und braucht den Luxus guter Hotelzimmer, um die wenigen Stunden zwischen Ankunft und Probe, Probe und Konzert, Konzert und Abreise auch wirklich zur Ruhe zur Verfügung zu haben.

Der für den Laien noch halbwegs verständliche Teil der weiteren Abrechnung besteht darin, daß zum Beispiel auf dieser Reise für den Flug nach Hongkong der Satz für einen Tag und eine Nacht in Deutschland verrechnet wird und für den Rückflug der für eine Nacht und für einen halben Tag in Deutschland. In der Tat kann kein Veranstalter die Anreise von gut zwanzig Stunden als vergnügliches Unternehmen betrachten, für das außer dem Flugticket nichts zu bezahlen wäre. Andererseits ist es dem Verein Wiener Symphoniker einige Verhandlungen wert gewesen, auch für derartige Reisen feste Sätze zu errechnen und mit den Orchestervertretern auszuhandeln.

Sie werden, je nach Gusto, nicht mehr gern oder mit etwas Rührung daran erinnert, daß es auch schon ganz andere Usancen gegeben hat. Ich erinnere mich meines ersten Fluges mit dem Orchester nach Osaka. Damals gab's einen anderen Direktor, einen anderen Betriebsrat, andere Umstände. Zwischendurch meldete sich der Kapitän und erklärte, wie man es höflicherweise für seine Fluggäste tut, man überfliege soeben die Datumsgrenze und sei somit ab sofort im nächsten Tag, kehre aber noch auf dem Flug aus Gründen, die ich bis heute nicht verstehe, in den vor Minuten noch geltenden zurück. Eine hübsche, zur Philosophie über die Zeit anregende Mitteilung.

Worauf sich der Betriebsrat zu Beratungen zurückzog, wie für diesen unerwartet angebrochenen Tag, der offiziell als solcher verkündet worden war, auch entsprechende Diäten verlangt werden sollten. Und der Direktor sich in sich zurückzog und errechnete, daß diese eine Durchsage des Kapitäns das Budget der Symphoniker belasten werde.

Ich erinnere mich auch noch, daß damals die kleinen Computer noch nicht so populär waren und sich die Orchestervertreter der Hilfe des Hornisten Schwertsik versicherten, der als ein zeitgenössischer Komponist als Experte in komplizierten und nicht völlig realen Rechnungsarten anzusehen ist.

Bei den abschließenden Verhandlungen, noch im Flugzeug, kam es zu einem Kompromiß, was immerhin mehr Geld bedeutete, als vorher von allen erwartet worden war. Liegt aber jahrelang zurück, diese Geschichte, und ist nur noch zu berichten, weil sich aus diesem Spiel mit der Datumsgrenze die vorher kalkulierten und von allen Partnern anerkannten Tages- und Nachtsätze für einen Flug über die Kontinente hinweg ergaben und jetzt jedermann im vorhinein weiß, wieviel ihm die Tortur einer zwanzigstündigen Flugreise einbringt.

Um korrekt zu bleiben, es ist nicht viel, 698 Schilling sind es insgesamt, und dabei kann man in dem recht engen Flugzeug die Sitze nur sehr andeutungsweise zurückklappen, muß für zusätzliche Getränke zahlen und muß eine Gebühr entrichten, um nolens volens einen Kriminalfilm zu sehen, und ist schließlich nicht reicher, sondern nur müde – doch das habe ich schon einmal erzählt.

Das alles sei nur erwähnt, um anzudeuten, daß der Orchestermusiker auf Reisen nicht reich wird, sondern nur imstande ist, standesgemäß zu essen. Wie er es tut, bleibt seine Sache.

Er tut's naturgemäß in Gruppen. Wobei das schwere Blech relativ unzertrennlich ist, Solohornisten eine Ausnahme machen und sich auch mit anderen Instrumentalisten an einen Tisch setzen, engste Beziehungen zwischen den Holzbläsern bestehen und die Streicher – in der Überzahl – sich oft zu den kleinsten möglichen Einheiten, also zu Paaren, zusammenschließen.

Symphoniker sind da den Philharmonikern nicht unähnlich, es gibt wirklich unzertrennliche Freundschaften zwischen zwei Cellisten oder zwei Geigern, es hat aber auch schon völlig unerwartete Zusammenstellungen gegeben – auf einer großen Amerikareise beispielsweise eine des Schlagzeugers Broschek (aus Neujahrskonzerten vergangener Jahre als der Spaßmacher bekannt) mit den Geigern Leitermeyer (ein guter Komponist) und Kerry (in Japan ein leidenschaftlicher Spieler eines absurden Spiels, von dem ich noch erzählen werde), dem damaligen philharmonischen Konzertmeister Sivo (der dafür bekannt war, durch das Ansetzen der Geige erst im letztmöglichen Moment Karl Böhm ständig nervös gemacht zu haben) und mir.

Sivo, jetzt Solist und ganz ohne Philharmoniker oder Symphoniker unterwegs, kam nach der Revolution aus Ungarn und war ganz rasch am ersten Pult des Orchesters, fand als Ungar Freunde aus der Heimat in den seltsamsten Gegenden, gehört jedoch in dieses Buch, weil er einmal die Behauptung aufstellte: „Sind eine eigene Rasse, Orchestermusiker, auf der ganzen

Erde.“ Was auch noch irgendwo in diesem Tagebuch nachzuweisen sein wird.

Schon hungrig?

Wir sind immer noch dabei zu erfahren, daß die mehr als hundert Orchestermitglieder auch in Hongkong nach Gusto und gemeinsamen Beziehungen essen gehen. Der beobachtende Außenseiter wird vor allem von Holzbläsern als Gast an der Tafel akzeptiert, es sind ganz einfache Beweggründe, warum diese sich aufgeschlossen zeigen: Sie haben allesamt solistische Aufgaben und sind gewohnt, jeder für sich einzustehen. Sie reisen auch in ihrer Eigenschaft als Solisten und haben wenig dagegen, Artfremde aufzunehmen. Und schließlich sind immer ehemalige Sängerknaben unter ihnen, und wenigstens zu dieser Sorte gehöre auch ich.

Keine Angst, der Abschnitt über die Wiener Sängerknaben folgt nicht unmittelbar, wir bleiben jetzt bei den Schwierigkeiten, nach einem Konzert noch ein offenes Restaurant zu finden, mit einem chinesischen Kellner zu verhandeln und ein Menü zusammenzustellen, das er serviert und das mehreren Holzbläsern, einem Amerikaner, der Kontrabaß spielt, und mir schmecken soll.

Die Schwierigkeiten sind zu überwinden, es gibt zwar in der Regel nur Lokale, die früh schließen, doch man ist überaus höflich und gibt Auskunft, wo länger serviert wird. Man ist höflich und hat eine Speisekarte mit englischer Erklärung parat, ist aber nicht so westlich, um auch Gabel und Messer anzubieten. Im Gegensatz zu Japan, wo Touristen mit diesem Besteck rechnen können, ist man in Hongkong der selbstbewußten Ansicht, die Landessitte, mit Stäbchen zu essen, habe für jedermann zu gelten.

Außer dem Gesprächsstoff, der allein aus der Handhabung von Stäbchen zu gewinnen ist, und der kann auch einen Abend im Flug vergehen lassen, sind in der Herrenrunde die Themen durchaus außergewöhnlich. Der junge Oboist Tachezi, privatim Bergsteiger, der auch vorhat, sich später auf der Reise dem Gipfel des Fuji zu nähern, wird später in diesem Jahr in Mexico City musizieren. Der weitgereiste Fagottist Turkovic errechnet ihm, wie lange man braucht, um sich als Wiener Musiker an die Höhenluft anzupassen, und weiß, daß man wenigstens drei Tage verdünnte Luft atmen muß, ehe man in Mexico

City ein Oboenkonzert bewältigen kann. Außerdem hat er die beruhigende Nachricht parat, daß bei Konzerten in Mexico allemal ein Arzt mit Sauerstoffflasche für Bläser bereit ist – und daß man ihn auch in Konzertpausen dankbar zur Unterstützung annimmt.

Wer schon einmal so weit in die Instrumentenkunde eingedrungen ist, um zu wissen, daß Holzbläser – mit Ausnahme der Flötisten – für ihre Instrumente auch sehr heikel zu schabende Blättchen brauchen, deren Schwingung erst die Produktion von Tönen ermöglicht, den wird's nicht wundern. Das weitere Gespräch darüber, wie die Blättchen in Höhenluft beschaffen sein müssen und daß man sie erst an Ort und Stelle spielbereit machen soll, geht bis in die Nachtstunden.

Nur unterbrochen von gelegentlichen Abstechern in die Wiener Angelegenheiten – der einstige Symphonikerfagottist Krenn, der einige Jahre lang als Tenor in vielen Aufführungen unter Herbert von Karajan mitgewirkt hat, ist zu seinem ursprünglich erlernten Handwerk zurückgekehrt, er hat auch bei den Symphonikern schon wieder ausgeholfen. Jetzt hat er das Probespiel bestanden und ist Solofagottist des ORF-Symphonieorchesters geworden. Zwei Stunden nach der Bekanntgabe in Wien wußten es die Kollegen in Hongkong. Unsereins hat viel Bösartiges geschrieben, als der einstige Sängerknabe Krenn zwar außerordentlich musikalisch, aber mit einer sehr kleinen Stimme die Tenorpartie in der „Matthäuspassion" bei den Osterfestspielen kaum durchstand. Seine einstigen Kollegen erwähnen das gar nicht. Für sie ist er immer ein hervorragender Instrumentalist geblieben. Jetzt ist er es wieder, und kein Mensch würde sagen, er habe als Sänger resigniert. Im Gegenteil, er hat sich als Fagottist verbessert.

Womit nichts anderes erzählt und bewiesen sein soll als die absolute Kollegialität, die sich unter Orchestermusikern – siehe die erwähnte Bemerkung Sivos – beobachten läßt. Und die Gewohnheit, das Leben erst einmal unter dem Gesichtspunkt eines Musikers zu sehen. Mexico, das ist auch für alle Teilnehmer am Abendessen schon ein Land mit einer versunkenen Kultur. Hongkong, das ist auch für uns alle noch immer ein seltsamer Flecken auf der Landkarte. Aber in erster Linie sind es Länder oder Städte, in denen man musiziert, und darüber wird ausführlicher und ernsthafter gesprochen.

Hat nichts mit Scheuklappen zu tun, sondern nur mit der Spezialisierung, die man allerorten beobachten kann. Nur ist sie bei Experten für Computer erst kürzlich ausgebrochen und in der Medizin seit vielleicht einer Generation. Musiker haben sie schon immer betrieben. Sie sind die ausgeprägtesten, weil ältesten Spezialisten, die ich kenne. Hofmannsthal erlaubt es einem, zu zitieren: „Musik ist eine heilige Kunst" läßt er in der „Ariadne auf Naxos" singen. Die Musiker kommen in der Tat bald nach den Zauberern, Priestern, Medizinmännern dran, wenn man einmal die Geschichte der ganz alten Berufe aufstellen will. Ehrwürdig sind sie alle, auch die blutjungen.

*

Wieder ein Einschub, so verwirrend dies auch werden mag. Nach dem dritten Konzert, das verwirrend lang dauert und tatsächlich mit dem Donauwalzer endet – er ist ungekürzt immerhin elf Minuten lang und nach der 7. Symphonie von Anton Bruckner ist das sehr lang –, bittet der Dirigent den Kritiker zu einem informellen Abendessen. Man muß einander schließlich einmal kennenlernen, wenn man so viele Tage gemeinsam auf einer Reise ist.

Wir umschiffen so gut wie jede Klippe, die sich in einem Gespräch zwischen völlig Unbekannten ergeben könnte, finden genügend Musiker, über die man beinahe gemeinsame Ansichten haben könnte, und sind erst spät beim Konzert von vorhin. Und wieder einmal passiert's. Eschenbach, der von den drei Möglichkeiten, einen Walzer zu dirigieren, die heikelste gewählt hat, hat das nicht gemerkt.

Man kann einen Walzer so dirigieren, wie ein Wiener Orchester ihn gern spielt – das ergibt gegenseitige Inspiration und Triumphe. Man kann ihn ohne allzuviel Einmischung vom Orchester beinahe allein spielen lassen – das ergibt eine gute wienerische Interpretation und Jubel. Man kann allerdings auch versuchen, ihn ganz anders als das Orchester akzentuieren zu wollen – das bringt heikle Momente, in denen der Konzertmeister unerhört wichtig wird und trotzdem alles aus dem Lot kommt, weil einige Orchestermitglieder aus Höflichkeit auch dem Dirigenten Beachtung schenken.

Eschenbach, der die dritte Variante gewählt hat und dank Konzertmeister Schnitzler mit nur einer allgemein hörbaren

Diskrepanz zum Ende fand, weiß offensichtlich nicht, daß er das getan hat. Er schwärmt in völlig richtigen, unterschreibenswerten Worten von Johann Strauß, er summt Passagen im korrekten Tempo, und er beteuert, viel von Strauß zu kennen.

Er ist, erfahre ich aus dem Gespräch, das ich zu diesem Punkt nicht mehr als Gesprächspartner führe, auch nicht anders als andere Musiker. Er weiß nicht, was er kann und wann er es kann.

Aus leidvoller Erfahrung darf ich es behaupten: Ganze Ensembles haben sich schon geirrt. Haben nach einem Konzert, das vom Publikum her gehört längst nicht ihr bestes war, glücklich um Anerkennung gebeten. Und sich verzweifelt gezeigt nach Abenden, an denen man ihnen kollektiv hätte um den Hals fallen können.

Freilich, um Mißverständnisse zu vermeiden: Richtige Schnitzer erkennt auch der ausübende Musiker sofort. Aber dort, wo es um das Unwägbare geht, wo Schreiber sich in seltsame Satzkonstruktionen verirren, um dem Geheimnis einer Interpretation auf die Spur zu kommen, verstehen Ausführende und Zuhörer einander nicht immer. In den ganz großen, den zu oft so genannten Sternstunden, ist Einigkeit gegeben. Aber an den anderen Abenden, an den neunzig von hundert im Jahr, irren die Herrschaften auf dem Podium sehr oft.

Was den Donauwalzer in Hongkong angeht, irrte Christoph Eschenbach. Er wollte ihn interpretieren.

Mag sein, er hat ihn so gehört, wie er ihn hören wollte.

Hongkonger Menü

Das Thema Abendessen mit Musikern ist erstens unerschöpflich und zweitens für mich, den man doch auch als Chronisten dieser und anderer Reisen behandelt, noch nicht abzuschließen.

Ich könnte hier Verhaltensmaßregeln für Einladungen geben und aus der Erinnerung preisgeben, was da alles in vielen Jahren schon gesündigt wurde. Ich könnte nackte Tatsachen erzählen und würde mir Tadel erwirtschaften. Ich weiß eine

Gelegenheit, sie wird in Tokyo kommen, da kann ich dann ungestraft nacherzählen.

Für diesmal habe ich einfach zu berichten, daß für den letzten Abend in Hongkong Dr. & Mrs. P. P. Chiu, die Eltern der chinesischen Pianistin des ersten Symphoniker-Konzertes, zu einem Abendessen einluden. Dr. Chiu ist Kinderarzt und das, was Nestroy einen wilden Millionär nennt. Er besitzt eine Villa in der teuersten Gegend von Hongkong, er absolviert Europareisen wie ein Wiener Ausflüge nach Linz oder Jesolo, er weiß den Standard von Restaurants in Paris und London, und er beherrscht die Kunst der Konversation in wenigstens vier Sprachen. Er ist von einer Höflichkeit, die man bei uns asiatisch nennt, jedoch nicht begreift. Es scheint die Höflichkeit einer Standesperson im besten Sinn.

Auf Wunsch aller, die es erlebt haben und die wissen, daß über Musik auf Reisen geschrieben wird, habe ich die Speisenfolge zu Papier zu bringen, und wir werden ja sehen, ob sie ankommt:

- Pekinese & Cantonese Dim Sums Combination (Kleinigkeiten, eine davon ist als die feinste, adeligste Abart der Frühlingsrolle zu erkennen)
- Saute Shrimps with Crispy Fried Fresh Milk (tatsächlich kann man geschlagene Milch zu einer ausgezeichneten kleinen Sache backen)
- Fried Shredded Con Poy, Walnut and Bamboo Shoots
- Double Boiled Reindeer in Earthenware Pots (es erscheint Chinesen für den Geschmack einer Suppe wichtig, in welchem Gefäß sie serviert wird)
- Smoked Duck „Sichuan Style“
- Fresh Broccoli & Black Mushrooms en Brochette
- Garoupa and Ham Fritters
- Fortune Chicken (wenigstens dies ist zu erklären, es handelt sich um ein Huhn, das in aromatische Blätter gehüllt und dann mit einer Lehmkruste überzogen gebacken wird. Es ist mit einer seltenen Art von Rotkraut gefüllt. Die Lehmform wird zeremoniell vom Ehrengast zerschlagen. Dabei ergibt sich für Raucher die rare Gelegenheit, heimlich eine Zigarette anzustecken)
- Fragrant Rice in Whole Pineapple (mehrfach gewürzter Reis, die Pineapples sind ausschließlich zum Servieren da)

– Banana Fritters (glasierte Bananenstücke werden in letzter Sekunde in Eiswasser getaucht und serviert)
– Chinese Petits Fours.

Ich habe mein Versprechen eingehalten. Der chinesische Gastgeber legt Wert darauf, daß bei Tisch nicht geraucht wird, daß Konversation gemacht wird, daß jedermann stehen läßt, was er nicht mag, daß niemals nachserviert wird. Er überreicht zuletzt jedem Gast ein kleines, persönlich gewähltes Geschenk, und er teilt mit, daß die Wagen schon warten, um die Gäste zurück ins Hotel zu fahren. Das in Europa übliche und manchmal auch quälerische Gespräch nachher, auch Tribut an die Hausfrau oder Herrengespräch im Nebenzimmer, entfällt. Es wäre unhöflich, länger zu bleiben, wenn einmal gegessen ist.

Es wäre unhöflich, mehr davon zu berichten. Den Gästen hat es überaus gefallen.

Damen im Orchester?

Konversation aber darf man haben, auch bei Abendessen, die von vornehmen oder reichen Chinesen gegeben werden, oder auf einer offiziellen Party, die der österreichische Generalkonsul für ausgewählte Mitglieder des Orchesters und höchst musikalische Persönlichkeiten der Kronkolonie gibt.

Und wenn die einzige Symphonikerin Wiens mit dabei ist, ergibt sich bald das Gespräch, das vor einiger Zeit auch Wien in Bann gehalten hat, das Gespräch über Musikerinnen in Orchestern.

Endlich einmal höre ich nicht die Meinungen, die man bei Diskussionen vor der Fernsehkamera austauscht, nicht die, mit denen man auf Wählerfang geht, wenn man zufällig eine mehr oder weniger musikalische oder emanzipierte Staatssekretärin ist.

Bei den Symphonikern herrscht zu dem Thema keineswegs nur eine Meinung. Ganz allgemein aber die Ansicht, wieder einmal sei das Orchester gegenüber der Konkurrenz im Nachteil – die Philharmoniker sind eine private Vereinigung und können, wenn es ernst wird, erklären, es stünde wohl ihnen allein zu, sich die Mitglieder des Vereins auszusuchen. Und wenn sie ein Verein von Männern bleiben wollen . . .

Die Symphoniker dagegen sind Mitglieder eines Vereins, dessen Spitzen politische Mandatare sind, der Öffentlichkeit preisgegeben und nicht imstande, wirklich aufrichtig dabei zu bleiben, daß sie weiterhin keine Frauen im Verein wollen.

Zudem wissen sie nicht, ob sie wirklich keine Frauen haben wollen. Dezidiert dagegen spricht sich die verehrte Harfenistin aus. Sie hat sich zeit ihres Berufslebens als einzige Frau im Orchester wohl gefühlt, hat einen merkbaren Ausnahmezustand genossen, gleichzeitig aber nie darauf bestanden, im Beruf anders als ein Kollege behandelt zu werden. Daß man in ihrer Gegenwart auf zu gewöhnliche Witze verzichtete, schrieb sie immer sich und niemals ihrer Zugehörigkeit zum anderen Geschlecht zu. Sie kennt auch Musiker, in deren Gegenwart man sich gut benimmt.

Von Unruhe, die Frauen ins Orchester bringen könnten, will niemand etwas wissen, das ist ein weltfremdes Argument. Vor allem die sehr vielen noch nicht alten Musiker meinen, es gäbe da keine zu erwartenden Probleme. Sie sind glücklich verheiratet, und wer es mit der Treue wirklich nicht ernst nimmt, der hat sein Auge nicht unbedingt auf Musikerinnen geworfen.

Von der Belastbarkeit und musikalischen Qualität der musizierenden Kolleginnen, die es ja längst in anderen Ensembles gibt, wissen alle lobend zu berichten. Sie haben, so sie am Konservatorium oder der Hochschule unterrichten, auch alle sehr begabte Schülerinnen, und sie geben gerne zu, daß diese bei Probespielen immer benachteiligt werden. Es tut ihnen leid, aber gleichzeitig würden sie auch bei einem Probespiel zur Aufnahme zu den Wiener Symphonikern wahrscheinlich bei den weiblichen Kandidaten den strengsten Maßstab anlegen.

Sind alles Professionals und kennen sich in der Welt der großen Orchester aus. Anderswo sind zwar Frauen längst anerkannt, aber in neuester Zeit gibt es überall viele arbeitslose Musiker, und wo eine Stelle frei wird in den USA, dort bewerben sich viel zuviele – und wenn da eine Frau das Rennen macht, dann ist sie wirklich die Allerbeste, und ganz genau unter diesen Bedingungen würde man, sagen sie, wahrscheinlich jetzt auch Symphonikerinnen aufnehmen.

Aber die Realität ist anders, es gibt ja kaum freie Stellen, die wenigen sind ohne jede Schwierigkeit mit jungen Kollegen auszufüllen, die etwa an der Volksoper gespielt haben und sich um eine Mitgliedschaft bei den Symphonikern bewerben und Probespiele auch gewinnen. Warum also sollten sie partout und nur um Forderungen von außen zu erfüllen, Frauen favorisieren?

Wenn ich meine Ansicht zum Gespräch beitrage, daß dies nämlich nur noch eine Frage für eine oder zwei Generationen sei und dann, bei unveränderter wirtschaftlicher Lage, die wirklich besten Musikerinnen auch bei den Symphonikern im Orchester sitzen werden, dann widerspricht man mir nicht, die Zustimmung aber hält sich auch in Grenzen.

Seltsam, jedermann von den jungen Kollegen kennt auch junge Kolleginnen. Keiner ist, was das Leben anlangt, ein besonderer Frauenfeind oder dagegen, daß man die emanzipierte Frau, die gleichberechtigte, zur Kenntnis nimmt. Trotzdem verspürt man auch bei den ganz privaten, den freundschaftlichsten Gesprächen eine Schranke. Da waren immer und immer nur Musiker beisammen und haben sich im Beruf in Wien, in Bregenz und auf Reisen ganz gut zusammengespielt. Und plötzlich kamen zwei wackere Staatssekretärinnen, machten aus den gleichberechtigten Frauen im Orchester eine Art Politikum und drängten die gut aufeinander eingespielten Herren in die Verteidigung. Und mit einer Schar von mehr als hundert Herren, die sich angegriffen fühlen, kann man nicht einmal auf einer Reise, ungeheuer weit weg von den Problemen, ein völlig vernünftiges Gespräch führen.

Wirklich, von Frauenfeindlichkeit kann nicht die Rede sein, auch die Symphoniker werden dereinst mit Symphonikerinnen auf Reisen gehen. Vorläufig nehmen sie gegen angemessene finanzielle Beteiligung ihre Ehefrauen mit auf die Reise: Das ist eine nette Wiener Sitte, man kann so seiner Frau einmal zeigen, wie es auf einer Orchesterreise zugeht, man kann ihr zwischendurch eine kurze Atempause oder etwas mehr Zeit für Besichtigungstouren gönnen, insgesamt aber beweisen, daß es nicht nur amüsant zugeht auf diesen Tourneen. Und an die zehn Ehefrauen haben das für diesmal angenommen, sind ein Farbtupfen in den Bussen, im Flugzeug, bei den Besichtigungen. Und eine Gruppe Schlachtenbummler in den Konzerten; sie sitzen manchmal im Auditorium und halten nicht nur symbolisch die Daumen fürs Orchester.

Die pure Vergnügungsreise ist es freilich auch für sie nicht, sie können trotz der erheblichen Summen, die für sie eingezahlt worden sind, nicht aus der Reihe tanzen, sie haben zu bestimmten Zeitpunkten fix und fertig zur Abreise zu sein, und immer, wenn sie noch irgendwo ein wenig einkaufen möchten, wartet ein „Termin".

Niemand würde das zugeben, aber die Musiker, die mit ihren Frauen reisen, tun's auch aus pädagogischen Gründen – diejenigen, die sie besonders lieben, wissen nachher, daß ihre Männer angesehene Mitglieder des Orchesters sind und sehr viele Strapazen auf sich nehmen. Bei der nächsten Reise sind die dann wieder allein unterwegs . . .

Musiker-Selbstdisziplin

Wie immer bei derartigen Gelegenheiten läuft dem Schreiber die Zeit davon. Noch lange ist die Angelegenheit Wiener Symphoniker in Hongkong nicht erzählt, gleichzeitig aber wollen viele weitere Angelegenheiten, nein: Gelegenheiten wahrgenommen werden.

Darum vielleicht gleich wieder eine Anmerkung zum Gelde. Wer meint, es gäbe unter den Herren Musikern vor allem Patrioten, die es sich zur Aufgabe gemacht haben, österreichische Musik und österreichisches Ansehen in der Welt zu verbreiten, der möge die folgende knappe Nachricht nicht lesen.

Bei der Ankunft in Kagoshima waren die Busse beim Flughafen etwas schwieriger dran als anderswo, es hatte zwei Tage geregnet im Land, und offensichtlich waren die Busfahrer nicht informiert, bis zu welcher Zeit sie die Herren Musiker unter allen Umständen im Hotel abzuliefern hätten. Es wurde in drei Bussen gefahren, zwei von ihnen kamen nicht vereinbarungsgemäß um 19 Uhr, sondern fünf und sieben Minuten nach 19 Uhr an. Das bedeutet nicht einfach eine minimale Verspätung bei einer sechsstündigen Reise, sondern die Auszahlung eines „Überdienstes" für sämtliche in diesen verspäteten Bussen sitzenden Herrschaften am Ende des Monats. Also die Auszahlung von etwas mehr als 1200 Schilling im Durchschnitt – die allerdings dann noch zu versteuern sind und so im Endeffekt nicht 1200 Schilling ergeben – für sechzig Symphoniker, die bis zu sieben Minuten länger Reisedienst gemacht haben.

Wenn man mir das richtig erklärt hat, gibt es für diesmal eine Regelung, die schließlich auf dem Verhandlungsweg eine etwas geringere Summe, diese jedoch für alle Mitreisenden, erreicht. Immerhin, es ist vorgesehen und von keinem Musiker als seltsam qualifiziert, daß auf einer Reise in den Fernen Osten keine Verspätung von fünf Minuten toleriert wird – sie muß bezahlt werden. Der Fortschritt seit der Abschaffung der Kinderarbeit ist enorm, und einer, der meint, das Pendel schlage ziemlich weit in die andere Richtung aus, ist von der Wahrheit nicht zuweit entfernt. Denn wer kann es sich leisten, derartige Forderungen zu stellen und von seinem Arbeitgeber ernst genommen zu werden? Auf diese Frage erhalte ich die Antwort, dies könne sich doch nahezu jedermann leisten. Und meine, an dieser Stelle gleich wieder beruhigend erklären zu müssen, daß die freien Unternehmer Wiener Philharmoniker, wenn sie auf Reisen sind, und die noch freieren Unternehmer unter verschiedenen Ensemblenamen derlei Forderungen nicht stellen. Sie wollen auch nicht zu lang im Bus, in der Bahn oder im Flugzeug sitzen, sie sehen aber ein, daß ein Transport von einem Konzertort zum anderen notwendig ist, und also nehmen sie diesen nicht als Dienst. Anders könnten sie eine Reise gar nicht unternehmen.

Und, bleiben wir noch bei diesem heiklen Thema: Ich glaube, daß sich diese Haltung, mit der man eine Reise unternimmt, bis ins Konzert bemerkbar macht. Daß die Mitglieder des „Concentus Musicus" in einer Stadt in den USA wieder engagiert werden möchten. Daß die Philharmoniker eine neuerliche Einladung nach Mexico City provozieren. Daß aber die Wiener Symphoniker auch dienstlich unterwegs sind und sich erst anschließend freuen, wenn ihr Konzert in Hongkong gut war und Beifall hatte. Zuerst aber war's ein Dienst.

Mit dieser kaum zu beweisenden Behauptung kann ich mir Feinde machen. Sie mögen diesen Absatz noch einmal lesen – ich glaube das nur, ich glaube sogar, es schon gespürt zu haben. Ich glaube aber auch, manchmal das Gegenteil gottlob auch gespürt zu haben. Und jedem einzelnen Symphoniker werde ich ins Gesicht sagen, vor allem ihn hätte ich nicht gemeint.

Vereinfachen wir alle unsere Rechnungen, nehmen wir an, es seien hundert Musiker unterwegs, begreifen wir mit einiger innerer Erregung, daß eine leichte Verspätung eines Busses somit den Veranstalter der Reise – und zwar den Wiener, den Verein, die subventionierte Körperschaft – somit nach strenger Auslegung der Spielregeln wenigstens 120 000 Schilling zusätzlich kostet. Und während wir uns da noch sinnierend über diese unerwartete Ausgabe wundern, wandern wir durch ein Stockwerk im Hotel, in dem die Empfänger dieses Geldes leben.

Und siehe da, in vielen Zimmern wird geübt. Geiger fiedeln einsam aus ihrem Part, ein Flötist hat sein Instrument bei sich, man hört es auch. Und längst nicht alle Orchestermitglieder sind beim Shopping, wie man zeitgemäß sagt, viele haben den Tag zum Arbeitstag erklärt, und ihre Arbeit besteht daraus,

Tourneealltag: Musiker spielen sich ein, bürsten den Frack, konzentrieren sich – das Konzert beginnt in einer Viertelstunde

sich für das Konzert frisch zu machen – die Insel Sakurajima samt ihrem speienden Vulkan ist nicht ihr Ausflugsziel. Sie wären am Abend zu müde, sie wollen es nicht sein.

Ich weiß schon, das kann ziemlich seltsam aufgefaßt werden und ganz so, als hätten die Herren Betriebsräte mitgesprochen. Die werden schon noch sprechen auf der Reise.

Aber was Selbstdisziplin anlangt, die findet man bei reisenden Musikern allemal und jetzt auch schon bei den Symphonikern. Bei ihrer Japanreise 1967 war das anders, da überfiel sie Osaka mit billigen Uhren und mit dem Lärm einer Großstadt, und ihr erstes Konzert war miserabel. Worauf das zweite gleichfalls eher schlimm war und sich das dritte noch nicht zum Erfolg auswuchs. Unter uns: Die ganze Reise litt schließlich unterm deprimablen Beginn, und jedermann wußte das und litt unter der Reise. Vorlaute Reisebegleiter, die dies notierten und Begebenheiten aus dem Katalog „Wie arbeitet ein Philharmoniker am Erfolg?“ zum besten gaben, waren unbeliebt. Etwas von dem, was damals geschrieben wurde, ist aber offenbar dem Orchester bedenkenswert geblieben. Jetzt schlafen sich auch Symphoniker aus.

Die fehlende starke Hand am Pult

Ich könnte bis Tokyo warten: seine Exzellenz, der österreichische Botschafter Clemens Weichs an der Glon, wird bei einer seiner Reden zu Ehren des Orchesters die Symphoniker mit „Liebe Wiener Philharmoniker“ ansprechen und das schmerzliche Zusammenzucken der Herren hoffentlich bemerken.

Mir ist das Thema aber jetzt schon lieb, und es kommt ja auch seit der ersten Bemerkung der Mitreisenden zwischen Wien und Frankfurt nicht aus dem Manuskript.

Die Wiener Symphoniker sind nicht die Wiener Philharmoniker, und alle wissen das. Einige, zumeist Solisten, kommen über die Tatsache hinweg, weil sie für sich etwas sind und das wissen. Viele, zumeist in den Gruppen anonym musizierend, wehren sich auf die verschiedenste Art dagegen, daß sie es wissen und nicht mögen. Ein paar denken auch darüber nicht nach.

Der Unterschied, in unangreifbare Sätze kaum zu fassen, ist nicht immer einer der Qualität. Er hat vielmehr mit einer Haltung zu tun, die jedem Kollektiv einmal anzumerken ist. Und die sich nur sehr langsam wesentlich verändern läßt.

Als Herbert von Karajan noch nicht einmal so weit war, vernehmlich an die Pforten der Wiener Staatsoper zu pochen, widmete er sich dem Orchester in Wien, das nicht permanent von Wilhelm Furtwängler dirigiert wurde. Er machte aus den Symphonikern ein außerordentliches Ensemble, mit dem er zuletzt in konzertanten Opernaufführungen im großen Musikvereinssaal demonstrierte, was doch der demnächst wiedereröffneten Staatsoper entginge, engagierte sie ihn nicht als künstlerischen Leiter.

Seine Rechnung ging auf, er wurde Nachfolger Karl Böhms an der Oper und Nachfolger Furtwänglers bei den Philharmonikern in Berlin und Wien. Die Symphoniker, die von seinem Ehrgeiz wahrlich profitiert hatten, verloren ihn. Sie verloren ihn, um der Wahrheit die Ehre zu geben, an die Musikwelt, der er in den Jahren danach beinahe überall zur Verfügung stand.

Seither hat sich kein Dirigent mehr gefunden, der mit dem Einsatz und der Zielsetzung eines Herbert von Karajan bei den Symphonikern musizierte. Nicht Wolfgang Sawallisch, nicht Josef Krips, nicht Carlo Maria Giulini – die Maestri hatten ihre Gründe; sie waren entweder keine Himmelstürmer oder zu weise oder zu musikalisch. Sie alle wollten nicht auf dem Umweg über die Symphoniker irgendwohin.

In Wien aber und auch sonst in der Welt zählen allemal die, die entweder nach den Sternen greifen oder diese auch wirklich erreichen. Und wenn die mit dem anderen Orchester der Stadt musizieren und Schallplatten aufnehmen und Reisen unternehmen, dann stellt sich in kaum zwanzig Jahren eine Rangordnung ein, gegen die man nicht mehr anspielen kann.

Das bedeutet, daß die Symphoniker manchmal ein wunderbares Konzert spielen können und man ihnen zugesteht, sie hätten so schön wie die Philharmoniker musiziert. Was sie nicht unbedingt als Kompliment nehmen – und was es ja auch kaum ist.

Das bedeutet aber auch, daß die Philharmoniker sich manchmal ein weniger herrliches Konzert leisten können und man ihnen nachsagt, sie seien halt die komplizierten, geniali-

Das war einmal. Herbert von Karajan, inoffizieller Chef der Symphoniker, leitete eine Deutschlandreise, als Reisen noch selten waren

schen Philharmoniker. Was sie gern zur Kenntnis nehmen, obgleich sie wissen müßten, daß sie es nicht immer sind – und jetzt habe ich mir noch einmal einhundert Einwände zugezogen.

Weil aber nahezu alles in der Musik, in der Kunst, das jenseits des Handwerks noch zu bedenken ist, von einer Haltung abhängt, sind die Herren Philharmoniker weit besser dran. Allein die Haltung, mit der sie Philharmoniker sind, hilft ihnen – und der Musik, die sie machen. Ich weiß ungezählte Beispiele dafür. Freunde aus der Studienzeit, die es für absurd hielten, etwas anderes sein zu wollen als Musiker. Die Mitglieder der Wiener Philharmoniker wurden und nach zwei Jahren ganz von dem beseelt waren, was man den philharmonischen Geist nennt. Die nicht einmal in sehr vertraulichen Gesprächen noch daran zweifelten, daß sie als Philharmoniker an der Spitze aller Wiener Musiker stünden.

Ich weiß von keinem Mitglied der Wiener Symphoniker, dem man derlei nachsagen könnte. Das sollte die Symphoniker sympathisch machen. Aber es hilft ihrer Haltung nicht. Im Gegenteil. Es unterstützt ihre Neigung zu dem breiten Spektrum zwischen Selbstmitleid und Ärger – und irgendwo dazwischen findet man alle die Einstellung der Symphoniker. Derjenige, der ihnen da aus der Patsche hilft, der kann in zwanzig Jahren als ein zweiter Herr von Karajan gepriesen werden.

Es müßte, merkt der geneigte Leser schon, wieder ein Dirigent sein. Ein Musiker von Format. Einer, der es als Lebensaufgabe ansieht, mit diesem Orchester die Welt einzureißen.

Ist der geneigte Leser zufällig Musikfreund, so weiß er freilich, daß heute junge Dirigenten, wenn sie gut oder extravagant aussehen und eine dem Publikum gefällige Zeichengebung haben, bald ständige Gäste bei wenigstens zwei großen Ensembles sind und längst nicht mehr die Ruhe oder Energie finden, an einem Ort etwas zu tun wie vor ihnen Karajan. Mein Lieblingsbeispiel könnte da Zubin Mehta heißen oder Riccardo Chailly oder Giuseppe Sinopoli, ich kann es aber auch patriotisch machen und Gustav Kuhn nennen. Das ist ein junger Salzburger, der völlig richtig damit begann, in der Türkei zu dirigieren. Nach wenigen Jahren hatte er seine guten Angebote überallhin und seine Chancen sogar in der Heimat. Er dirigierte in der Staatsoper und bei den Salzburger Festspielen und hatte etwas von einem Publikumsliebling an sich. Er bekam Angebote von überall her, was sehr hervorragend war. Er nahm beinahe alle an, was ihm sehr schadete. Er kam mit seinen Terminplänen nicht mehr zurecht, er mußte hie und da bitten, aus Verträgen entlassen zu werden, weil er anderswo eine große Chance hatte. Man entließ ihn. Aber man merkte es in einem Notizbuch an, und man nahm sich vor, ihn nicht sofort wieder einzuladen.

Er wird die Geschichte ganz anders erzählen und auch Orchester und Orte wissen, denen er länger Zeit widmet. Er wird Karriere machen, er ist längst mittendrin. Bei intensivem Nachdenken, wie ein Dirigent beschaffen sein müßte, der Karajans Arbeit mit den Wiener Symphonikern wiederholen könnte, käme keiner auf Gustav Kuhn.

Wenn mir aber einmal der Name eines solchen Dirigenten einfällt, dann gebe ich Champagner aus.

Orchesteralltag in Japan

„Seit ich bei den Symphonikern bin, fühle ich mich wie im siebenten Himmel." Daß ausgerechnet der junge Musiker, der diese Äußerung vor Zeugen getan hat, namentlich nicht aufscheint, hat seinen guten Grund. Erstens könnte man zu leicht darauf schließen, was er zu dem Ensemble zu sagen hatte, aus dem er kam, und zweitens müßten dann auch alle anderen Teilnehmer am Gespräch in Fukuoka genannt werden, und das haben sie nicht alle unbedingt gewollt.

Fukuoka, eine Stadt, in der aus unerfindlichen Gründen immer Station gemacht wird und immer unendlich viel Zeit für Gespräche bleibt, die sich nicht mehr mit Japan beschäftigen – mir ist das jetzt schon zum dritten Mal passiert, immer war's interessant, und immer handelte es von eher wienerischen Problemen der mitreisenden Orchestermitglieder.

Daß es auch diesmal wieder Fukuoka war, hat wenigstens mich nicht mehr erstaunt, im Gegenteil, ich erwartete dieses Gespräch nach dem Konzert bei einem eher leichten Abendessen mit nicht schwerem Bier. Ich war vorbereitet.

Allerdings nicht so, um sämtliche der Themen, die da angedeutet wurden, in geordnetem Zustand mitzunehmen in den nächsten Tag und zur Schreibmaschine. Wenn es etwas undiszipliniert erscheint – das ist ausschließlich meine Schuld und nicht die der jungen Musiker, die sich Gedanken machten und sie auch aussprachen.

Gedanken – zum Beispiel über die Situation des Orchestermusikers, der durchaus ordentlich verdient, bei entsprechender selbstauferlegter Belastung sogar sehr gut verdient, der aber trotzdem gleichsam stimmlos bleibt: Aus der Sicht eines Orchestermusikers wird es nach kurzer Zeit belastend, daß er immer unter Dirigenten spielen muß, an deren Engagement er nicht mitgewirkt hat. Und Kompositionen, die ohne seine Entscheidung aufs Programm gesetzt wurden.

Wie sollte es anders sein, wird sich der Musikfreund aus Wien fragen. Soll demokratische Mitbestimmung den Konzertkalender und die Dirigentenliste von Musikverein und Konzerthaus erstellen? Meinen die Orchestermusiker wirklich das?

Einerseits meinen sie es, und andererseits formulieren sie es absichtlich so extrem, denn ihrer Erfahrung nach ist ja das präzise Gegenteil der Fall, und also muß man radikale Wünsche vorbringen, um wenigstens etwas zu erreichen. Und mit diesem wenigstens Etwas wären sie dann gewiß auf längere Zeit wieder zufrieden.

Ihrer Erfahrung nach ist es ja nicht einmal ihr Verein, ihr Vertragspartner, ihr Arbeitgeber, der Dirigenten und Programme auswählt. Sondern der Generalsekretär des Musikvereins, der Generalsekretär des Konzerthauses und manchmal ein eigenwilliger Dirigent.

Zudem, argumentieren sie weiter, sind das allesamt Persönlichkeiten, die nicht die Geldgeber vertreten und deshalb besonders wenig Anrecht haben, ihre Wünsche durchzusetzen. Man kommt auch im Zusammenhang mit Programmideen nicht drum herum, das leidige Geld zu erwähnen: Auch die jungen Orchestermusiker wissen ungefähr, was ein „Dienst" des Orchesters kostet und wieviel ungefähr ein Wiener Veranstalter für diesen bezahlt. Sie irren sich im Detail, aber sie haben im Prinzip recht, ein Orchesterdienst kostet 200 000 Schilling und ein Wiener Veranstalter entrichtet an den Verein Wiener Symphoniker derzeit 18 000 Schilling für ihn. Die Differenz ist das, was man auch eine lebende Subvention der Wiener Musikveranstalter durch den Verein Wiener Symphoniker nennen könnte. Und nebstbei eine Subvention, die in der Hauptsache von der Stadt Wien gegeben wird, denn der Anteil, den der Bund am Budget des Vereins trägt, hält sich in engen Grenzen und ist seit Jahren nicht valorisiert worden. Man verzeihe mir die Abschweifung, aber es ist eine der wienerischsten Geschichten: Der verantwortliche Stadtrat und Vereinspräsident hat es recht schwer, mit dem sparsamen Unterrichtsminister zu verhandeln. Dieser kann sich nämlich auf eine Entscheidung seines Vorgängers berufen, und dieser wieder ist jetzt Bürgermeister der Stadt Wien. Dergleichen passiert, wenn eine politische Entscheidung getroffen wird, der Verantwortliche dann sein Amt wechselt und sich plötzlich in die Situation versetzt sieht, seine eigene Entscheidung als recht unfreundlich sich selbst gegenüber – im neuen Amt, versteht sich – bezeichnen zu müssen. Die finanziellen Auseinandersetzungen zwischen Leopold Gratz und seinem Nachfolger Fred Sinowatz bleiben immerhin in der eigenen Partei, es ist uns allen wenigstens erspart, diese auch noch als Gegenstand parteipolitischer Debatten mitzuerleben.

Zurück zu den Musikern. Ihnen ist vergleichsweise wenig wichtig, wie sich Minister und Bürgermeister verstehen, ihnen liegt nicht sehr viel daran, was zwischen Stadtrat und Generalsekretär besprochen wird. Sie meinen nur, ihr Verein, die Wiener Symphoniker, hätte doch angesichts der überragenden finanziellen Leistung auch das erste Wort zu sagen.

Nebstbei meinen sie selbstverständlich, als Musiker im Verein wären sie anzuhören – und haben dabei ganz und gar nicht unrealistische Ideen. Sie möchten den und den Dirigenten haben. Sie plädieren dafür, den und den Komponisten einmal zu erproben. Einen Zeitgenossen Beethovens zum Beispiel, von dem nicht einmal der routinierte Konzertbesucher etwas weiß. Den einen oder anderen nahezu vergessenen Musiker aus der Zeit Mozarts. Sie haben Namen und Werke parat, und das klingt gut.

„Die Philis", ist ein Stichwort, „haben das System." Gemeint ist, was jeder gelernte Wiener weiß. Daß die Wiener Philharmoniker ihre Dirigenten und ihre Konzertprogramme selbst bestimmen und in Orchesterversammlungen durchaus Diskussionen dazu möglich sind.

Die notwendige Entgegnung kommt aus den Reihen der jungen Musiker selbst. Sie kennen selbstverständlich auch die „Philis", und sie wissen, daß es auch bei diesen Diktate gibt – Dirigenten, die man einfach engagieren muß, und Dirigenten, die ein ganzes Orchester wünschen kann und die nicht zu haben sind. Und was die Programmwahl anlangt, so wird sie in der Realität doch wieder von Publikumswünschen, von Rücksichten auf die anderen in Wien aufgelegten Programme, von Abstimmungen mit den Aufnahmeplänen der Schallplattengesellschaften dominiert, und ganz so frei sind also in ihren Entscheidungen auch die Philharmoniker nicht.

Gut so, wir haben noch viel mehr auf dem Herzen.

Da gibt es Symphoniker, die es vorzögen, den Musikeralltag auch in einem Opernorchester zu verbringen. Sie sind sicher, bei weniger Auftritten auf dem Konzertpodium eher den rechten Biß zu haben, und sie fänden es auch gerechter, nicht beinahe bei jeder Gelegenheit der Kritik ausgesetzt zu sein.

Ihnen kann man nur schwer widersprechen. Bei den Routinevorstellungen im Opernhaus kommen sie sich uneingesehen vor. Konzerte aber, die ein Kritiker nicht besucht, die sollte es eigentlich nicht geben. Nur: es gibt kein drittes Opernhaus in Wien, und alle meine sehr privaten Wünsche, aus dem Theater an der Wien wieder ein zweites Opernhaus zu machen und die Volksoper als das Musicalhaus der Gemeinde führen zu lassen, stoßen auf kein Verständnis bei den subventionierenden Stellen. Und es wird gewiß das Los der Wiener Symphoniker bleiben, zuerst einmal das Konzertorchester zu sein und nur alle heiligen Zeiten auch an Opernerfolgen teilzuhaben.

Und weiter?

Da konstatieren ziemlich übereinstimmend alle Jungen, es sollte doch jede alberne Konkurrenz verschwinden, man sollte sogar versuchen, eine Art Großkommune der Wiener Musiker zu schaffen und aus einem einzigen Pool dann die Ensembles zusammenstellen, die von Veranstaltern gewünscht werden.

Man merkt, es wird spät bei dieser Art von Gesprächen. Denn erst gegen Mitternacht ist es möglich, sich wenigstens theoretisch vorzustellen, daß eine Art selbstverwaltetes „Musikerzentrum Wien“ bestünde, in dem man Philharmoniker und Symphoniker und Musiker aus anderen Orchestern fischen und zu dem zusammenstellen könnte, was im Musikerjargon eine Partie heißt: zum Beispiel für Schallplattenaufnahmen, von denen derzeit die Wiener Philharmoniker viel zu viele machen müssen und die Symphoniker beinahe ausgeschlossen sind.

Es geht denen, die über solchen Utopien heiße Köpfe bekommen, nicht immer um die gerechtere Verteilung der derzeit noch angebotenen Gagen. Im Gegenteil, auch in Musikerkreisen macht sich in der jungen und der ganz jungen Generation der Wunsch nach Wohlbefinden bemerkbar. Dieser Begriff, der so etwas wie ein heimlicher Sprengstoff ist, den man in die Leistungsgesellschaft gelegt hat – er tickt bereits an allen Ecken und Enden, und einmal wird er mit einem sanften Knall oder weichen Plop losgehen, und alle, die mit vollem Einsatz um ihren Anteil an dem allgemeinen Wohlstand und um ein bisserl Extra gerungen haben, werden erfahren, daß sie sich falsch benehmen.

Junge Musiker in allen Ensembles, erfährt man in Fukuoka

und muß es glauben, sind auch so etwas wie sanfte Verweigerer. Einer von ihnen, der beinahe schon zu alt ist, um zu ihnen zu gehören, findet mitten im Gespräch sogar die Formulierung, ausgerechnet die Wiener Symphoniker seien derzeit das Orchester mit der höchsten Lebensqualität – also mit einem garantierten Standard, der gleichzeitig keinen überwältigenden Leistungsdruck voraussetzt. Klingt erstaunlich, wenn man das hört.

Und noch ist es recht unvorstellbar, daß sich alle, wirklich alle Musiker zu solchen Zielen animieren werden lassen: ein Leben, in dem man sorgenfrei und nicht soviel und nicht unter dem, was jetzt Streß heißt, musizieren kann.

Ganz abgesehen davon, ist dann auch ein Argument, das immerhin noch ins Gespräch gebracht wird, daß anderswo an derart paradiesische Zustände nicht einmal gedacht wird – in England raufen nicht nur einzelne Musiker, sondern ganze erstklassige Orchester um Gelegenheiten, auftreten oder eine Plattensitzung haben zu können, und der Konkurrenzkampf um eine gute Orchesterstelle in den USA ist heute nahezu mörderisch –, abgesehen davon also, daß man nur in Österreich über solche Zustände nachdenken kann, gibt es die völlig vom Leistungsgedanken infizierte Generation der sehr aktiven vierzigjährigen Musiker, denen auch die allerjüngsten zugestehen, daß sie sich schwerlich noch bekehren werden.

Aber, meinen sie, und wir sind wirklich schon über Mitternacht hinaus, im Herzen werden sie doch einverstanden sein, wenn plötzlich Freizeit, Möglichkeit zur Besinnung, Chance zum Genießen des Errungenen winken. Sie sagen es, und sie sind in dem Augenblick Idealisten.

Als Idealisten haben sie weder darüber nachzudenken, ob sich unter diesen Umständen ein Konzertbetrieb aufrecht erhalten ließe, noch daran, was auch geschehen könnte, wenn plötzlich jede Konkurrenz verschwände – aber das sind Einwände rettungslos veralteter Menschen, mit denen man nicht nur bei Musikern nicht weit kommt. Hier, nur hier, spürt man den Gegensatz der Generationen. Auch bei Musikern.

Die völlig unbeschwert von den um sie herrschenden Realitäten sitzen und träumen können. Und zugleich ernsthaft bereit wären, dafür zu sorgen, daß das Leben zu ihren Bedingungen auch weitergeht.

Mir scheint, angesichts solcher mitternächtlicher Überlegungen sollte ich nicht die Paragraphen des Tarifvertrages zitieren, die sie alle unterschrieben haben und die sehr viele ihrer Träume vorläufig unerreichbar scheinen lassen. Sondern erinnern, was an dem Tag alles zu tun war, an dessen Ausklang man so redete und redete und friedlich zu Bett ging irgendwann in Fukuoka.

Denn jetzt ist diese Reise nicht mehr eine außergewöhnliche Station wie in Hongkong, sondern eine sozusagen ganz normale Musikerreise durch Japan, auch schon so etwas wie Alltag, und auch den kennt der Musikfreund in Wien nicht.

Bis 23 Uhr am Vorabend waren in Kagoshima die Koffer vor die Zimmertüren zu stellen, sie wurden eingesammelt und abtransportiert, bevor das Orchester aufstand. Am Morgen war nach dem Frühstück eine Stunde Fahrt zum Flughafen, dann eine Stunde Flug nach Fukuoka zu absolvieren. Dann gab es eine Busfahrt zum Hotel und dann immerhin die Möglichkeit, beinahe drei Stunden die Stadt zu sehen oder sich auf das Konzert vorzubereiten.

Dann war die Busfahrt zum Konzertsaal angesetzt, eine gute halbe Stunde Probe, knappe zwanzig Minuten, in denen sich das Orchester in ein Orchester zu verwandeln hatte. Dann war Konzert, der Mittelpunkt des Tages sozusagen. Dann war es irgendwo um 21 Uhr, und dann waren erst einmal im Hotel wieder die Koffer zu packen, denn diese wurden vor Mitternacht wieder eingesammelt. Und dann konnte das Orchester essen, entspannen, Gespräche auch irrationalen Charakters führen.

Knapper läßt sich der Tagesplan nicht beschreiben, und keiner, der ihn je mitgemacht hat, würde das bereits als eine Beschreibung gelten lassen.

Denn da hatte ja das Orchester – ich bleibe absichtlich bei dieser anonymen Bezeichnung, denn meinen Erfahrungen nach ergeht es jedem Ensemble so – zwischendurch auch einmal zu essen, und das unter den erschwerenden Bedingungen, daß nicht jeder japanische Kost mag und kaum ein japanisches Restaurant europäische Kost anbietet.

Zwischendurch muß man auch Ansichtskarten schreiben oder relativ viel Geld in ein Telephonat nach Wien investieren, um zu erfahren, was die Familie macht.

Zwischendurch muß man nachlesen, in welcher Stadt man ist, und überlegen, ob man in der knappen Zeit zwischen Ankunft und Abfahrt nicht wenigstens eine der Sehenswürdigkeiten besichtigen könnte.

Auch hat man sich auf das Konzert zu konzentrieren; man nehme diesen Ausdruck nicht zu leicht, es ist auch einem Orchestermusiker nicht gegeben, Minuten vor dem Konzert erst wieder ein Musiker zu werden – es gibt, irgendwo ist es schon erwähnt, Musiker, die zwischendurch auch üben.

Nebstbei sind an beinahe allen Orten japanische Musiker im Hotel und wollen Erinnerungen an ihre Studienzeit in Wien auffrischen oder sich die eine oder andere Neuigkeit aus Wien erzählen lassen; es gehört zur gesellschaftlichen Pflicht, mit diesen Kollegen und mit ihren Schülern zu plaudern, und auch das nimmt Zeit und Energie.

Außerdem hat man sich um die Kleinigkeiten zu kümmern, die bisher immer unerwähnt geblieben sind, weil andere Reisende sie ja auch kennen. Frische Hemden. Schwierigkeiten mit dem Rasierapparat. Verkühlungen dank der heftigen Klimaanlagen in jedem Hotel, jedem Restaurant, jedem Lift. Pünktlichkeit bei der Abfahrt von Bussen hier und dort und wieder zurück. Manchmal Verzweiflung über Kellner, die höflich, aber langsam oder übereifrig sind.

Und immer noch ist das eine sehr knappe und ganz und gar nicht plastische Aufzählung, absichtlich ohne die vielen Tükken, die sich da im Detail eines solchen Reisetages einschleichen können. Ein Koffer ohne Henkel. Ein zu enges Zimmer. Schwierigkeiten mit dem Hemd. Was weiß ich, was alles.

Und der geneigte Leser, dem vielleicht schon der Atem ausgegangen ist bei dieser rasanten Aufzählung, hat zu bedenken, daß dies ein Tag ist, herausgenommen aus der Kette wie irgendeine Kabine eines Paternosters. In der Realität folgte auf den Tag in Kagoshima der Tag in Fukuoka und auf diesen der Tag in Hiroshima und erst am Tag darauf, dem Tag in Osaka, war die Situation um eine Nuance anders, denn der nächste Tag war frei, und also unterblieb für eine Nacht die Notwendigkeit, den Koffer vor die Tür zu stellen, bevor man schlafen ging.

Und weiterhin sollte der jetzt schon begeisterte Leser erwägen, daß auch für einen routinierten Orchestermusiker das Konzert, das mittendrin in diesem Tag gegeben wird, ein aufregendes und immer neues Erlebnis ist, dessen Ausgang zwar in Noten vorgezeichnet wird, trotzdem aber nicht abzusehen ist – der Saal in Kagoshima ist hübsch und klein und hat das, was man Stimmung nennt, der Saal in Fukuoka wieder ist erstens aus Beton, zweitens überdimensioniert, drittens nur zu zwei Dritteln besetzt, und von der Rückwand prallt der einmal produzierte Klang hart ab und trifft mit präziser Verspätung wieder auf den Orchestermusiker, der längst anderes zu spielen hat. Und immer und überall sollen so an die hundert Musiker nicht einfach Beethoven und Brahms, sondern ganz hervorragend Beethoven und beispielhaft Brahms spielen, denn das japanische Publikum hat alle nur denkbaren Vergleichsmöglichkeiten, es ist keineswegs unkritisch dankbar für die Gelegenheit, einmal ein Wiener Ensemble zu hören, es ist Saison für Saison mit den teuersten und besten europäischen und amerikanischen Ensembles konfrontiert, die allesamt wissen, daß sie auf ihren Reisen gegeneinander anspielen.

Das alles ist Tag für Tag zu bedenken und immer wieder zu beobachten, und erst, wenn man das erlebt hat, darf man staunen, daß Musiker nach einem Konzert, in dem sie Können und Emotion investiert haben, auch noch Zeit für Utopien haben, die sie mit einem Mitreisenden wenigstens einmal besprechen wollen.

Was kostet, was bringt eine Reise?

Ein zweifellos schwieriges, weil auch dem Autor relativ fremdes Sachgebiet darf auf die Dauer nicht ausgespart bleiben. Was kostet, was bringt eine Reise?

Vielleicht werden wir es gemeinsam errechnen – bleiben wir bei der nicht auf den Mann genauen Zahl von hundert Musikern, die diesmal unterwegs sind, und verlassen wir uns drauf, daß Generalsekretär Lüdemann weiß, welche Ziffern er preisgegeben hat.

Zum Beispiel: Nach seiner Rechnung kostet jeder Musiker an Diäten, Übernachtungen und Flugkosten respektive Eisenbahnbillets rund 70 000 Schilling – das Orchester insgesamt somit sieben Millionen Schilling. In dieser schon recht ansehnlichen Summe ist noch kein einziger hörbarer Ton enthalten, weder einer auf einer Probe noch einer im Konzert. Proben und Konzerte, besser bekannt unter dem einprägsamen Titel Dienste, müssen gesondert honoriert werden.

Dies müßten sie bis zu einem gewissen Grad auch, wenn es nur Proben und Konzerte in Wien gäbe und dabei mehr als das im Tarifvertrag vorgesehene Limit verlangt würde. Was drüber ist und sich zweifellos später auf der Reise noch ergibt, sind Überdienste, die mit besseren Tarifen bezahlt – und versteuert – werden müssen. Davon später, wenn die Extras drankommen, zu denen auf dieser Reise auch ein hübscher Posten kommt, der Frackgeld heißt.

Symphoniker spielen in der Regel im dunklen Anzug. Wird ihnen abgefordert, daß sie ihren Frack anziehen, haben sie Anrecht auf einhundert Schilling pro Mann und Dienst. Das heißt, das festlichere Bild, das die Wiener Musiker dem japanischen Publikum bieten, kostet den Veranstalter pro Konzert noch einmal 10 000 Schilling, auf der gesamten Reise macht das eine Summe von immerhin 130 000 Schilling.

Man kann bei diesem sehr simplen Beispiel schon draufkommen, daß es allemal auf die Menge ankommt. Der einzelne Musiker erhält dafür, daß er festlich, aber wenig bequem musiziert und seinen teuren Frack strapaziert, auf der gesamten Reise nur 1 300 Schilling, und das könnte man vielleicht als angemessen bezeichnen. Hundert Musiker aber, das macht schon wieder was aus.

Geht man die Reisekosten einmal anders an, dann kann man sich von dem Kompetenten mitteilen lassen, daß einer der insgesamt 22 Reisetage den Veranstalter 140 000 Schilling kostet. Jedes Konzert dagegen werde um 350 000 Schilling verkauft – und dreizehn Konzerte gibt es auf der Reise.

Wenn also die Reise- und Aufenthaltskosten für die Tournee mit sieben Millionen Schilling angenommen werden und es an Einnahmen errechnete 4 550 000 Schilling gibt, dann bleibt unter dem Strich etwas, das üblicherweise Defizit heißt. Das kann sich, unvorhergesehene Ausgaben sind denkbar, zusätzliche Einnahmen sind nicht zu erwarten, nur um ein paar mit hundert zu multiplizierende Tausender handeln, und so kommt es zu der Summe, die Lutz Lüdemann wieder als offiziell vorgesehenen Bedarf an Zuschuß angibt. Er spricht von 2 300 000 Schilling und lächelt optimistisch, wenn er es sagt.

Bei allen diesen sehr vereinfachten Angaben ist nicht mitgerechnet, daß auch ein Dirigent gebraucht wird und auch dieser eine Gage haben will. Christoph Eschenbach, der wie jeder internationale Künstler seinen Richtpreis hat, wird von den Agenturen in Hongkong und in Japan bezahlt, die Symphoniker geben ihm nur das jeweils angemessene Hotelzimmer und haben seine Reisekosten übernommen.

Ich zögere, ob ich so indiskret sein darf. Ich zögere nur kurz, weil ich mir vorstellen kann, daß jedermann auch ganz gern wissen möchte, ob er sich einen Dirigenten oder Pianisten auch leisten könnte. Also verrate ich auch das.

Pro Konzert bezahlt man dem Dirigenten 70 000 Schilling, und an Abenden, an denen er auch noch als Solist mitwirkt – und das sind zwölf von dreizehn auf der Reise – erhält er noch einmal 28 000 Schilling. Eschenbach, vor wenigen Jahren nur Pianist, hat sich als Dirigent erstaunlich rasch einen ansehnlichen Fixpreis erwirtschaftet. Die hier genannte Summe gilt ausschließlich für die Reise im März 1982 und ist natürlich auch unter dem Gesichtspunkt einer Art Mengenrabatt zu sehen. Und hält sich, höre ich und muß es glauben, unter den Preisen, die man ihm für Konzerte in den USA bereits zugesteht.

Und jetzt muß ich, weil sehr rasch Neid und Mißgunst ausbrechen, den heftig rechnenden Leser bitten, sich doch auch zu überlegen, was der Dirigent einer solchen Reise zu tun hat.

Wie immer er heißt, welche Reputation immer er hat – er muß auf der Reise Proben abhalten und Konzerte leiten. Er muß, wenn es nicht um den Donauwalzer geht, für eine Animation von wenigstens einhundert Musikern sorgen. Er muß sie inspirieren. Er muß nicht nur bis zu einem gewissen Grad, sondern ganz und gar dafür da sein, daß ein Konzert stattfindet und zu einem möglichst guten Ende kommt. Er muß das Risiko auf sich nehmen, daß nach einem weniger gelungenen Abend Zweifler meinen, er allein hätte versagt.

Und so weiter. Man soll nur einmal angedeutet haben, daß dergleichen eine körperliche und eine geistige Leistung darstellt, daß diese unter Erfolgszwang gegeben werden müssen und daß es, so viele Dirigenten man auch immer zur Verfügung hat, nicht jedermanns Sache ist, eine Orchesterreise mit seinem Namen zu verantworten.

Und nebstbei: Außer Eschenbach und Lüdemann und mir und jedem Leser weiß auch die Steuer um die ungefähr 1 300 000 Schilling, die mit Proben vorher und Konzerten auf der Reise verdient wurden. Und nimmt ihren Anteil davon. Unterm Strich, um diesen Ausdruck gleich noch einmal zu verwenden, bleibt eine Summe, die ein Musikfreund wahrscheinlich als angemessen bezeichnen wird.

Vor allem, wenn er so weit denkt und weiß, daß Eschenbach mit den Symphonikern nicht unter dem Mantel eines Tarifvertrages Partner ist, daß er weder Frackgeld noch Überdienste erwarten darf und später einmal selbstverständlich auch keine Pension, deren Sicherung der Verein Wiener Symphoniker übernommen hat. Er arbeitet und musiziert – gewiß nicht immer nur der Gage wegen – auf seine eigene Rechnung, und wenn sie irgendwann einmal nicht aufgeht, dann wird ihm kaum geholfen.

Und jetzt weg mit den Zahlen, sie kommen später wieder einmal vor und betreffen dann wahrscheinlich nicht nur diese aktuelle Reise. Nur noch der überstrapazierte Vergleich: Um kostendeckend oder sogar gewinnbringend unterwegs zu sein, müssen die Wiener Philharmoniker sehr viel höhere Gagen von den lokalen Managern verlangen und sind die Wiener Philharmoniker bereit, auf alle Extras zu verzichten, die ihre Kollegen im Tarifvertrag zugesichert bekommen haben. Unter Extras verstehe ich, was an Gage noch hereinkommt (oder ausbezahlt werden muß), wenn ein Reisetag mit Reise, Probe und Konzert über eine vereinbarte Anzahl von Stunden hinaus – und wenn auch nur um Minuten – währt. Wenn irgendwo im Plan sich ein Fehler ergibt, der zugunsten der Musiker ausgelegt werden kann . . .

Vergleiche zwischen Eschenbach und anderen Dirigenten kann ich schwerlich bieten. Weder ein Dirigent noch ein Veranstalter hat bisher freiwillig verkündet, was gefordert, was bezahlt wird. Manchmal ist es, das freilich darf man annehmen, wirklich mehr.

Was aber die permanent erstellten und deshalb nicht weniger verpönten Relationen zu anderen Ensembles anlangt, so sind die Symphoniker eigener Aussage nach auf einer Art Einstandstour. Damit meinen sie – und vielleicht verstehen auch die japanischen Manager es so – für diesmal, daß sie sich unter ihrem wahren Wert verkaufen, daß sie freilich auch zeigen wollen, wieviel ihnen für das nächste Mal zustünde.

Und, auch diese Rechnung wird bereits gemacht, es handelt sich ja um eine Steigerung von 50 000 auf 80 000 DM, dann wäre es bereits erreicht, und eine Japanreise könnte kostendeckend stattfinden. Von den Kollegen Philharmonikern munkelt man, sie würden ungefähr soviel verlangen und auch bezahlt bekommen. Und weil sie keine Extras zu verrechnen haben, funktioniert auch alles.

Ob es wirklich stimmt?

Ich übernehme nur die Gewähr dafür, daß alle die genannten Summen von autorisierten Personen genannt wurden. Ob sie die richtigen sind, das darf wenigstens ich nicht mehr bezweifeln, schließlich muß ich meinen Gesprächspartnern ja Glauben schenken.

Der ungelesene Tarifvertrag

Ein Nachtrag ist immer wieder angebracht. Ein Orchester besteht aus ungefähr hundert Mann, das heißt aus wenigstens fünfzig verschiedenen Persönlichkeiten. Was in einem mitternächtlichen Gespräch oben als Meinung „aus dem Orchester“ angeboten wurde, das ist niemals die Ansicht des gesamten Ensembles.

Und wenn ich mich der ungezählten mitternächtlichen Gespräche mit Wiener Philharmonikern oder mit sehr wesentlichen Solisten der Staatsoper erinnere, dann waren da immer Reformvorschläge fürs Opernhaus in Wien oder für wenigstens einige wesentliche Positionen am Haus mit im Spiel, und nie war ich nachher in der Lage zu behaupten, dies sei jetzt die Ansicht der Wiener Philharmoniker oder der Staatsoper. Immer waren es nur Ideen, die einzelne Mitglieder hatten, und zumeist waren es solche, mit denen ich selbst sehr sympathisierte – verwirklicht wurden daher bis dato auch nur sehr wenige. Ich schlage mich offenbar meist auf die Seite der guten Verlierer, nie auf die der brillanten Gewinner.

Obwohl das schon wieder ein Thema dieser bewußten Nacht in Fukuoka ist, wo man immer nur spricht und weit über die Meere hinweg an Wiener oder wenigstens europäische Probleme denkt: Auch die Berliner Philharmoniker werden von Kollegen bereits als ihres eigenen Chefdirigenten müde geziehen, das heißt, einige von ihnen sind nicht mehr der Ansicht, Herbert von Karajan sei der ideale Musiker und Orchesterleiter. Würde ein Zeitungsmann das hören und als Meldung in sein Blatt setzen, er hätte durchaus recht und unrecht zugleich. Denn er würde bei näherem Hinhören auch Berliner Stimmen zur Kenntnis nehmen müssen, die Herbert von Karajan preisen wie am ersten Tag. So ist das nun einmal, und der geneigte Leser muß darauf achten. Nichts, was da als gesicherte Erfahrung preisgegeben wird, ist als Statement eines ganzen Ensembles anzusehen. So etwas gibt es nicht.

Einen Neugierigen freilich provozieren die Bemerkungen, da müßte doch auch einmal ein Orchester wie die Symphoniker Programm machen dürfen wie die „Philis“, und angesichts der stundenweisen Fahrten in einem der berühmten japanischen Städteschnellzüge, die Hikari heißen und weit über die 200 Stundenkilometer hinauskommen, holt sich der Neugierige auf eine Weise, die er nicht weiter beschreibt, einmal den Tarifvertrag der Herren Symphoniker. Ein berühmtes, berüchtigtes kleines Heft, das jeder Musiker einmal unterschreibt, wenn auch nicht durchliest. Eines, das aber Paragraph für Paragraph interessant ist und nicht nur dort, wo es um Überstunden und deren Bezahlung geht.

Zum Beispiel: Schon der Paragraph 3 dieses Vertrages scheint mir ziemlich zitierenswert: „Zweck des Orchesters: Es ist die Aufgabe des Orchesters, das wertvolle Musikgut, insbesondere Österreichs Musikerbe und zeitgenössisches Musikschaffen, in hoher künstlerischer Form der Mitwelt darzubieten und damit die Geltung der Stadt Wien und Österreichs zu festigen und zu erhöhen und das Musikverständnis in allen Schichten des Volkes zu verbreiten. Der Betriebsrat ist berechtigt, gegen Dienste, die nach seiner Meinung dem Zweck und der Aufgabe oder der künstlerischen Bedeutung des Orchesters nicht entsprechen, sowie gegen die Bestellung von Dirigenten, insbesondere von ständigen, die nach Ansicht des Betriebsrates mit der künstlerischen Bedeutung des Orchesters nicht im Einklang stehen, beim Verein Vorstellungen zu erheben. Solche Vorstellungen kann der Verein nicht ohne Angabe von stichhaltigen, sachlichen Gründen unberücksichtigt lassen." Allein darüber wird ein Außenstehender zu rätseln haben. Im Vertrag jedes Mitglieds des Orchesters ist also festgehalten, und zwar ohne Absatz zwischen den beiden Gedanken, daß die Symphoniker hehrste Aufgaben haben und der Betriebsrat angehalten ist, diese insofern mitzubestimmen, als er gegen Dirigenten und Programme, die weniger edel und weniger österreichisch erscheinen, Vorstellungen erheben kann.

Nun, da könnte also doch jeder der Dirigenten, die für das Orchester so zwischendurch von der Gesellschaft der Musikfreunde oder der Konzerthausgesellschaft angenommen werden, vom Orchester via Betriebsrat und Gummiparagraph auch wieder abgelehnt werden? Und jede Komposition, die nach Ansicht des Betriebsrates nicht geeignet ist, die künstlerische Bedeutung des Orchesters zu heben, könnte aus dem Programm radiert werden?

In der Praxis funktioniert das nicht, weil auch der amtierende Betriebsrat weiß, daß er weder beim Orchester noch beim Verein gut angeschrieben wäre, erhöbe er einmal die Woche Vorstellungen. Und der amtierende Betriebsrat ist immerhin ein geachteter Musiker, als Mitglied des „Concentus Musicus" auch weit gereist und mit Geschmack von Profession her gesegnet. Der Bratschist Theiner würde, protestierte er gegen ein Stück oder einen Musiker, nicht völlig unrecht haben. Wenn er es trotzdem kaum tut, dann hat er seine guten Gründe: vor allem die, daß das Orchester existieren muß, daß es daher auch entsprechend viele Engagements braucht und daß es diese verlieren würde, geriete es in den Ruf, besonders schwierig zu sein.

Worunter man so allgemein versteht, daß ein Orchester gern mit Dirigenten streitet, sich gern mit Einzelheiten auseinandersetzt, bis die Probe vorbei ist, gern in den abendlichen Konzerten dann die Verantwortung auf den Dirigenten abschiebt. Die Symphoniker sind, so gesehen, gar nicht schwierig. Sie lieben Proben in Sympathie mit dem Dirigenten, sie widersprechen nur, wenn dieser sich in technischen Fragen selbst nicht auskennt, sie helfen vor allem jedem Musiker, am Abend gut dazustehen; im eigenen Interesse verständigen sie sich im Ernstfall und nehmen die Führung selbst in die Hand. Hier ist der Konzertmeister dann von Wichtigkeit, und die Stimmführer, die mit gespannter Miene zu ihm hinblicken, sind für den Beobachter allemal ein Indikator, wie sicher sich ihre Gruppe unter dem Dirigenten selbst fühlt.

Schauen die Musiker in ihre Noten, dann ist alles in bester Ordnung. Nehmen sie den Dirigenten relativ oft zur Kenntnis, dann hat dieser nach der einen oder anderen Seite hin Außergewöhnliches vor, mit dem sich das Orchester immerhin identifiziert. Gibt's immer wieder Verständigungszeichen zwischen den Musikern an den ersten Pulten selbst, dann darf man sich getrost zurücklehnen und das Konzert als unerheblich an sich abprallen lassen. Dann sind der Dirigent und das Orchester nicht zu gemeinsamen Ansichten gekommen.

Das ist eines der kleinen Rezepte, die man gratis verteilen kann und die auch einem Wiener Publikum längst bekannt sind. Ich denke, ich führe das gar nicht weiter aus, wir sitzen ja alle seit Jahren in den bewußten zwei Wiener Sälen und erleben Konzerte von allen drei oben geschilderten Dimensionen.

Ich widme mich lieber wieder den Ideen über Selbstbestimmung, die im Vertrag der Symphoniker quasi negativ formuliert aufscheinen, und ich überlege, daß es ein winziges Beispiel von Selbstbestimmung sogar auf dieser Reise gibt. Mein Donauwalzer, der in Hongkong dank der wachen österreichischen Kolonie den Beifall provozierte, den er allenthalben mit dem ersten Streichereinsatz erzielt, ist auf dem Programm, weil die mitreisende Harfenistin Bayer das so wünscht. Sie spielt einige bedeutende Takte in der „Passacaglia“ von Hans Erich Apostel, und sie fühlt sich damit nicht ausgelastet. Sie ist zum letzten Mal mit auf der Reise, sie wird sich anschließend zurückziehen. Ein kranker Daumen erschwert ihr das Harfenistinnenleben.

Den Donauwalzer aber, den spielt sie allemal noch, und daß er immer, wenn sie im Konzertsaal zu tun hat, doch als Zugabe aufgelegt wird, das hat sie durchgesetzt. Gewiß, sie hat verständnisvolle Kollegen, die diese Komposition ähnlich lieben. Und einige, die die alternative „Fledermaus“-Ouvertüre zu aufwendig für eine Zugabe halten. Im Grunde aber dankt, wer von den Musikliebhabern in Hongkong und in Japan diesmal den Donauwalzer hört, dies dem Impetus einer Harfenistin und ihrem Charme, und ihm erliegt natürlich auch der deutsche Dirigent Christoph Eschenbach.

Als ein anderes Beispiel für die negative Auswahl der Kompositionen, die ein Wiener Orchester spielt oder zu spielen verweigert, müßte ich das Lebenswerk eines komponierenden geistlichen Herren nennen, das noch vor Jahren mit ordentlicher Regelmäßigkeit von den Symphonikern Saison für Saison uraufgeführt wurde, das aber jetzt anderen, kleineren Ensembles in den Schoß fällt und offenbar unter diesen nach seltsamsten Regeln verteilt wird. Allein, warum den Groll eines liebenswerten Mannes heraufbeschwören, der seine Werke liebt, wie man es von ihm erwarten darf, und der dank einer treuen Klientel doch immer wieder Musikern etwas zu verdienen gibt? Ich erinnere mich noch, daß Viktualienhändlerinnen vom Naschmarkt, dort, wo es am fruchtbarsten und einträglichsten ist, in früheren Jahren mit Vehemenz für diesen Komponisten eintraten und sogar so etwas wie Bestechung versuchten: das beste Gemüse gegen ein paar nette Worte, das ungefähr war der vorgeschlagene Handel. Die Symphoniker spielen dergleichen nicht mehr, ich muß nicht kritisieren, und mein Gemüse kaufe ich mir weiterhin nach Gusto. Belassen wir es bei der Andeutung und dabei, daß da wahrscheinlich einmal der Betriebsrat beim Verein seine Vorstellungen erhoben hat.

Gehen wir zum andern Teil der Vereinbarungen über, zu den Dirigenten. Konzertmeister Schnitzler, von dem bisher noch gar nicht berichtet wurde, ist nicht nur ein ausgezeichneter Imitator einiger Dirigenten, einiger Kollegen und ganzer Sprachstämme – diesmal selbstverständlich immer wieder hoch geschätzt als Japaner, der Anweisungen gibt, die das ganze Orchester versteht. Konzertmeister Schnitzler ist außerdem zuständig für den Kontakt zwischen dem jeweiligen Dirigenten und dem Ensemble.

Freilich, er hat seine eigenen Ansichten über diese Funktion, und er meint, bei einer Busfahrt hole ich ihn aus, er sei gewiß nicht dazu da, das Orchester zum Beispiel gegen Tempi oder Anweisungen eines eigenwilligen Dirigenten zu vertreten. „Wenn man in ein Orchester eintritt, gibt man einen Teil seiner Persönlichkeit auf. Man übernimmt die Aufgabe, das zu spielen, was ein anderer als Musik ansieht. Das ist integrierender Bestandteil des Vertrags, und solange dieser andere nichts Unmögliches oder total Falsches verlangt, hat man zu tun, was er für richtig hält." Schnitzler hat recht, es wäre furchtbar, ließe sich ein Orchester nicht mehr dazu bestimmen, die Ideen eines Herbert von Karajan oder eines Christoph von Dohnanyi auszuführen; spielte es immer nur, wie die überwiegende Mehrzahl der erfahrenen Männer im Orchester das gewohnt ist.

„Schaun Sie, ich kenne viele der Stücke wahrscheinlich genausogut wie ein Dirigent, ich habe auch meine ganz persönliche Meinung zu ihnen, und die ist sehr oft nicht die des Dirigenten. Was sollte ich da tun? Opponieren? Das wäre völlig falsch. Ich müßte Dirigent sein, dann könnte ich meine Meinung ausdrücken. Solange ich im Orchester spiele, habe ich mich bereiterklärt, mich unterzuordnen."

Trotzdem, so ist es in der Realität auch nicht, ich habe es auf dieser Reise erlebt, es hat Gespräche zwischen dem Konzertmeister und dem Dirigenten gegeben, und Tempi änderten sich, und es hat Gespräche zwischen wichtigen Musikern des Orchesters und dem Dirigenten gegeben, und aus seinen Anweisungen wurden andere. Behutsam und freundlich sind sie alle am Werk und versuchen etwas von dem durchzusetzen, was ihnen an Brahms oder Beethoven oder Bruckner wesentlich erscheint und was sie vermissen, wenn ein Dirigent probiert oder konzertiert.

Noch einmal, der Rezensent im Reiseberichterstatter tut sich schwer, er sympathisiert mit den Orchestermusikern und findet nur schwer Zugang zu dem Dirigenten, der immerhin ein äußerst liebenswerter, umgänglicher Mensch ist und sich als Pianist und Musiker von Format gezeigt hat: Hie und da passiert es einem, daß man halt anderer Auffassung ist und dies auch sagen oder schreiben möchte, und dann muß man's tun, sonst beißt man sich für Wochen die Zunge ab, und das ist ungesund auch für diejenigen, die immer behaupten, unter dieser spitzen Zunge zu leiden.

Vor Jahren waren die Wiener Philharmoniker in Japan, Christoph von Dohnanyi, ein Enkel eines Budapester Komponisten, aber dennoch ein äußerst nordischer Musiker, leitete in Tokyo eine Probe zu einem Walzer und hatte auch so seine eigenen Auffassungen. Ich werde den rasch sich rötenden Kopf des ersten Bratschisten Streng nie vergessen – er war allemal ein Indikator für Ärger über ein Tempo oder über eine Bemerkung des Herrn am Dirigentenpodium. Bei Dohnanyis Walzertempi war er wie eine Tomate.

Und dann gab's das erste Konzert, die erste notwendig gewordene Zugabe und einen Christoph von Dohnanyi, der zwar den Auftakt schlug, sich aber dann – bildlich – zurücklehnte und die Herren Philharmoniker ihren Walzer musizieren ließ. Nicht, daß er gar nichts mehr getan hätte, er sorgte sogar für einige Präzision bei Einsätzen der Nebenstimmen. Aber er tanzte nicht nach eigenen Ideen, er überließ sich dankbar dem Pulsieren, das aus den Geigen kam und dem Tempo, das die Baßgeiger ganz von selbst richtig anzupften. Und er bedankte sich mit einer hübschen Bemerkung bei den Musikern, die in anderen Proben von ihm begeistert waren und bei diesem Konzert für ihn die Mentoren in Sachen Dreivierteltakt abgaben.

Er hatte es viel leichter als Eschenbach, der guten Glaubens seine eigenen Ideen vorträgt, und zwar so sichtbar, daß ein ganzes Orchester nicht zum Verräter werden kann, daß es dem Publikum zuliebe so spielen muß, wie er es will. Das ginge noch. Daß aber dieser exzellente Musiker den Widerstand nicht spürt und wirklich glaubt, er könne das ganz richtig, das stimmt traurig und läßt mich auf die Zunge beißen. Doch jeder hat seine kleinen Fehler, also wollen wir uns nicht weiter drüber auslassen.

Lange nachher noch denkt einer darüber nach, ob er bei einem Abendessen vielleicht auch ein wenig über diese Walzer und gewisse Divergenzen in den Ansichten hätte sprechen sollen. Und entscheidet noch einmal, daß er's zurecht unterließ. Eschenbach, der Kammermusiker, der sonst immer auf seine Partner hört, wird da eine Art Selbstschutz getragen haben und hätte falsch reagiert.

Orchestermusiker können sich nur schwer vorstellen, daß sogar Musikfreunde längst nicht ausreichend darüber informiert sind, was in einem Orchester wie und warum funktioniert. Musikfreunde wiederum wissen nicht, was ein Ensemble wirklich beschäftigt, wenn es einmal nicht mit Gesprächen über Hobbies oder das bereiste Land völlig ausreichend befaßt ist.

In diesem Zusammenhang ein, zwei Beobachtungen, die nicht auf anderen, nicht auf irgendwelchen Reisen gemacht

Auftakt zur Japanreise 1977 der Wiener Philharmoniker. Christoph von Dohnanyi bei einer Probe im Ballsaal des Hotels Imperial in Tokyo

wurden, sondern ausschließlich diesmal und in erstaunlicher Übereinstimmung mit und unter den Musikern zu machen waren. Aus irgendeinem Grund sprachen Symphoniker mit mir immer wieder über die Studie „Streß und Musik", eine wissenschaftliche Arbeit, die das Orchester sich vor Jahren selbst als Jubiläumsgeschenk anfertigen ließ: In dieser Studie ging es darum, festzustellen, wie hart die nervliche und körperliche Belastung von Orchestermusikern sein kann. Da wurde allerdings sehr deutlich aufgeschlüsselt, da kam jede einzelne Instrumentengruppe dran und auch noch in der Gruppe jeweils der Unterschied der Belastung eines solistisch eingesetzten und eines nur chorisch verwendeten Musikers. Daß die Erkenntnisse dieser Studie noch immer nicht der Allgemeinheit bekannt sind, verwundert. Die Musiker hätten sie noch viel mehr unter die Leut' bringen müssen, sie stünden mit ärztlichen, wissenschaftlichen, auf Instrumenten aufgezeichneten Attesten da, wie groß einerseits ihre nervliche Belastung ist, wie bedrohlich andererseits auf das Pensum an Körperkraft, das man ihnen in einem

„ganz gewöhnlichen Konzert“ abverlangt. Aber Musiker sind einmal so. Sie lassen sich bestätigen, daß sie weit über die Norm zu arbeiten haben, dann sind sie zufrieden und bleiben dabei. Und rechnen nur hie und da einander selbst vor, daß sie schon ganz besondere Menschen sind. Und fühlen sich dann wieder korporativ mißverstanden oder unterschätzt.

Punkt zwei vieler Gespräche auf dieser Reise war der eine Moment, der allabendlich mehrmals ein Orchester eint. „Wo gibt es sonst einen Beruf, dessen wichtigstes Merkmal ist, daß ungefähr hundert Menschen auf den Herzschlag genau gemeinsam beginnen?“ Immer wieder wurde mir diese Frage gestellt, und ich weiß bis heute nicht, warum. Es ist das ja an sich nichts wirklich Neues, wenn man überlegt, wie Orchestermusik erdacht ist. Da beginnt nicht einer, wenn er sich entsprechend disponiert fühlt, sondern da beginnen sehr viele, wenn nach einer Sekunde der allgemeinen Nervenanspannung ein Dirigent mehr oder weniger deutlich das Zeichen zum Einsatz gegeben hat.

Das Thema ist insofern heikel, als zum Beispiel der Nationalsozialismus Bedrohliches über Orchester sagte – er meinte, diese seien ein hervorragendes Beispiel dafür, daß nur unter dem Führerprinzip etwas geleistet werden könne. Und da auch dieser Vergleich nicht wirklich hinkt, sollte man das Thema rasch wieder verlassen. Oder sich, wie es auf dieser Reise auch die Symphoniker getan haben, des Wieners Josef Krips erinnern, der in seinem unvergessenen Tonfall sagte: „Meine Herren, im Leben draußen sind wir Demokraten. Auf dem Podium aber sind wir Aristokraten.“

Das klingt sehr viel besser als die Erwähnung des Führerprinzips, mein‘ ich, und Krips, der in seinem Leben viel gelitten hat, gehört viel eher in ein solches Buch als irgendein dubioser Propagandist aus überwundenen Zeitläuften.

Krips, unter dem die Symphoniker auf Reisen gingen, als es noch etwas schwieriger und härter zuging, hat jetzt nach seinem Tod noch eine gute Reputation bei dem Orchester erhalten. Viele seiner Bemerkungen machen noch die Runde, Konzertmeister Schnitzler kopiert Krips noch ausgezeichnet, und jeder, der mit in den USA war, ist jetzt schon bereit, die physische Belastung zu vergessen und die Spannung, unter der Krips immer musizierte. Jetzt gedenken sie seiner Tempi und der Tatsache, daß er mitten im Konzert nur noch begeistert zuhörte und kaum noch korrigierend eingriff. Krips kam aus einer sehr alten, sehr wienerischen Schule, er war der Ansicht, man müsse erst einmal sehr intensiv probieren und studieren, dann habe man das einzig richtige Tempo anzuschlagen und allein der Musik zu vertrauen.

Karl Böhm, der ganz gewiß vom gleichen Schlag wie Krips war (und sich deshalb mit ihm ganz und gar nicht vertrug), hat einmal auf einer Reise diese Ansicht auch bestätigt. Als ihn ein Philharmoniker um einen bestimmten Einsatz bat, den er auch im Konzert deutlich vom Dirigenten haben wollte, verbat sich Böhm das. „Mein Lieber, beim Konzert kann ich keine Einsätz' geben. Da muß ich gestalten." Musiker und Musikfreunde wissen schon, was er darunter verstand.

Und ein Hohepriester wie Herbert von Karajan macht es ja auch kaum anders. Wenn ältere Philharmoniker höflich erklären, es hätte ihnen schon geholfen, hätte er zwischendurch im Konzert einmal die Augen geöffnet, so geben sie doch auf Befragen auch gern zu, daß seine scheinbare Abwesenheit so Fragen wie einem Einsatz gegenüber auch Vorteile gehabt hätte. „Wir haben immer höllisch aufpassen müssen", sagen sie und lassen den Schluß zu, bei anderen Dirigenten hätten sie es leichter gehabt.

*

Zurück von diesen Ausflügen, die ich mir nicht und nicht versagen kann. Ich hatte begonnen, den Tarifvertrag des Orchesters zu lesen und zu kommentieren und erst einen einzigen Paragraphen zitiert. Es gibt aber sehr viel mehr, und alle sind dem Publikum so gut wie unbekannt.

Der Paragraph 5 des Vertrages sagt: „Die Bewerber sollen in der Regel das 35. Lebensjahr nicht überschritten haben und eine dem Ansehen des Orchesters entsprechende allgemeine Bildung aufweisen. Bei gleicher Leistung soll österreichischen Staatsbürgern der Vorzug gegeben werden."

Die Legende der Wiener Orchester besagt, die Homogenität der Ensembles käme zustande, weil alle Musiker aus Wien oder der engsten Umgebung stammen, alle gemeinsam aufgewachsen sind, alle die gleiche Sprache sprechen, alle im gleichen Takt zu atmen gelernt haben. Die Legende war immer schon eine fromme Lüge.

Bei Philharmonikern und Symphonikern waren immer schon Musiker, die nicht in Wien geboren, nicht einmal rund um Wien aufgewachsen sind, engagiert. Sie hatten sich trotzdem eingefügt, sprachen allesamt ein klangvolles Wienerisch.

Bei den Philharmonikern kenne ich einen Amerikaner, der es ganz ausgezeichnet beherrscht. Bei den Symphonikern ist sogar ein Japaner als Cellist engagiert, er heißt Yoschii mit Nachnamen, stammt aus einer alten Familie, allerdings aus einer alten Musikerfamilie – und sie lebt jetzt seit Jahren in Wien. Auf Japanreisen ist Yoschii ein vielbeschäftigter Mann, der freilich nur ungern als Dolmetsch eingesetzt wird und sehr viel lieber in recht nettem Wienerisch seine unorthodoxen Gedanken über Japan äußert. Er scheint auch nur noch Gast in seiner Heimat zu sein.

Außer ihm aber gibt es, dem Besetzungszettel ist es unschwer zu entnehmen, auch einen Ungarn im Orchester, er strömt über vor Höflichkeit in jeder Hinsicht, er ist galant und elegant, und er hat für jede Gelegenheit eine nicht völlig akzentfreie Bemerkung parat. Es gibt auch einen Tschechen, auch an der Aussprache unschwer zu erkennen, er ist sehr ruhig und sehr nett, und wie sollte in einem wienerischen Ensemble ein Tscheche als Fremdkörper betrachtet werden? Relativ seltsam erscheint es, daß zwei typische Amerikaner engagiert sind; der eine sitzt schon jahrelang bei den Bratschen und hat auch demonstrativ ein Trachtenjackerl mit, er verwirrt uns alle immer wieder durch rasch hingeworfene Bemerkungen über irgendwas. Der zweite Amerikaner sitzt bei den Kontrabässen nicht in der ersten Reihe, ist aber ein ausgezeichneter Musiker und außerdem ein kluger Kopf. Er hat in Wien studiert, hat eine Studentin geheiratet und ist, so kann man's sagen, in der Stadt hängengeblieben.

Der langjährige Tubaspieler der Symphoniker kommt aus einem Ort unweit von Innsbruck; mehrere Bundesländer sind auch sonst noch vertreten. Paragraphen hin und her, es sind die Musiker in Wiener Orchestern längst nicht so ausschließlich aus einem Stall, wie man annehmen könnte. Und doch spürt man keine Unterschiede nach Nationalitäten, nach Herkunft – der Josef Sivo, der von der Rasse Orchestermusiker gesprochen hat, wird andauernd bestätigt.

Sehr wesentlich sind im Tarifvertrag die Paragraphen, die sich mit der Arbeitszeit beschäftigen. Die nach anderen Zeiten gemessen wird als in bürgerlichen Berufen: „Die dienstliche Tätigkeit der Orchesterangehörigen regelt sich nach Diensten, das sind, unbeschadet anderer Bedingungen dieses Vertrages, regelmäßige Konzert- oder Probendienste mit einer Arbeitszeit von je 3 Stunden, in welcher eine Pause von 15 Minuten inbegriffen ist. Jeder Musiker ist zusätzlich verpflichtet, 10 Minuten vor Dienstbeginn zwecks Vorbereitung des Dienstes zu erscheinen." So lautet der Generalpassus, und dann folgen die Aufzählungen der Dienstmengen, die den verschiedenen Orchestermitgliedern quasi als Grunddienste im Monat zugemutet werden. Sie reichen von 20 solcher Dienste für den Konzertmeister bis zu der ansehnlichen Anzahl von bis zu 29 Diensten für die „Tuttisten". In jedem Monat sind unschwer 5 Überdienste zu verlangen, die Dienste sollen in der Regel zwischen 9 und 23 Uhr versehen werden, selbstverständlich können sie von jedem Orchestermitglied auch an Sonn- und Feiertagen verlangt werden. Musiker zählen zu den Berufsgruppen, für die die starren Einteilungen nicht gelten, sie sind vielmehr vor allem dazu angehalten, dann zu arbeiten, wenn andere Freizeit haben.

Ich verweigere mir und dem Leser die Rechenexempel, ob in der Praxis ein Orchester „funktionieren" kann, wenn jedermann nur die gesetzlich und vertraglich geregelten Dienste versieht – ich lasse es bei der Bemerkung, daß dies undenkbar ist. Denn wenn ein einzelner Orchesterdienst auch für denjenigen, der ihn anfordert, sehr teuer kommt, so ist's doch allemal so, daß viele Dirigenten eine Probe mehr für ihr Konzert haben wollen und heiklere Programme sogar noch eine zusätzliche Probe verlangen und dann die Geldgeber schon sehr darüber nachdenken müssen, wo sie die Gagen zur Erlangung künstlerischer Qualität hernehmen sollen. Und erst recht, wenn es sich um die Vorbereitung einer Reise handelt, um zusätzliche Dienste also, die man anordnen muß, um mehrere Konzertprogramme einzustudieren: Ein wenig hilft man sich, indem man lange vorher mit den Wiener Institutionen abspricht, daß sie in Wiener Konzerte Werke aufnehmen lassen, die anschließend auf der Reise auch gespielt werden. Aber ganz und gar alles im üblichen Betrieb zu proben, was man dann auf der Reise braucht, das gelingt nicht einmal den sehr flexiblen Philharmonikern, und also kostet's, und nur das wollte ich andeuten, noch mehr Geld, wenn's gut klingen soll.

Nebstbei habe ich mich umgehört, die Orchestermitglieder haben nur wenig Ahnung von all den Paragraphen. Wie unsereins nicht weiß, was im Tarifvertrag für Journalisten steht und ganz sicher ist, daß eine Tageszeitung nicht erscheinen könnte, hielten sich alle Vertragsparteien Buchstabe für Buchstabe an die ausgehandelten Zeiten, so sind auch die Musiker nicht ausschließlich daran interessiert, ihr Geld zu erhalten. Sie wollen schon vor allem gute und interessante und erfolgreiche Konzerte spielen, und sie vertrauen in der Regel ihren Vertretern, daß diese sich mit dem Vertrag in der Hand immer dafür einsetzen, daß anschließend auch bezahlt wird, was bezahlt werden muß.

Die Schauergeschichten, die ich kenne und die ich auch schon miterlebt habe, sind die Ausnahme von der Regel. Daß es Reisedienst gibt und daß man diesen sehr präzise kalkulieren muß, habe ich miterlebt. Daß Autobusse, die um nur fünf Minuten zu spät vor dem Hotel ankommen, Debatten über eine jetzt anstehende Auszahlung eines Überreisedienstes auslösen können, habe ich mitbekommen, obgleich man es nicht vor mir diskutierte. Aber Tag für Tag sind die Probleme doch nicht dran, auch nicht auf dieser Reise.

Hier wäre ein recht langer Absatz über Standesprobleme, über Musikersorgen einzufügen, und mir fällt immer, wenn ich mit Musikern unterwegs bin, auch der einstige Konzertmeister der Symphoniker ein: Er schmückt mit einem Photo einen Kalender des Orchesters für das Jahr 1965. Damals gab's noch ganz andere Dienstregelungen, und ein sehr langer Passus, den ich nicht zitieren werde, war auch noch nicht im Vertrag. Wer damals in Pension ging, der hatte eine vergleichsweise bescheidene Rente, und der sehr exzellente Musiker mußte, um seinen Lebensabend angenehm verbringen zu können, im Stadttheater St. Pölten weiter musizieren. Dort habe ich ihn in der Fron erlebt und war ganz angetan davon, daß er noch miterlebte, daß eine sehr viel bessere Pensionsregelung eingeführt wurde – rückwirkend allerdings galt sie nicht, er also hatte davon gar nichts. Er mußte weiterhin arbeiten.

Und selbstverständlich weiß ich auch davon, daß die insgeheim gehandelten ordentlichen Gagen der Wiener Musiker nur zustandekommen, weil das Netz von Sonderbestimmungen ihnen entweder für gewisse Mehrleistungen auch mehr Geld verspricht oder die Möglichkeit gibt, in ihrer Freizeit weiter Musik zu machen oder zu unterrichten. Diejenigen, die das nicht tun, die sind als großartig ausgebildete Spezialisten schändlich unterbezahlt, wissen das und schauen halt darauf, daß ihnen nicht entgeht, was ihre gewerkschaftlichen Vertreter für sie einmal erstritten haben.

Hoffentlich habe ich das richtig wiedergegeben. Hoffentlich begreift man diese Art, die Sache zu betrachten, auch wirklich.

*

Ein notwendiger Nachtrag, weil ich ja gern hätte, daß wenigstens die Herren Symphoniker bedenken, daß ihre Rechte und Pflichten alle in einem Buch notiert sind und sie wenigstens nach Paragraphen suchen können, wenn sie Nebenbeschäftigungen wertvoller Art ernst nehmen: Der Paragraph acht des Tarifvertrages hält es ausdrücklich fest: „Soweit es die in diesem Vertrag bestimmten Dienstverpflichtungen zulassen, ist den Orchesterangehörigen nach Maßgabe der folgenden Bestimmungen und nach Absprache der Termine mit dem Verein jede standeswürdige Nebenbeschäftigung gestattet; repräsentative Nebenbeschäftigungen sind vom Verein mit Rücksicht auf die Propagandawirkung für den Verein sogar nach Möglichkeit zu fördern. Als Nebenbeschäftigung gelten insbesondere die Betätigung als Solist, als Kammermusiker und als Musiklehrer sowie Leistungen für Aufnahmen auf Schallträgern." Ja, ja, das ist einer der allseits beliebten Gummiparagraphen, und jede der Ambitionen, wie ich sie vorhin angesichts der Gedankengänge des Cellisten Sieghart erwähnte, kann sowohl als standeswürdig wie als besonders förderwürdig bezeichnet werden. Kann aber andererseits durch Termine, die der Verein als vordringlicher einstuft, auch wieder verhindert werden – und das erste Ziel des Vereins bleibt ja doch die Spielbereitschaft eines ganzen Orchesters. Da also ist der Paragraph einmal genau das, was unsereins so gern hat. Ein zitierbarer Satz, der den Generalsekretär auffordert, ein Kammerorchester unter der Leitung eines Symphonikers nach Möglichkeit zu fördern. Und die Bestimmung, die der Ausdruck „nach Möglichkeit“ schon wieder enthält, daß der Generalsekretär natürlich sagen kann, er habe angesichts der bereits vorhandenen Vereinigungen keine Möglichkeit mehr. Will einer einmal ein Beispiel für das, was jetzt den Cellisten Sieghart als Teufelskreis angrinst, dann hat er dafür dieses Zitat.

Und will er auch noch Auszüge aus einem Zusatz zum Tarifvertrag, in dem die Pflichten der Orchestermitglieder bis ins Detail festgehalten und Strafgelder für einzelne Übertretungen angegeben sind, dann muß ich passen. Das geht so sehr ins Private, daß ich bisher an diese zusätzlichen Vereinbarungen nicht herankam und mich auch nicht sehr bemühte, sie zu lesen. Irgendwo muß ein Orchestermusiker, sogar wenn er auf einer Reise Tür an Tür mit einem Journalisten lebt, auch seine Privatsphäre haben. Ich will nicht wissen, was man ihm vom Monatslohn abzieht, wenn er öfter als zweimal zu spät zur Probe erscheint, ich schreibe auch nicht, was er im Durchschnitt verdient. Erstens, weil's niemanden etwas angeht, und zweitens, weil ich es nur sehr schwer errechnen kann – wie überall gibt's auch bei den Symphonikern eine Gage, die sich aus vielerlei Einzelposten errechnet, und wer begreift schon, wenn er hier liest, daß ein Pauker Anrecht hat auf 80 Schilling Schlegelgeld und ein Oboist sogar 240 Schilling Rohrgeld monatlich verrechnet erhält? Das sind seltsame Beträge, doch sie haben ihre Tradition, und also sollen sie nur weiter so genannt werden. Und damit Schluß mit allen denkbaren Zitaten aus dem bewußten kleinen Buch.

Sängerknaben und kein Ende

Zur allgemeinen Beruhigung und weil Sängerknaben nicht en masse, aber immerhin teilweise auch diesmal auf der Reise sind: Fagottist Cermak war schon 1935 auf der ersten Südamerikareise eines Chores, man sieht's ihm heute nicht mehr an, doch er erinnert sich.

Im Gegensatz zu sämtlichen anderen reisenden Ensembles bringen die Wiener Sängerknaben von ihren Reisen und dank

Symphoniker-Fagottist Cermak kennt Konzertreisen seit seiner Kindheit. Schon 1935 war er als Sängerknabe in Südamerika

ihrer Reisen die finanziellen Mittel auf, die ihre Existenz erst sichern. Wo immer das Mißverständnis herkommt – man findet es sogar in einem Gedicht von Peter Hammerschlag, der Lipizzaner und Sängerknaben in zwei Zeilen aneinanderbindet – und wie scheinbar unausrottbar es auch ist, ich muß es immer und immer wieder versuchen:

Die Wiener Sängerknaben sind in der Zwischenkriegszeit entstanden. Und zwar weil der geistliche Herr, der vorwiegend mit eigenen Mitteln dafür sorgte, daß in der Hofburgkapelle nicht Damen des Staatsopernchores, sondern wie zu Kaisers Zeiten wieder Knaben die Sopran- und Altstimmen bei den

Messeaufführungen sangen, allmählich diese Mittel nicht mehr zur Verfügung hatte. Und weil die Knaben bei einigen Gelegenheiten mit Konzerten in Wien Erfolg hatten. Und weil sich zeigte, daß sie auf Reisen noch mehr Erfolg haben konnten – jedermann wird verstehen, daß die Mischung, die in Form von zweiundzwanzig Buben in Matrosenuniformen und seriöser Musik aufs Podium kommt, alle Widerstände überwindet, alle positiven Emotionen hervorruft, die man sich nur vorstellen kann. Da kommt nämlich, mehr noch als bei anderen Darbietungen von Musik, ein Schwall von Angebot zum Publikum. Da kommt die beinahe perfekte Wiedergabe von Motetten, von Schubertchören, von gesungenen Straußwalzern. Da kommt die ziemlich einprägsame Darstellung von kleinen Singspielen oder halbwegs erfundenen Kinderoperetten. Da kommt der künstlerische Anspruch also – und zu diesem auch noch immer der Appell an Menschen, die Kinder mögen.

Und da kommt noch die Legende der Musikstadt Wien, in der es seit Jahrhunderten singende Knaben gegeben hat, Joseph Haydn, Franz Schubert und die minder berühmt gewordenen, von denen man nichts weiß, die man aber allesamt mit zu erkennen glaubt.

Also strömen in ein Sängerknabenkonzert irgendwo im Ausland, um das so primitiv einzuteilen: die Wiener, diejenigen, die Wien mögen, die Mütter, diejenigen, die Kinder mögen, und außerdem noch die Musikfreunde. Das ergibt ausverkaufte Säle und bringt allemal Honorare, bei denen auch nach Abzug der Reisespesen noch etwas bleibt.

Von diesem etwas wiederum erhalten die Wiener Sängerknaben, die ein privater Verein sind, ihr Internat, ihre Schule, ihr Ferienheim am Wörther See und selbstverständlich auch die notwendige, notwendigermaßen klein gehaltene Administration.

Das bisher immer wieder versuchte Ratespiel, ob's wichtig sei, auf Reisen zu gehen, kann man für Sängerknaben gar nicht versuchen. Es ist lebenswichtig, es ist institutserhaltend, es ist zudem sinnvoll: Zögen sich die Wiener Sängerknaben im Wohlfahrtsstaat auf ihre auch daheim als notwendig bezeichneten Aufgaben zurück, sie verlören ihr Gesicht. Nicht im asiatischen, sondern im europäischen Sinn.

Sie würden plötzlich nur mehr in der Hofburgkapelle singen, nur noch die Knabenchöre für die Staatsoper stellen und allenfalls zur Adventzeit in Spitälern auftreten. Und hie und da bei einer Passionsmusik mitwirken. Kaum auszurechnen, was das dann den Steuerzahler kosten würde, kaum vorstellbar aber auch, wie unattraktiv die Institution für Eltern wäre, die ihre Kinder zu den Chören schicken sollen.

Das Spiel also muß man gar nicht versuchen. Da existiert ein privater Verein, der dank seiner Existenz staatliche künstlerische Institutionen mit erhält. Und trotzdem glauben viele immer noch, dieser Verein sei ein subventioniertes Unternehmen.

Auf Reisen aber, wovon hier ja erzählt werden soll, geht es professionell zu, wie wir alten Sängerknaben das kaum noch kennen. Der Fagottist Cermak war neun Monate unterwegs nach, durch und wieder zurück aus Südamerika. Wir haben ein halbes Jahr drangegeben, um durch die USA und Kanada zu trampen, und auch das war noch ein Abenteuer, denn die Queen Elisabeth und die Queen Mary waren unsere Transportmittel, und allein das bleibt einem unvergeßlich. Wir suchten uns unsere Weihnachtsgeschenke in New York aus und waren am Silvesterabend auf dem Broadway und bekamen von der Witwe des Präsidenten Roosevelt einen Silberdollar und fuhren insgesamt drei Greyhound-Busse zuschanden und hörten den Paul Hörbiger in einem Abendrestaurant singen und durften Allan Ladd, dem Cowboy-Star, die Hand schütteln und sahen Vorstellungen in der Radio City Music Hall und nebstbei das „Dreimäderlhaus" in einer Veranstaltung eines Altösterreicherclubs in San Francisco, und wir wurden Ehrenmitglieder der Polizei von Chicago, und wir lebten wie Zigeuner an einem Tag und wie die vornehmsten Reisenden an einem anderen . . .

Sängerknaben werden heute auf Reisen, weil die Zeit es verlangt, sorgsamer behütet und haben sozusagen auch schon gewerkschaftlichen Schutz. Sie sind niemals zu Weihnachten im Ausland, sie unternehmen nie mehr Halbjahresreisen, sie haben ausgeklügelte Ruhezeiten und was immer unsereins glücklich aus den Pionierzeiten erzählt, muß eine Sängerknabenmutter heute nicht mehr mit Schrecken hören.

Aber: geblieben sind die Faszination, die junge Menschen auf einer Reise um die halbe Welt erleben. Geblieben ist die musikalische Bildung, die keiner mehr loswird, der einmal Sängerknabe war. Geblieben ist der Ruhm, den Wien aus jedem Konzert der Wiener Sängerknaben im Ausland schöpft und den keiner unterschätzen darf. Er ist vorhanden, und wenn etwas weltweit ist, dann er. In Hongkong gab es viele Fragen über Musik und Musiker aus Wien, die einem gestellt wurden. Daß es die Wiener Sängerknaben gibt und was sie tun, das wußte jeder längst. Das wenigstens war bisher noch in jedem Erdteil so.

Wem das zu stolz, zu übertrieben, zu sehr in eigener Sache hingeschrieben scheint, der möge doch als Tourist einmal die Probe machen. Wo immer er hinkommt, wird er den Donauwalzer und die Wiener Sängerknaben als bekannt entdecken. Manchmal wird er mit Skifahrern seine Schwierigkeiten haben und sogar mit dem Herrn Bundeskanzler, der immerhin auch seinen Bekanntheitsgrad recht international bezeichnen darf. Die Sängerknaben aber liegen weit vor Bruno Kreisky, daran ist nicht zu zweifeln.

Sie verdienen sich das freilich auch, denn jenseits aller Überlegungen, wie gerührt Mütter oder potentielle Kinderfreunde auf allen Kontinenten sind, wenn sie die Sängerknaben hören, gibt's auch den künstlerischen Teil eines Auftretens, und es wäre bösartig, den nicht auch zu erwähnen. Es gibt Musik, die für Knabenchöre geschrieben ist, und dies zu einer Zeit, zu der man außer Knaben am liebsten gleich Kastraten verwendete – und als Primadonnen vergötterte. Und es gibt Musik, die von Knabenchören unnachahmlich schön gesungen werden kann, obgleich sie auch Frauen zugedacht ist.

Und wenn man diese Kompositionen hört und ein empfindsames Ohr hat, dann spürt man ein Vergnügen, wie es auch selten geworden ist in unserer Zeit. Die „Nachthelle“ von Franz Schubert – da schwingt sehr viel mit, das nicht nur alt gewordene Sängerknaben zu Tränen rührt. Motetten von Jacobus Gallus – denen sollte man nur begegnen, wenn Knabenchöre sie im Programm haben. Und so weiter.

Die Zeit, was immer man darunter versteht, hat vor den Sängerknaben nicht haltgemacht. Diese Institution hat's schwerer heutzutage. Die Buben reifen rascher, sie sind zumeist mit dreizehn Jahren schon im Stimmbruch – und trotzdem kann man ja die Kinder nicht jetzt plötzlich noch früher zu singen beginnen lassen. Das heißt, die Wechsel in den Chören vollziehen sich rascher, die aktive Zeit, in der man Repertoire

Eine Erinnerung aus den Pionierzeiten der Wiener Sängerknaben, die in der Zwischenkriegszeit schon auf Tournee waren: Chormitglieder, Rektor Schnitt, Kapellmeister und Präfekt 1927 bei der Ankunft in Berlin

lernen und darbieten kann, hat sich verkürzt. Das soll sich aber nicht auf das musikalische Niveau auswirken und bedeutet also, daß man intensiver und öfter arbeiten muß.

Und nebstbei geht es Familien zu gut; sie geben ihre Kinder nicht gern in ein Internat. Und außerdem geht es in Familien nicht mehr so musikalisch zu, wie man sich das früher einmal vorgestellt hat. Die Kinder singen daheim kaum noch, ihnen muß vieles erst beigebracht werden, was man noch vor einer Generation mitbrachte, wenn man aus der Obhut der Mama kam. Das sind Sorgen, die eine Institution vom Schlag der Wiener Sängerknaben hat, und gäbe es da nicht die nun bereits ein halbes Jahrhundert alten Regeln, nach denen musikalisch erzogen wird – es sähe schlimm aus.

So aber wird diese Institution wohl noch Jahrzehnte weiter funktionieren, werden „vor" allen anderen Musikanten die Sängerknaben um die Erde reisen und eine Ahnung davon geben, was Musik ist.

Diplomaten in Sachen Musik

Wenn man auf Reisen Hilfe braucht, wendet man sich vertrauensvoll an die diplomatische Vertretung seines Landes. Da gibt's den Konsul für verlorengegangene Pässe, den Botschafter für dringende Angelegenheiten ernsterer Natur und hie und da, nach einer schwer durchschaubaren Einteilung des Außenamtes, den Kulturrat für die Beantwortung von Fragen, die Musiker auch interessieren könnten.

Zum großen Thema, das ich mir mit dieser ganz und gar nicht großgeratenen Erinnerung an Wiener Musiker auf Reisen gestellt habe, darf ich in Hongkong den Herrn Generalkonsul hören, er ist der beste Mann, den man sich für die Position zur Beantwortung gleich aller Fragen wünschen kann. In Tokyo kann ich meine Fragen wieder einmal auf eine zauberhaft bemühte Dame und einen vorarlbergisch sprechenden Herrn verteilen – sie ist der Kulturrat der Botschaft und steckt immer über beide Ohren in zu vielen Vorbereitungen auf zu viele kulturelle Ereignisse, er ist der Handelsdelegierte unseres Landes und hat seine völlig eigene Domäne, die er beherrscht und auf Bitten wenigstens andeutungsweise auch erschließt. Mit einem Satz, ich darf mich bei Generalkonsul Preissl aus Hongkong, Frau Kulturrat Satzinger aus Tokyo und Herrn Handelsdelegierten Winkler, gleichfalls Tokyo, berufen, wenn ich hier Weisheiten zum besten gebe, die insgesamt nicht nur befriedigend zu lesen sind.

Hongkong, das ist ein ganz besonderes Pflaster für die schönen Künste und die abendländische Musik, man hat die City Hall, in der man jetzt schon zwanzig Jahre lang die (beinahe) teuersten Orchester einlädt – die Berliner und die Wiener Philharmoniker fehlen, und das hat ganz eindeutig seine finanziellen Gründe; der Saal ist zu klein, um wenigstens einen Teil der Gelder hereinzubringen, die ein Gastspiel dieser Orchesterriesen verschlingt. Und die sehr reichen Männer in Hongkong, die ihr Geld aus ganz verschiedenen Erwerbszweigen ernten, jedoch gern philantropisch oder kulturell ambitioniert erscheinen, haben bisher ihr Geld noch nicht in ein so aufwendiges Unternehmen gesteckt. Im nächsten Jahr, weiß Generalkonsul Preissl, gibt's eine Chance für die Philharmoniker. Besser: eine Chance für Hongkong. Da ist ein Mann aufgetreten, der eine Einladung ausgesprochen hat und der es ermöglichen könnte, daß das Orchester auf einem Ausflug nach Peking Zwischenstation in Hongkong macht.

Österreichs Vertreter wäre überglücklich, wie er es gerade jetzt auch mit den Symphonikern ist. Er hat in dieser zweit- oder drittwichtigsten Stadt der Welt nur dann Gelegenheit, auf sich aufmerksam zu machen, wenn er mit einer spektakulären Aktion an die Öffentlichkeit tritt, und wenigstens für ihn ist ein Konzert, zu dem der Gouverneur und die Spitzen der Diplomatie kommen, gerade spektakulär genug. Sollten da Kosten entstanden sein, die man in Österreich mitbegleichen muß, so sind sie seiner Ansicht nach gerechtfertigt. Denn hier in Hongkong muß man vor allem Eindruck machen, ein Gesicht zeigen und es nicht durch allzu kleinliche Verhandlungen wieder verlieren. Man muß nicht nur wer sein, sondern auch wer scheinen, und die Wiener Symphoniker sind da ein gutes Beispiel einer auch hier bekannten österreichischen Qualität.

Daß sie, nebstbei, ihr Konzert nicht auch via Rundfunk haben übertragen lassen, ist seiner Ansicht nach auf nicht genug Fingerspitzengefühl der Herren Verhandler zurückzuführen. In Hongkong hat der Rundfunk wenig Geld. Er hat aber Interesse, und er hätte, wenn nur die Aufnahme einmal unter Dach und Fach gewesen wäre, auch einen Financier gefunden. Von Wien aus aber wollte man erst einmal einen unterschriebenen Vertrag mit allen finanziellen Posten sehen, und den konnte der Rundfunk nicht bieten. „Dabei sind Verträge hier nicht wichtig. Wichtig ist das Wort von Leuten, die etwas versprechen. Sie brechen es nie, und man kann sicher sein, ein Gesichtsverlust wäre ihnen so unangenehm, daß sie zuletzt jede Summe zahlen würden, die man will."

In einem Konzerthaus, in dem der Veranstalter dem Publikum das Programmheft gratis zur Verfügung stellt, denkt man anders als bei uns daheim, wo noch die Bundestheater ausweisen, daß sie aus dem Programmhefteverkauf (bescheidene) Nebeneinnahmen erzielen. „Public Service", wie das so schön heißt, bedeutet aber, daß man für derlei Kleinigkeiten kein Geld nimmt und von denen, die dazu beitragen, daß die Öffentlichkeit etwas erfährt, auch nicht unbedingt wieder Geld einhebt. Eine Rundfunkübertragung des einen oder anderen

Symphonikerkonzertes wäre zuerst einmal Dienst an der Öffentlichkeit gewesen, meint auch Preissl. Und für das Geld wäre schon noch gesorgt worden. Schließlich hätte die Publicity, wie das gesamte Gastspiel, zuerst einmal Österreich gedient.

Und ich erinnere mich, nebstbei, an den berühmten Paragraphen 3, der den Symphonikern sagt, ihr Zweck sei, die Musik Österreichs, das Musikerbe des Landes, zu verbreiten. Wäre ganz im Sinn der Sache gewesen, hätte da der Verein zuerst einmal die Rundfunkübertragung abgeschlossen und dann erst übers Honorar gesprochen. Oder?

Immerhin, Hongkong ist ein Pflaster besonderer Art, man muß auf ihm erst gehen lernen, und die Konzerte der Symphoniker waren ein guter Versuch. Robert Jungbluth war immer ganz in der Nähe – der Weltreisende in Sachen österreichischer Kulturexport hat seine Fühler längst in diese Gegend ausgestreckt und schon eine kleine Dependance eröffnet. Immer wenn er die Volksoper nach Japan reisen läßt, findet er wie zufällig ein Ensemble, das aus dem Orchester dieses Hauses und ein paar Sängern besteht. Es gibt ein oder zwei Konzerte mit ausschließlich wienerischer Musik in Hongkong, was nicht nur Ruhm, sondern auch präzise jene Art von Werbung ins Geschäft bringt, die sich die Repräsentanten des Landes in der Ferne wünschen.

Und wenn die glauben, sie hätten davon, daß wir immer noch als Heimstatt der Operette anerkannt werden, auch Gewinn, dann wäre es doch sinnlos, mit anderen typisch österreichischen Produkten zu werben, die in Hongkong niemand für typisch österreichisch hält? Generalkonsul Preissl polemisiert nicht einen Augenblick gegen diejenigen, die österreichische Kulturarbeit im Ausland ganz anders sehen und zudem an den Schalthebeln der offiziellen Exportstellen sitzen. Allerdings, wenn er mitmischen könnte, dann würde er Philharmoniker, Symphoniker und Volksoper in Hongkong begrüßen wollen, weil er sicher ist, daß er mit diesen Ensembles immer ein volles Haus, die größte Aufmerksamkeit und seitenweise Berichte in den Zeitungen hätte. Pragmatischerweise wäre er darüber so froh wie angesichts der Tatsache, daß in der kleinen Österreicherkolonie, die er auch zu betreuen hat, sehr erfolgreiche Gastronomen obenauf sind: Ein erfolgreicher Koch ist zufällig Bruder eines Symphonikers, der in Hongkong bei ihm im Hilton wohnt und anders als die anderen Hongkong durch die Brille eines österreichischen Kochs sieht. Ich hätte da gerne mitgesehen.

Was Japan anlangt und die schon präsentierten Gesprächspartner, so ist alles ganz, ganz anders.

Da sind in Tokyo zum Beispiel die Herren Germanisten, ausgezeichnete japanische Universitätsprofessoren, die sich in österreichischer Literatur auskennen, Karl Kraus in Übersetzungen auf den Markt gebracht haben und vom Kulturrat den Besuch von österreichischen Poeten erbitten: Monatelang war eine Reise von Peter Handke vorbereitet worden, nach japanischer Manier bis ins Detail und mit allen Zeitplänen ausgearbeitet, und jedermann war vorbereitet auf das Auftreten des berühmten jungen Mannes. Dann kam ein Brief von Handke, er könne seine kleine Tochter nicht allein lassen, fühle sich auch nicht recht disponiert – für Frau Kulturrat Satzinger und alle ihre japanischen Gesprächspartner brach ein sorgsam errichtetes Gebäude ein, und daß die Außenstelle Thomas Bernhard als Stellvertreter anbot, war überhaupt kein Ersatz.

Hier geht's nicht um literarische Wertung, sondern um Praktisches. Die Vorbereitungsarbeit hätte noch einmal begonnen werden müssen; die Texte Bernhards hätten gelesen werden müssen, wie man es mit denen von Handke schon getan hatte; ein neues und auf den heiklen Mann zugeschnittenes Programm hätte erst einmal jemandem einfallen müssen: Bernhard wurde also nicht eingeladen. In schrecklichen Träumen fiel Frau Satzinger manchmal ein, was geschehen wäre, hätte auch der in vorletzter Minute abgesagt.

Über Musik spricht sie gern und mit der Freude einer Botschaftsangehörigen, die keinerlei Mühe mit dem Exportartikel hat: Musik wird in Japan in der Regel ganz ohne Unterstützung offizieller Stellen verkauft, sie hat ihre normalen Manager und Unterhändler und ist so eingeführt wie auf dem europäischen Markt – kein Solist, kein Ensemble muß da um Werbung durch den Kulturrat bitten, die Praxis der Kulturinstitute, die in Kairo und in Teheran Hauskonzerte veranstalten, um Publikum für abendländische Musik zu werben und jungen Musikern aus der Heimat ein exotisches Publikum zu Füßen zu setzen, wäre in Japan undenkbar. Hier musiziert, was Rang und Namen und entsprechende Preise hat, niemand kommt hier ohne bereits errungene Reputation ins Geschäft. Sind junge Ensembles einmal neugierig, ob auch für sie etwas zu holen wäre, erhalten sie aus Tokyo höfliche Belehrung. In Japan hat man erst einmal Schallplatten vorzuweisen und andere praktische Beweise für die Qualität, dann wird man engagiert und kann, wenn alles ganz nach den Regeln funktioniert, auch wiederkommen.

Anders kann man den Markt gar nicht erobern.

Ich höre es mit Staunen und mit Hochachtung, schließlich ist es doch angenehm, wenigstens einmal ein sicheres Kriterium zu orten: Erfolg ist dem Japaner alles, und er will diesen im voraus bestätigt sehen, er will kein Talent entdecken, keinen europäischen Nachwuchs fördern. Frau Doktor Satzinger bestätigt auf ihre Weise, was Mister Kajimoto – von dem später auch noch etwas ausführlicher erzählt werden soll – auch gesagt hat. Japan will sich den Luxus leisten, das Beste aus den USA und Europa zu hören. Das Zweitbeste soll daheim bleiben, die weite, teure Reise kann man sich – und den Japanern – in dem Fall ersparen.

Am Rande laufen mir in dem Zusammenhang auch die Sängerknaben wieder über den Weg. Sie sind der allersicherste Exportartikel, den man sich nur vorstellen kann. Sie machen der österreichischen Botschaft allerdings insofern „Arbeit“, als bei jedem ihrer Gastspiele enthusiasmierte Verehrerinnen der Knabenchöre auch via Botschaft an die Buben heranzukommen versuchen. An junge Japanerinnen erinnert sich Frau Satzinger, die durch das halbe Land reisen, um den Wiener Sängerknaben nah zu sein. In diesem seltsamen Land, in dem die unzähligen Kinder mit den Achtelgeigen unisono Melodien kratzen und Yamaha eine Kompositionsschule für Zehnjährige unterhält, sind virtuos singende Kinder beinahe so geliebt und geschätzt wie die uralten, weisen Männer der Musik, die Böhm und Karajan heißen und die Verehrung aller Musikfreunde genießen. Ein einziges Mal muß ich das noch erwähnen, denn ich glaube, daß man immer wieder auftauchende Mißverständnisse wohl öfter als einmal klären sollte: Die Wiener Sängerknaben bereisen Japan nicht nur auf eigene Rechnung, auf eigenes Risiko, sie sind im Gegenteil eine Institution, die von diesen Reisen Geld heimbringt und das Augartenpalais und die Schule nahebei und all die Faszilitäten erhält, die erst die Existenz der Wiener Sängerknaben ermöglichen. Auch in Japan sind diese

Buben, wenn sie Josquin de Pres, Mozart, Schubert, Strauß und den einen oder anderen Zeitgenossen singen, kein subventionierter Exportartikel, sondern eine in jeder Hinsicht erfolgreiche Unternehmung, die den patriotischen Anteil an ihren Reisen dem Heimatland gratis zur Verfügung stellt.

Daß sie außerdem Bahnbrecher für die Konkurrenz aus dem eigenen Land sind, daß ausschließlich auf ihren Spuren und dank ihrer Popularität auch die Mozart-Sängerknaben mit finanziellem und sonstigem Erfolg in Japan auftreten können, soll nicht einmal den eingefleischten ewigen Sängerknaben in mir kränken. So ist es halt, da ist zuviel und zu begeistertes Publikum, da kann wenigstens noch ein anderer Chor mitnaschen am Ruhm, den die originalen Sängerknaben verbreitet haben.

„Arbeit" im engeren oder weiteren Sinn machen die Gastspiele der etablierten österreichischen Ensembles der Botschaft oder der Frau Kulturrat nur, wenn es gilt, die Symphoniker oder Philharmoniker oder gar ein über vierhundert Mann starkes Ensemble der Wiener Staatsoper ideell zu betreuen: wenn also Ratschläge gegeben werden müssen, wo man in Tokyo die berühmten leichten Gewänder günstig kauft, wie man die U-Bahn-Stationen und -Linien leichter auseinanderkennt und so weiter.

Man unterschätze diesen Arbeitseinsatz nicht, bei größeren Gastspielen artet er in ein 24-Stunden-Service aus und ist ein äußerst anstrengender Dienst, denn die Fragen, die sich österreichische Musiker ausdenken, sind allemal noch etwas origineller, als man sie vorhersehen könnte.

Freilich, jedermann an der Botschaft antwortet gern und nimmt sich Zeit und scheint erfreut, daß er behilflich sein kann und gibt das angenehme, beruhigende Gefühl, er hätte insgeheim schon Wochen darauf gewartet, mit einem Besucher aus Österreich nach billig zu erstehenden Uhren Ausschau halten zu können.

Und andererseits sind ja alle die Ensembles schon öfter in Tokyo gewesen und werden mit ihren Anfragen immer spezieller, immer interessanter. Einige Botschaftsangehörige sind geradezu neugierig, was man jetzt noch erfinden oder auffinden muß für die Freunde aus Wien – und Tokyo hat alles, was ein Mensch sich nur wünschen kann, also reißt wohl auch die Flut von originellen Fragen für die nächsten Jahre nicht ab.

Ein Nebensatz zum Etat: In der Botschaft ist ein Empfang für das gastierende Orchester vorgesehen, die Herren treffen auf ein paar Zelebritäten der Tokyoter Musikszene, auf den Kritiker Pringsheim, der seit Jahrzehnten unverändert ist, und auf den Harfenisten Molnar, der ursprünglich Wiener Sängerknabe war, jetzt aber seit bald dreißig Jahren Professor in Japan und ein Anziehungspunkt für In- wie Ausländer ist. So ein Empfang reißt ein empfindliches Loch in das Repräsentationsbudget der Botschaft und kostet ungefähr so viel, wie der Kulturrat – der ihn gottlob nicht geben muß – als Jahresbudget auszugeben hat. Wenn ich mich recht erinnere, hat Frau Doktor Satzinger für ihre Ausgaben im Jahr um die 40 000 Schilling zur Verfügung, und was sie mit denen anfängt, das erzählt sie lieber nicht. Sie hat auch ihren Stolz.

Sie plaudert viel lieber über Ägypten, wo sie auch einmal stationiert war, und über Japan, das auch ihr noch immer ein nicht unbedingt erschlossenes Land ist – hie und da muß sie erst noch Bräuche und Sitten kennenlernen und sich nach ihnen richten, und immer wieder muß sie zur Kenntnis nehmen, daß eine einzige japanische Empfehlung für einen österreichischen Exportartikel mehr wert scheint als die dringendsten Schreiben, die sie selbst verfassen kann: Ganz ausgezeichnete Musiker aus Wien hatten es schwer, in Tokyo ein Unterkommen zu finden, bis sie eines Tages von einem Japaner als hervorragend eingestuft wurden. „Wenn's einmal so weit ist, dann ziehe ich mich ganz zurück, dann störe ich nur mehr, dann überlasse ich den Herren seinem Schicksal – er wird sich vor Einladungen ohnehin nicht mehr retten können", sagt sie gottergeben und weiß nicht, warum Japaner allemal nur Japanern glauben und Musikern nur, wenn sie Schallplatten vorzuweisen haben.

Ich kann sie immerhin bestätigen. Eines des Ensembles in den Wiener Symphonikern heißt „Bella Musica" und wird von einem Sekundgeiger geleitet. Herr Dittrich ist mit seinen Kollegen vor Jahren nach Frankreich gefahren und hat auf eigenes Risiko, ohne viel Honorar, eine Schallplatte mit Raritäten produzieren lassen. Seither ist „Bella Musica" in Wien ein wohlgelittenes kleines Ensemble unter vielen anderen und in Japan ein Begriff. Da gibt's Telephonate mit Managern und Termine für Photoaufnahmen, da sind Verbindungen en masse da, und niemand hat sich sonderlich anstrengen müssen. Die Japaner kennen „Bella Musica“ von zwei Langspielplatten und wissen ganz genau, was sie von den Musikern zu halten haben. Sie sprechen sich leicht und effektiv mit ihnen, und kein angestrengter Botschaftsrat muß da vermitteln. Geht alles direkt.

Und so ist es mit allen, allen, die sich als arrivierte Musiker oder Künstler ausweisen können. Ist ihr Name einmal auf japanisch gedruckt worden, dann sind sie in dem Land etwas und kommen ganz gut durch die Tage und haben am Abend Einladungen und liegen dem Kulturrat nicht mehr auf der Tasche und nehmen ihm auch keine Zeit mehr weg.

Aber das wollte ich ja nicht erzählen.

Musik wirbt nur für sich allein

Mir ging’s um den anderen, den vorarlbergisch sprechenden und sehr klugen Mann aus Österreich, der mit Gastspielen österreichischer Ensembles überhaupt nichts zu tun hat. Der österreichische Handelsdelegierte, der eine eigene Residenz, ein eigenes Büro, eigene Untergebene hat, antwortet auf die eine große Frage erstaunlich.

Die Frage lautete, ob sich Gastspiele aus dem fernen Österreich auf die Wirtschaft, auf die österreichischen Exporte nach Japan auswirken. Um niemanden mehr auf die Folter zu spannen und selbst die Neuigkeit loszuwerden, die ich mir bei unserem Handelsdelegierten erwarb, hier also seine karge, doch eindeutige Antwort: Keines der Gastspiele österreichischer Ensembles, keines der ganz aufwendigen und keines von der sparsamen Sorte, hat sich bisher auf den Handel Österreichs mit Japan ausgewirkt. In keiner, wirklich keiner Form läßt sich auf diesem Sektor von Umwegrentabilität sprechen.

Bums. Ich gestehe, die notwendigen Fragen immer wieder und mit allen nur möglichen Varianten angebracht zu haben, ich wollte hie oder da wenigstens eine Andeutung davon erhalten, es gäbe immerhin irgendwo in einer nicht definierten Grauzone doch auch mögliche Auswirkungen positiver Art. Unser offizieller Vertreter blieb beim klaren Nein.

Wenn er überhaupt Zeit für die detailliertere Beantwortung aufwendete, dann nur, um mir verzweifelt zu erklären, warum er keine andere Antwort geben könne.

Geschäftsbeziehungen mit Japan entstehen niemals aufgrund von Sentiments oder von allgemeiner Popularität eines Landes, sondern ausschließlich, nachdem Anbieter die Qualität und Günstigkeit ihres Angebots bewiesen haben und entweder sie oder ihr Vertragspartner errechnet haben, daß der notwendige Werbeaufwand, den man in Japan für jeden Artikel auf dem Markt einkalkulieren muß, auch wirklich lohnend sein wird. Daß ein Geschäftsmann eine österreichische Ware kauft, weil sie aus dem Land der Musik kommt, ist völlig undenkbar. Daß er glaubt, allein mit dem Markenzeichen Österreich bereits etwas Werbung für sich zu haben, wäre nur ein Beweis für seine Verblendung – im Japanischen sprechen sich Österreich und Australien verzweifelt ähnlich, und den Unterschied von Bergseen in der Schweiz und in Österreich erkennt man auf Photographien nicht. Was die Musik in Warenhäusern, die oft von Robert Stolz ist, anlangt, so differenziert der japanische Kunde nicht und weiß zumeist nicht, daß er österreichische hört. Sie würde ihn allein auch keineswegs zum Ankauf von Produkten aus dem Ursprungsland der Musik verleiten – schon deshalb nicht, weil er viel direkter denkt, als man anzunehmen bereit ist: aus Österreich kauft er, via teurer Eintrittskarten, Musik. Aber deshalb keine andere österreichische Ware.

Ist's möglich, frage ich und suche erneut nach Umwegen, auf denen sich Österreichisches via Konzertpodium oder Opernbühne im japanischen Gedächtnis festgesetzt hat.

Unser Handelsdelegierter aber winkt ab und meint, wir kämen so nicht weiter. Selbstverständlich machen österreichische Firmen in Japan einträgliche Geschäfte und könnten noch viel mehr machen. Haben aber überhaupt nichts mit Musik zu tun, am ehesten, wenn von Werbung gesprochen wird, noch mit dem Skilauf, der via Fernsehen an die breite Öffentlichkeit kommt. Und minimal auch dank der bildenden Kunst, wenn diese in den großen, anerkannten Galerien Tokyos ausgestellt wird – diese sind allemal in Kaufhäusern untergebracht, und österreichische Waren in einer Abteilung nahe der Ausstellung von Bildern Frohners oder Hundertwassers haben eine gewisse Chance. Eine gewisse aber nur, denn diejenigen, die sich für

Malerei interessieren, sind vielleicht nur bedingt an österreichischen Waren interessiert.

Aber die Touristik, ist mein verzweifelter Versuch, uns doch auch eine Chance zu geben, den Musikern, den Sängern, den Organisatoren von Reisen, die nach allgemeiner heimischer Lesart nicht nur dem Ruhm, sondern auch den Finanzen des Landes dienen sollen.

Nun, auch die Touristik floriert nach anderen Regeln, als sich unsereins vorstellt. Und Österreich wird immer noch nicht direkt angeflogen, erhält somit von den japanischen Kontingenten auch nur, was die Zielflughäfen übriglassen. Und diese sind weiterhin Paris und allenfalls auch Frankfurt. Und sowohl hier wie dort lauern auf den japanischen Touristen bereits von Japanern gecharterte Busse, die ihn in Hotels führen, in denen japanisches Kapital steckt, und von dort in Kaufhäuser, in denen zur finanziellen Freude Japans von Japanern erzeugte Waren angeboten werden.

Immerhin, es kommen Japaner auch nach Österreich und geben auch bei Festspielen Geld aus. Nähme man einmal an, sie täten dies nicht, wenn sie nicht schon früher österreichische Künstler in Japan gehört hätten – dann haben wir ein Alzerl von einer immerhin konstruierbaren Umwegrentabilität.

Mir ist das selbstverständlich viel zuwenig. Mit Ausnahme der sich selbst sündteuer verkaufenden Philharmoniker investieren alle, alle Ensembles, um in Japan konzertieren zu können, und holen sich wenigstens einen Teil dieser Investitionen wieder von der öffentlichen Hand zurück. Da muß man doch konstruktiver, positiver, zufriedener resümieren können.

Der Experte winkt ab. „Ich kann mit gutem Gewissen sagen, es hätte für die österreichische Wirtschaft hier in Japan auch nicht anders ausgesehen, wenn in den letzten zehn Jahren kein einziger österreichischer Musiker dagewesen wäre.“ Dabei bleibt er, obgleich er weiß, wofür er diese Behauptung aufstellt. Für ein Buch, in dem es eigentlich ganz anders, sehr viel positiver zu lesen sein sollte.

Immerhin gibt er ein Beispiel, wie auch andere Länder sich verzweifelt bemühen, aus kulturellen Gastspielen finanzielle Folgeerscheinungen zu ziehen. Im Herbst 1981 gastierte die Mailänder Scala in Japan und hatte, auch nach der Wiener Staatsoper, durchaus Erfolg.

Werbung auf Eintrittskarten: Das blieb dem Publikum des Staatsopern-„Figaro“ nach der Vorstellung 1980 in Tokyo als Erinnerung

In den Pausen der besonders großen Opernabende rief man via Saallautsprecher jeweils einen berühmten italienischen Modeschöpfer dringend zum Telephon an die Bar. Die Herren waren selbstverständlich nicht in Tokyo und wurden auch nicht an der Bar verlangt. Die Italiener machten nur ihr Publikum mit einem uralten Trick, den Charles Dickens bereits in den „Pickwick Papers“ als recht alt bezeichnet, auf den Zusammenhang zwischen Mailänder Scala und Mailänder Mode aufmerksam und hofften, die japanischen Lizenznehmer der bestens eingeführten italienischen Unternehmen würden dabei Freude und Gewinn haben. Das war nach Ansicht unseres Handelsdelegierten die einzige je bekannt gewordene Querverbindung von Kunst und Geschäft.

Also?

Als weitgereister Beobachter muß ich wenigstens hier anfügen, daß mit Handelsdelegierten nicht zu spaßen ist. Sie können nicht mit Ausdrücken wie Ruhm oder Ansehen jonglieren, sie haben nie verworrene politische Intrigen mitzuspielen, sie kommen höchst selten zu weltanschaulichen Diskussionen. Sie haben gute Adressen, müssen effiziente Auskünfte erteilen und sollen bei Vertragsabschlüssen allen Partnern das Gefühl geben, da sei gutes Geld gut verwendet worden. Wenn sie etwas sagen, dann muß das auch nach härtesten Buchprüfungen noch immer stimmen.

Und unser diesbezüglicher Mann in Tokyo ist zudem noch Vorarlberger und umgänglich.

Man muß ihm also glauben und denjenigen, die anderes erzählen oder propagieren, vorhalten, sie sprechen gegen die Vernunft oder wenigstens gegen die harten Tatsachen.

Wenn man das gesagt hat, dann darf man freilich noch ein wenig phantasieren und einige Belege dafür vorlegen, daß selbstverständlich Österreich gut beraten ist, wenn es österreichische Musiker auf Reisen schickt.

Da gibt es, denke ich verzweifelt, doch immerhin die nahezu unzählbaren japanischen Musikstudenten, die an Österreichs Hochschulen ausgebildet werden und anschließend wieder in ihre Heimat zurückkehren, die also Österreich zwar einige Jahre konsumieren, dann aber nicht den heimischen Markt überfluten, österreichische Pianisten und Sänger nicht brotlos machen.

Und ich werde sofort wieder enttäuscht. Denn auch mit diesen Musikstudenten steht es nicht so, daß sie als ein idealer Gewinn fürs Land angesehen werden können. Sie kommen nämlich nach Wien, weil das für sie billiger ist als ein Studium daheim.

Billiger?

Stimmt schon. Man hat mir in Japan vorgerechnet, daß eine japanische Familie, die ihre Tochter Pianistin werden lassen will, die Wohnungspreise in Tokyo und die Studiengebühren in Tokyo beinahe nicht bezahlen kann. Bringt sie aber das Geld für eine Europareise des Töchterleins auf, dann ist sie nahezu aus dem Wasser, denn in Wien sind Wohnungen in der Relation billig und das Studium für Ausländer nicht nur in Relationen äußerst preiswert. Ganz abgesehen davon, daß auf dem spezifischen Gebiet Österreichs Musik ja tatsächlich seinen Weltruhm hat und also japanische Familien sich gern dazu entschließen, ihr Töchterlein in Wien studieren zu lassen.

Kann man das als Gewinn für unser Land bezeichnen? Auf verschlungenen Wegen schon, bestätigen mir meine Gewährsleute. Denn Studenten, die von Wiener Hochschulen heimkommen, sind immerhin als lebende Werbeträger anzusehen, und sie und ihre näheren Verwandten wären vielleicht dazu disponiert, sich späterhin mit Österreichischem anzufreunden. Würde man diese Situation einmal in Ruhe überlegen und Mittel aufwenden, um die japanischen Studenten in Wien wenigstens anläßlich ihrer Heimreise mit Material zu versorgen, dann könnte irgendwann einmal in einer nennenswerten Anzahl von japanischen Familien der Eindruck entstehen, Österreich sei ein gutes Land, wohl wert, daß man sich seiner Produkte erinnere.

Vorläufig hat noch niemand so weit gedacht; die seit Jahrzehnten aus Wien heimkehrenden jungen Damen sind nur zu einem sehr geringen Prozentsatz Künstlerinnen geblieben, sie werden längst nicht mehr von österreichischen Stellen betreut oder gar bearbeitet. Und wenn sie nicht erfolgreich sind, dann denken sie vielleicht nicht einmal mehr mit Freude daran, daß sie in Österreich studiert haben.

Man verzeihe, wenn all das etwas schroff und verdrossen hingeschrieben ist, mir hat es ganz und gar keine Freude gemacht, anstelle des erhofften Kapitels von dem Rückfluß all der Gelder, die man in Musik auf Reisen in den Fernen Osten investiert, nur ein paar Seiten darüber schreiben zu können, wie sehr man mir alle meine Hoffnungen geraubt hat.

Aber so ist es einmal. Die Damen und Herren Musiker, die nach Japan fahren, erhalten zweifellos ihre Gage und somit zumeist auch zurück, was sie selbst in eine solche Reise investieren. Einige von ihnen können aus den Erfolgen dann auch höhere Gagenforderungen daheim oder anderswo im Ausland ableiten, und das wird man dann wohl auch Gewinn nennen. Und wiederum einige werden auf den Tantiemenabrechnungen ihrer Plattenfirmen manchmal einen stattlichen Posten aus dem Verkauf im Bereich Japan finden, und das ist dann selbstverständlich ein Gewinn für sie.

Zudem sind Kleinigkeiten, die aber bei meiner Art der Betrachtung nicht ins Gewicht fallen sollten, die Spanne, die ein Reisebüro hat, wenn es eine Tournee ausrichten darf. Und selbstverständlich auch der minimale Verdienst, den Instrumentenmacher haben, die an den lädierten Instrumenten arbeiten müssen, wie sie von Tourneen zurückkommen – aber schon da gibt es wiederum die Einschränkung, daß im Zeitalter des professionellen Reisens kaum noch Pannen geschehen und also Instrumentenbauer kaum noch was an Reparaturen verdienen.

Hören wir auf, es bringt nichts, bei dem Thema weiter traurig zu verweilen. Österreichs Reputation im Ausland wird, dafür muß man gar keine weiteren Beispiele mehr bringen, durch große Opernabende und grandiose Konzerte durchaus erhöht. Einen meßbaren geschäftlichen Erfolg fürs Land erzielt man anders viel sicherer.

Mir fällt dazu, ich darf ja auch aus Erfahrungen von ehedem und nicht ausschließlich von Japan berichten, ein langes Gespräch ein, das ich mit James Ogilvy, einem der besten Werbemänner der Welt, führen durfte. Ogilvy ist Schwager der englischen Königin, Musikfreund und in New York Chef einer Werbeagentur, die zu ihrer Kundschaft ausschließlich riesige Konzerne oder auch ganze Länder zählt. Bald nach der Weltausstellung in Montreal war ich mit ihm zu einem auch sonst aufschlußreichen Gespräch verabredet und erzählte ihm voll Begeisterung, wieviel Geld wir doch in ein Operngastspiel in Kanada investiert hatten. Er meinte, dies sei zweifellos für alle Mitwirkenden und auch fürs Publikum herrlich gewesen. Als effektive Werbung aber hätte er zwei oder drei richtig geschriebene und zum richtigen Zeitpunkt in den richtigen Zeitungen plazierte Inserate vorgeschlagen. Er erklärte mir, daß er dabei durchaus nicht für seine Agentur spräche und überhaupt nur akademisch zu einer Frage, die ja der österreichische Staat damals längst entschieden hatte.

Als ich mit seiner Meinung damals nicht hinterm Berg hielt, war mein Schicksal als Unker und Böswilliger auf Wochen besiegelt, denn jeder Teilnehmer an dem großen Gastspiel hatte sich bis dahin auch als Sendbote und Werbeträger seines Landes gefühlt und glaubte nun, ich hätte ihm eine seiner wertvollsten Eigenschaften abgesprochen.

Vielleicht ergeht es mir diesmal wieder so. Ich kann nichts dafür. Der Gewinn aus einer musikalischen Reise ist, soweit meßbar, ein ideeller. Und ein ideeller Gewinn ist wiederum nur meßbar, wenn man guter Absichten voll herumhört, was zum Beispiel freundliche Japaner sagen, wenn man sich ihnen als Österreicher zu erkennen gibt. Japaner aber sind immer freundlich und wissen von Österreich nicht genug. Und das ist also alles, was zum Thema jetzt zu sagen wäre.

Reiselektüre

Wer auf einer Reise sein Pensum an Erleben, Notieren und Niederschreiben erledigen will, der gerät in Gefahr zu vergessen, was er außerdem erzählen wollte.

Mir hilft der Zufall.

In Kagoshima, der ersten Station der Symphoniker in Japan, mache ich mein erstes Paket Manuskript für den Verlag bereit. Und tippe noch ein wenig hier und ändere noch da. Und streune während des Konzerts hinter der Bühne, wo die Instrumentenkisten stehen und die nicht verwendeten Noten sortiert sind und der Abtransport schon wieder vorbereitet wird, denn am Abend darauf werden um diese Zeit die Musiker bereits vor Publikum in Fukuoka spielen.

Reiselektüre liegt auch dazwischen. Ich kann sie nicht mit den Mitgliedern des Ensembles in Zusammenhang bringen, die sie für eine kurze Weile weggelegt haben. Aber ich kann Titel lesen.

Descartes.

Das ist, hätte ich vielleicht in der Arbeit ganz vergessen, auch mein Thema. Daß Musiker, wenn sie auf Reisen sind, vom Land etwas sehen, von den Menschen etwas erfahren wollen. Und zwischendurch Descartes lesen. Nicht alle hundert, ganz gewiß nicht. Aber ich weiß zufällig ganz genau, daß keiner der passionierten und anscheinend auch hervorragenden Schachspieler des Orchesters den Philosophen mithat, daß also noch sehr viel mehr – nennen wir sie einmal gebildete Musiker – unterwegs sind.

Sind keine Zigeuner und keine Sänger, was auch gleich wieder mißverstanden werden könnte; es gibt auch Sänger, denen man Lektüre zutrauen darf. Aber das Bild, das man sich „so ganz im allgemeinen“ macht, ist eben nicht richtig. Unter den hundert Musikern sind einige, die zu kennen sehr lohnt.

Man kann von ihnen lernen und nicht nur über Musik und über die Handhabung von Instrumenten, nicht nur Menschenkenntnis, sondern sehr viel auch über Dinge, die nicht jeder weiß.

Mein Freund Helo Weiß, Bratschist bei den Philharmonikern, ist nicht nur hochgeschätzter Kenner, sondern auch

Reiselektüre und doch keine „Entspannung" in Japans superschnellen Zügen – Anja Silja, Christoph von Dohnanyi und Philharmoniker-Konzertmeister Hetzel diskutieren Details einer Partitur

enthusiastischer Sammler zeitgenössischer Kunst. Was er in seinen Mappen hat, das hat Qualität. Und was er über einen Künstler sagt, das hat Gewicht.

Von neuerer Literatur wissen viele Orchestermusiker. Man kann sie auch mit ausgefallenen Titeln wenig schrecken. An ihren Zitaten erkennt man sie und auch daran, daß sie einem nicht gram sind, wenn man nicht mithalten kann.

Daß sie mit dicken Reiseführern unterwegs sind, versteht sich. Sie haben sich vorbereitet, sie wissen, was sie sehen wollen. Sie sind gewiß nicht das, was man an Touristengruppen angeboten erhält, wenn man ein Fremdenführer ist. Sie stellen andere und klügere Fragen.

Nippons Musikenthusiasmus

In Fukuoka, einer Stadt mit wenig interessantem Hinterland, aber offenbar viel Selbstvertrauen, hat man einen brandneuen Konzertsaal gebaut, in dem auch Operngastspiele stattfinden können, und man tröstet die nicht ausverkauften Symphoniker mit einer Abrechnung, die nachweist, daß das Cleveland Orchestra unter Lorin Maazel noch schlimmer dran war.

Spätestens ab Fukuoka aber verfolge ich auch die Spur von Robert Jungbluth. Er war gerade in der Stadt, er hat gerade Verhandlungen gehabt, er hat gerade Unterschriften unter Verträge gesetzt ...

Der Bundestheater-Generalsekretär ist nicht nur dynamisch, er ist auch schon seit einiger Zeit in den japanischen Markt – man verzeihe die Formulierung – verliebt. Er hat die Volksoper nach Tokyo geführt, er hat die Staatsoper triumphieren lassen, er wird demnächst wieder mit der Volksoper im Land sein, und auch die Modalitäten des ersten Burgtheater-Gastspiels sind bis ins Detail geklärt – man wird Brecht und Nestroy spielen, es wird Simultanübersetzer geben, im ganzen Land aber werden auch die Germanisten vorbereitend eingesetzt, und daß die Veranstalter vom Burgtheater richtig „eingestrichene" Textbücher zur Übersetzung erhalten, versteht sich bei Jungbluth und der japanischen Mentalität ja von selbst.

Ich erinnere mich noch an den Herbst 1980: Technik, Chor, Orchester und Solisten der Staatsoper hielten das Hotel New Otani in Tokyo besetzt, aber zumindest mir schien es nicht ganz gesichert, daß japanische Musikfreunde die Pointen im Vorspiel zur „Ariadne auf Naxos" genießen würden. Da holte man mich zum Besuch einer der Musikbibliotheken jener Organisation, die sich das Staatsoperngastspiel leistete. Da sah ich Japaner mit Kopfhörern und Textbüchern angestrengt – oder interessiert, könnte man sagen – der Musik von Strauss lauschen und wußte, daß sie am Abend darauf ein ganz ausgezeichnetes Publikum abgeben würden. Freilich, daß sie die Vorstellung dann zu einem einmaligen Triumph für alle Mitwirkenden gestalten würden, das hat damals keiner vorauszusehen gewagt.

Jetzt noch erinnern sich alle, die dabei waren. Edita Gruberova hatte nach ihrer legendären Zerbinetta-Arie sicherlich mehr Beifall als in Wien oder bei den Salzburger Festspielen, und Karl Böhm wurde nach der Vorstellung ausdauernder gefeiert als nach jenem Abend, da er in Salzburg diese Oper zu seinem 85. Geburtstag dirigierte. Das Publikum blieb ohne Ausnahme erst einmal geschlagene zwanzig Minuten auf seinen Sitzen und jubelte. Und dann sehr viel länger als noch einmal zwanzig Minuten an der Rampe und schrie vor Begeisterung. Wir waren durchaus, was man professionelle Schlachtenbummler nennen könnte, aber wir waren nicht nur von der Strauss-Oper fasziniert, wir waren hingerissen vom Taumel des Publikums. Und mitgerissen. Ich habe uns selbst kaum je in Wien oder anderswo so frenetisch applaudieren gesehen.

Das Burgtheater also wird, kommen wir rasch zurück ins Jahr 1982, mit Brecht und Nestroy nirgends auf Unverständnis stoßen. Dafür sorgen Jungbluth und die Japaner, denen der Mann aus Wien auch schon das Ballett der Staatsoper „verkauft" und denen er offenbar auch Beruhigendes zum Thema „Wiener Opernballorchester" mitgeteilt hat. Ob das auch ein Thema ist? Nun, in Osaka gibt es noch viele von den allerersten Programmzetteln zu sehen, auf denen ein ganz anderes Orchester angekündigt wird: ein Farbphoto vom Podium des Konzerthauses, drauf eine seltsam zusammengewürfelte „Partie" aus Philharmonikern und anderen Wiener Musikern und in japanischer Sprache auch die genaue Aufschlüsselung der Orchestermusiker. Da hätten, war abgemacht, vorwiegend Philharmoniker unter einem italienischen Filmmusikkomponisten Unterhaltungsmusik gehobenen Anspruchs spielen sollen. Weil aber die Institution Wiener Philharmoniker nichts von diesen Konzerten wußte, gab's Krach in Tokyo und in Zürich (wo ein Zwischenmanagement sitzt) und auch in Wien – und jetzt sind andere Plakate an den Wänden. Jetzt wirbt man zwar auch für ein „Wiener Opernballorchester", das Farbphoto hat sich auch nicht verändert, ein Beitext aber ist von Jungbluth und vom Vorstand der Wiener Philharmoniker unterschrieben und garantiert dem japanischen Publikum ausdrücklich, da seien gute Musiker aus Wien zu erwarten. Wie sie auch auf einem Opernball aufspielen könnten . . .

Daß sie das so noch nie getan haben, wird die Japaner wohl nicht stören, und wenn ich den Generalsekretär der Bundestheater richtig kenne, dann wird er nach großem Jubel in Tokyo und Osaka die lustige Wiener Musikerpartie im nächsten Jahr als Sensation des Opernballs einsetzen und zur Eröffnung ein paar kleine Japanerinnen mit den Herren von der Wiener Neustädter Militärakademie einmarschieren lassen. Und also aus einem kleinen Pech noch eine große Pointe herausschlagen.

Er kann das. Er konnte ja auch, entgegen allen Bemerkungen von Kennern der japanischen Szene, mit seinen Partnern trefflich verhandeln. Vor dem Staatsoperngastspiel verriet mir insgeheim einer von ihnen, der Jungbluth sei viel zu schroff und zu direkt für die Japaner. Er verlange viel zu offen, was er alles haben wolle. Er gehe nicht auf die geforderte ausführliche Gesprächstaktik ein und halte viel zu wenig von dem üblichen Gedankenaustausch, den man über Wochen pflegen müsse, ehe man an die harten Fakten ginge.

Irgendwer hat sich da gottlob geirrt. Hinter dem Rücken des Generalsekretärs gibt es jetzt in Osaka und Tokyo Bewunderung. Wie er doch alles bekommt, was er für seine Ensembles haben möchte! Wie er doch mit den Kontrahenten richtig umginge! Wie man doch seine Art so sehr zu schätzen gelernt habe . . .

Wird schon stimmen. Ich habe ihm schon staunend zugeschaut, als er als ein selbstbewußter Vertreter der österreichischen nachschöpferischen Künstler auftrat. Er läßt von vornherein keine Zweifel daran, daß er die wertvollsten und prächtigsten Sänger und Schauspieler anzubieten hat, und denkt nicht daran, über Preise oder Formalitäten lang zu diskutieren. Er bringt, so sagt er es, Japan das Beste, was Europa anzubieten hat. Dafür will er natürlich die höchsten Preise. Was denn sonst?

*

Und wieder einmal ein Einschub, von den Geschehnissen diktiert und dank der raffinierten Herstellungstechnik dieses Buches möglich: Das Wiener Opernballorchester hat in Japan schon gespielt, es hatte beim Publikum nicht nur Zulauf, sondern großen Erfolg, und die japanischen Manager sind mehr als bereit, gleich wieder eine Reise mit populärster Musik und einem solcherart populär werdenden Orchester anzubieten. Robert Jungbluth aber hat, nebstbei, längst auch alle meine anderen Vorhersagen wahr gemacht und präsentiert das Ensemble auf dem Opernball '83 . . .

Dieses Ensemble hat es nie gegeben: Das „Wiener Opernballorchester“ mit ganz anderen Mitgliedern spielte aber 1982 Populäres in Japan und wurde, weil schon einmal „erfunden“, für den Opernball '83 in Wien auch tatsächlich engagiert. In wahrscheinlich wieder anderer Besetzung

Daß man sich unsererseits für gute Dienste auch zu bedanken weiß, versteht sich. Da gibt es hie und da einen österreichischen Orden; die bedeutenderen Japaner halten viel von Ehrenzeichen. Da gibt es Gastgeschenke, die an Österreich erinnern; Japaner wissen diese Geste zu schätzen.

Und einer, der auch nur einen Moment seine Zweifel hat, ob man sich mit Orden und kleinen Geschenken in Japan richtig verhält, der erhält auch seine Antwort: Im Club einer Tokyoter Universität verfolge ich gemeinsam mit ehrwürdigen Professoren die Preisverleihung nach einem wochenlang aufregenden, die Nation via Fernsehen erregenden Ringkampf in der japanischen Disziplin Sumo. Und siehe da, der Sieger erhält nicht nur die Pokale des Ministerpräsidenten, des Kaiserhauses, verschiedener Vereinigungen, er erhält auch ein großes böhmisches Glas (es wirbt die Tschechoslowakei) und einen

Pokal der Volksrepublik China (sie tut's, um sich gratis via Fernsehen in Erinnerung zu rufen). Niemand findet das seltsam, jeder ist der Ansicht, Auszeichnungen und kleine Geschenke für besondere Leistungen hätte Japan sich verdient.

Aber auch davon wollte ich ja nur eine Andeutung am Rande machen. In Wahrheit wollte ich schon an die Gelegenheiten erinnern, zu denen sich wirklich viel Musik aus Österreich auf Reisen begeben hat. Da war einmal ein Gastspiel der Staatsoper zu der Weltausstellung nach Montreal – sündteuer und das letzte Mal, daß Egon Hilbert seine Liebe zur Oper beteuern konnte. Dann gab es eines in Washington, von dem ich nur weiß, daß es sehr erfolgreich war. Und dann gab es das Monsterunternehmen 1980 in Japan.

Bis heute ist nicht einmal andeutungsweise niedergeschrieben worden, was da alles in Bewegung war. Dekorationen, die man in Hongkong gebaut und via Container nach Japan gebracht hatte – und auf der Bühne sah man dann eine „Salome", von der jeder Wiener glaubte, sie sei direkt aus Wien importiert. Flugzeugladungen voll Wiener Opernpersonal, das man nach präzisen Plänen schon in Wien zum Dienst für Proben, technische Arbeiten und Aufführungen instruiert hatte – und sogar die gestaffelte Abfahrt der Autobusse funktionierte Wochen hindurch einwandfrei, und zwischen starken Männern aus Wien und wendigen japanischen Kollegen kamen Freundschaften zustande, die von keiner Sprachbarriere behindert waren.

Das Gesamtgastspiel füllte Aktenordner mit Anweisungen vorher und Kisten mit Kritiken und Berichten nachher, und zwischendurch gab es eine Fernschreibverbindung, die wir im Hotel direkt mit Wien zur Verfügung hatten – zum Frühstück servierte Jungbluth dem Karl Terkal die neuesten Fußballresultate aus Österreich, und die Kommentare des Herrn Kammersängers waren das Labsal für verschlafene Mitreisende. Spät in der Nacht hörte man via Telex, was die Firma Unitel mit dem ORF wieder vereinbart hatte bezüglich exklusiver Rechte auf eine Fernsehübertragung einer Oper in Japan . . .

Einmal ließ sich nur mit Mühe verhindern, daß ein grobes Mißverständnis den greisen Karl Böhm in ein falsches Licht gerückt hätte: Man erzählte ihm, daß die TV-Rechte der „Salome" wahrscheinlich für Japan nicht mehr zu vergeben seien, weil die Herren Beirer und Equiluz und Kunz ihre Verträge für

„Salome" mit einer anderen Firma hatten. Und Böhm meinte, die Sache mit Hans Beirer, der den Herodes zu singen hatte, verstünde er noch. Daß man aber auch wegen zweier Juden so viel Aufsehen mache, das ginge über sein Verständnis. Das hörte einer, der zwar drüber schreiben sollte, jedoch nicht wußte, daß Equiluz und Kunz in der „Salome" Juden darzustellen hatten. Und er fand es äußerst merkwürdig, daß Böhm so abfällig über Juden sprach. Und fand auch keineswegs komisch, daß wir meinten, auch Cappadozier fände Böhm nicht wert, sich über sie aufzuregen.

Immerhin, man hat das Mißverständnis aufgeklärt, und Opernfreunde gab es bei dem Gastspiel auch. Das ging damals noch gut aus, sogar die Firma in Europa gab in letzter Minute nach, und das japanische Fernsehen konnte übertragen, was es wollte. Und die anvisierten Geldbeträge standen sowohl den Mitwirkenden wie auch den Bundestheatern insgesamt ins Haus . . .

Szenen, die es nach jedem Konzert in Japan gab und die es nie mehr geben wird. Junge Japaner feiern den greisen Karl Böhm, wie hierzulande nur die wildesten Pop-Sänger umdrängt werden

In Tokyo, wo man als Österreicher selbstverständlich anders reagiert als in der Heimat, ist man noch eineinhalb Jahre später der Ansicht, die österreichische Presse habe das Operngastspiel viel zu geringschätzig behandelt. Da waren zwar Beobachter mit und Artikel wurden geschrieben. Aber was war das alles im Vergleich zur Erregung, die das Gastspiel in Japans Musikwelt verursacht hatte, gegen die Beiträge, die Japans Journalistik lieferte? Ich werde auf der Symphonikerreise diesbezüglich belehrt und muß zur Kenntnis nehmen, daß wir daheim viel zu gering „von uns selbst" gedacht haben.

Gleichzeitig aber muß ich wieder einmal ein Marterl für Karl Böhm aufs Papier setzen. Er war beim Operngastspiel ohne jeden Zweifel der Hauptanziehungspunkt, von seiner Mitwirkung hing viel mehr ab, als man in Österreich dachte. Daß er als kranker, alter Mann noch einmal nach Japan kam und Mozart und Strauss dirigierte, das verstanden die Japaner als ein Ereignis ganz besonderer Art und dankten es nicht nur dem glücklichen Dirigenten, sondern dem gesamten Ensemble.

Wo immer ich seinen Namen erwähne, dort weiß man auch jetzt, was er bedeutet. Die österreichische Botschaft ist mit den Übersetzungen von Nachrufen, Würdigungen, Erinnerungen an Böhm immer noch nicht zu Ende, weit über tausend Artikel hat man schon registriert, und immer noch schreiben Japaner über Karl Böhm, der am Ende seines Lebens gefeiert wurde wie kein Dirigent vorher, den bis auf den heutigen Tag die Musiker in aller Welt vermissen, als sei er nur auf eine Weile verhindert aufzutreten – sie sprechen von ihm, als gäbe es ihn immer noch, als wüßten sie alle ganz genau, wie er Mozart dirigiert und Bruckner und Strauss. Und selbstverständlich wissen wir es wirklich und werden immer daran erinnert, wenn es jetzt an seiner Stelle ein anderer versucht.

Jungbluth, über den nicht alle Menschen gleich denken, hat als Generalsekretär der Bundestheater in Wien genug zu tun. Da er sich durchaus lebendig in die Geschäfte seiner Direktoren einmengt und ganz gewiß mehr tut, als sein Amt de jure von ihm verlangt, ist er – und wenn er es noch so oft abstreitet – natürlich auch mit den künstlerischen Dingen der Oper, der Volksoper und des Burgtheaters eng verbandelt. Und da die Philharmoniker nur auf Reisen gehen können, wenn sich jedermann in den Bundestheatern mit ihnen über die günstigsten

Termine einigt, hat er auch mit den Herren vom Orchester wichtige Kontakte.

Er würde sich gegen diese Interpretation vielleicht wehren, wenn er's könnte. Aber er spielt andauernd auch den Löwen – und ist kein „Zettel", sondern ein sehr schlauer Kerl, der genau weiß, was man auf der Opernbühne sehen sollte und wie man diesen oder jenen Regisseur an Wien binden könnte.

Sein Amt jedoch ist es, Herren Direktoren ihre Arbeit zu erleichtern und zuletzt derjenige zu sein, dem man vorwirft, daß die Bundestheater wieder nicht billiger geworden sind.

Das ärgert ihn halt sehr, und also sucht er nach immer neuen Arbeitsgebieten. Und findet sie, wo man über die Subventionen gar nicht spricht und von den Bundestheatern nur mit der größten Hochachtung: im Ausland. Wenn er in Tokyo verhandelt und Staatsopernaufführungen anzubieten hat, dann fühlt er sich ungleich zufriedener, als wenn er im Hanuschhof sitzt und sich mit Bilanzen ärgert. Wenn er in Hongkong rasch noch vereinbart, daß das Volksopernorchester nach dem Operettengastspiel im Frühsommer in Tokyo vorüberkommt und Konzerte mit populärer Wiener Musik gibt, dann ist er auch in seinem Element, denn da verschafft er sämtlichen Mitwirkenden ja zusätzliche Gagen und seinem Bundestheaterverband ganz ohne Zweifel lobende Erwähnungen in einem sehr entfernten Kontinent.

Als er mit einem extra erworbenen diplomatischen Kennzeichen am Flughafen Narita amtierte und eine Gruppe nach der anderen abholte und ins Hotel New Otani lotste, wo die Staatsoper 1980 residierte, war er fühlbar in seinem Element. Hätte man ihn ein paar Tage später gebeten, doch auch dafür zu sorgen, daß der Vorhang wirklich im richtigen Moment über einer Szene fällt, er hätte das Amt übernommen und wäre gleich anschließend mit Blumen in der Garderobe von Böhm gewesen und hätte Minuten später auch noch einmal die Autobusse für den Chor ins Hotel abgefertigt.

Man sagt ihm nach, er sei dynamisch.

Auch diesmal in Japan, ihm nur immer auf der Spur, merkt man es wieder. Er war wieder einmal dynamisch. Er hat der Verantwortlichen von der Botschaft einen Abend mit österreichischer Literatur angeboten, als diese klagte, daß die sehr hohen Eintrittspreise beim Burgtheater-Gastspiel zwar nicht das

Publikum schrecken, jedoch die übers Jahr von der Botschaft mit Deutschunterricht versorgten jungen Japaner nicht erreichen werden. Wer weiß, ob er nicht später erst in Wien die notwendigen Zusatzklauseln in Verträge schreiben wird, ob er nicht irgendwo einen Sonderposten an Honorar wird erfinden müssen. In Tokyo hat er rasch den Abend ausgehandelt und zugesagt und hat wahrscheinlich sehr viel jungen Japanern erst den Anreiz für die nächsten mühsamen Deutschstunden verschafft.

Er hat die letzten Spuren von Unordnung beim „Wiener Opernballorchester" weggeräumt – in Wien hat uns alle nur interessiert, wie es denn kommen kann, daß ein einzelner Philharmoniker Verträge schließen kann, ohne den Rückhalt aller Beteiligten zu haben. In Japan ist die Situation ganz anders, dort ist man nicht gewohnt, daß irgendwelche Verträge nicht eingehalten werden. Also mußte, wie schon erwähnt, ohne zu viel Rücksicht ein Orchester aufgestellt und nach Japan gesandt werden. Jungbluth hat das geschafft und damit indirekt allen österreichischen Musikern geholfen – sie wären bei den nächsten Verhandlungen nicht gut dagestanden, weil man sich der gebrochenen Verträge von dem einen Mal sehr lange erinnert hätte.

Und, ganz persönlich, Jungbluth scheint der Faszination der vielen, der schier unzählbaren Personen erlegen zu sein, die einem Japan anbietet.

Ich erinnere mich noch, daß ich bei einer Konzertreise einmal mit Menschen sprach, die in Tokyo leben. Ich wollte wissen, welche Art von Darbietung bei den Japanern besonders beliebt sei. Welche Musik, welche Opern.

„Das ist für Tokyo eine völlig falsche Frage", belehrte man mich damals. In dieser Stadt gibt es für alles genügend Interessenten. Man hat manchmal die Schwierigkeit, diesen beizubringen, daß man in der Stadt ist und aufzutreten vorhat. Wenn man aber diese Klippe einmal genommen hat, dann hat man Publikum. Unter den mindestens zwölf Millionen Einwohnern kriegt man Publikum auch für die ausgefallensten Dinge. Und andererseits erinnere ich mich, wie begeistert Herbert von Karajan immer von den Konzerten in Japan sprach, die direkt vom Fernsehen übernommen wurden. Wenn man Sinn für Volumen hat, dann muß man es auch sein. Denn tatsächlich müßte ein

So arbeitet Robert Jungbluth nur für Photographen: Gundula Janowitz hat auf der Opernreise nach Japan nicht das gesamte Geld des Generalsekretärs bekommen. Auch ihre Gage war vorher schon vereinbart

geachtetes Orchester unter einem anerkannten Dirigenten ungefähr ein halbes Jahr lang Abend für Abend musizieren, ehe es direkt die Menschen erreicht hat, die bei einer großen Fernsehübertragung zugehört haben.

Das sind schon Beweggründe, um von dem Land hingerissen zu sein und immer wieder über Reisen dorthin nachzudenken. Karajan hat es immer wieder getan, und Jungbluth schließt, wenn man den Gerüchten um ihn trauen darf, andauernd neue Verträge ab. Dabei ist er mit Leib und Seele Manager, will neue Stücke und neue Künstler kreieren und will großzügige Dispositionen über möglichst viele Grenzen hinweg treffen. Irgendwer hat gemeint, ihm sei der österreichische Kunstmarkt längst zu klein, und Jungbluth hat das nie verneint.

Also begreife ich, wenn er gern mit Partnern verhandelt, die alles Mögliche an großen Zahlen hinter sich haben, mit einem Mann, der in Japan ein Millionenpublikum an der Hand hat, mit Sponsoren, die Tageszeitungen mit zwölf Millionen Auflage sind, mit dem Staate Mexico, wenigstens mit dem Kennedy Center in Washington. Dann ist er in seinem Element und hat die große weite Welt in der Aktentasche. Und da er immer mit österreichischer Musik in seiner Tasche reist, paßt er in diesen Bericht.

Ihn allerdings würde auch jeder Symphoniker sofort erkennen. Er hat nie und nirgendwo hinterm Berg gehalten mit dem Bundestheaterimperium, das er vertritt.

Mein Gesprächspartner in Osaka, der alterslose, feine, zarte Mister Kajimoto, dem man im Foyer eines Konzertsaals allenfalls einen Gelehrten und Kunstliebhaber glauben würde, wird von niemanden erkannt. Der Japaner, der sehr viel Wert auf „Gesicht" legt, braucht's auch nicht. Ihm genügt, wenn hie und da jemand weiß, daß er Kajimoto ist.

Concert Management Co., Ltd.

„Wenn der Kaufmann von Osaka die Stirn runzelt, zittert der Daimyo" ist ein für uns insofern schwer verständliches Sprichwort, weil wir nicht wissen, welch hohes Tier der Daimyo ist oder war. Immerhin, der Kaufmann von Osaka ist sprichwörtlich, und Osaka ist wenigstens für europäische Musiker als zweitgrößte Stadt Japans, als Sitz des Osaka Festivals und als Ort der Bewährung ein Begriff.

Orchestermusiker kennen, sofern sie länger als zwei Tage in der Stadt sind, erst einmal das Hotel Osaka Grand, denn in diesem befindet sich auch die Osaka Festival Hall, und deshalb wohnen sie alle dort. Dann kennen sie eine der unterirdischen Ladenstraßen, denn diese ist unweit des Hotels und birgt neben Einkaufsgelegenheiten auch jede erdenkliche kleine Art von Restaurant bis hin zu der möglichsten Annäherung an ein Wiener Kaffeehaus, die man in Osaka erwarten darf.

Zum dritten kennen sie ein entfernter gelegenes Viertel, in dem ganze Straßenzüge mit Geschäften ausschließlich Uhren, Photoapparate und elektronisches Gerät zu angeblich nicht mehr zu unterbietenden Preisen anpreisen – es stimmt nur insofern, als auch die preiswertesten Tokyoter Läden diese und keine niedrigeren Preise mehr verrechnen.

Soweit ich mich erkundigen konnte, kennen Musiker das Haus bzw. die Haushälfte des Mister Kajimoto nicht. Und doch liegt es nur einen Steinwurf vom Hotel Osaka Grand und wäre auch von außen eine kurze Besichtigung wert. Denn zwischen zwei der unzähligen Wolkenkratzer steht da ein beinahe englisches oder hamburgisches schmales Haus, ein sauberer dreistöckiger Backsteinbau. Eine Lyra hängt wie ein Ladenschild über dem Stiegenaufgang, im zweiten Stock ist ein Kontor – unwillkürlich findet man die alten hanseatischen Worte dafür und entdeckt erst später, daß sie nicht falsch gewählt sind.

In einem einzigen Raum, dem Kontor also, sitzt am hintersten Schreibtisch, den fleißig über Schreibmaschinen und Telephonen arbeitenden Herrschaften auch zur Aufsicht zugewandt, Mister Kajimoto. Er ist im dunklen Anzug, klein, wahrscheinlich an die Sechzig. Gemeinsam mit oder in Konkurrenz zu einem anderen Japaner stellt er die Spitze des Konzertmanagements des Landes dar.

Er ist zu höflich, um eine Stunde Gespräch damit zu beginnen, Fragen zu beantworten. Er gibt sich zuerst selber neugierig und will erfahren, wie man in Europa das bedauerliche (vorübergehende) Ende seines Konkurrenten Nummer zwei aufgenommen hat – unglücklicherweise hat dieser, obgleich mit der Organisation von Reisen der Wiener Philharmoniker und der Berliner Philharmoniker ein erfolgreicher Mann, in völlig artfremden Gebieten spekuliert und sich vertan, er mußte resignieren und sein blühendes Feld anderen überlassen.

Auch diese Frage ist nicht pure Neugier, sondern deutet gleich an, japanische Konzertmanager kämen nur dann in Schwierigkeiten, wenn sie auf anderen Feldern zu bauen versuchten. Was das Arrangement von Konzertreisen anlangt, ist weiterhin alles in Ordnung, nicht nur bei Mister Kajimoto, sondern auch bei seinen Freunden, von denen er irgendwann einmal auch sagt, ihre Versuche, Konkurrenz zu sein, bedeuteten auch ihm eine wertvolle Hilfe. Und vice versa, keiner sei des anderen Gegner. Ganz gewiß nicht, wenn ein Gesprächspartner aus Europa zuhört.

Die oder das Kajimoto Concert Management Co., Ltd. unterscheidet sich von anderen Veranstaltern vor allem dadurch, daß es großen Wert darauf legt, auch japanische Künstler von internationalem und nationalem Format zu vertreten. Seiji Ozawa hat Mister Kajimoto dankbar verbunden zu sein, und ungezählte Solisten sind es überdeutlich. Er denkt nicht daran, den Vergleich zu gestatten, aber er freut sich, wenn man ihm mitteilt, daß er – so scheint es – zugleich eine der Funktionen eines Sol Huroks ausübe – der Russe, der als Agent einst den Amerikanern Europas Ensembles und Europas Kunst brachte, ist in der Branche nicht vergessen. Kajimoto, der einen Vergleich nicht scheuen müßte, winkt höflich ab.

Er ist bereit, sowohl künstlerische Probleme zu diskutieren wie auch über Finanzen zu reden.

Also Finanzen. Der Herr über ein Agentennetz in ganz Japan ist nicht interessiert, den Preis einer Eintrittskarte zu diskutieren. Er will es etwas ausführlicher erklären. Nach dem Krieg, nach Jahren der Isolation, war das japanische Publikum seiner Auffassung nach ausgehungert nach europäischer Musik. Die es von Schallplatten kannte. „Man träumte davon, einmal die Helden zu erleben, deren Taten man bisher nur auf der Platte gehört hatte. Und man war bereit, dafür einen entsprechenden Preis zu bezahlen."

Als Japan seinen Aufstieg als Industrienation begann, kamen Konzertmanager zum Zug, die diese Träume ermöglichten. Und, um dabei nichts zu verlieren, zu einem besonders hohen Preis, denn Träume soll man nicht um ein Butterbrot kaufen können. „Vor zwanzig Jahren konnte man Solisten und Orchester aus Europa und den USA zu einem Preis einkaufen, der verhältnismäßig billig war. Das hat sich geändert. Vor zehn Jahren war der Preis noch angemessen, würde ich sagen. Heute ist er recht hoch und sollte nicht mehr klettern." Vom Standpunkt eines Managers, der es als nicht ideal bezeichnet, für seine Konzerte Sponsoren suchen zu müssen, ist Mister Kajimoto zu verstehen. Er will an der Spanne zwischen dem Einkaufspreis eines Ensembles und dem Verkaufspreis an lokale Manager verdienen. Jetzt meint er, seine Spanne sei gerade noch zu vertreten.

Tokyo und Osaka sind sein eigenes Revier, in den meisten anderen Städten übernimmt Kajimoto Concerts nur die Vermittlung und gibt das Risiko an Subagenten weiter. Andererseits stellt er sein Netz an Mitarbeitern und sein Know-how wiederum Veranstaltern zur Verfügung, die ihrerseits große Fische im Netz haben – für Tokyo zum Beispiel ist er am Gastspiel der Wiener Volksoper beteiligt.

Der für unsere Begriffe zierliche Mann, dem man freilich

Als Handzettel bei den Konzertbüros, als Plakat überall zu sehen: die Ankündigung der Konzerte der Wiener Symphoniker unter Christoph Eschenbach im Bunka Kaikan in Tokyo im März 1982

anmerkt, daß er etwas Besonderes ist, macht sich Gedanken für die Zukunft. Die Jugend kann sich seine Eintrittspreise nicht leisten. Also zeigt sie Tendenzen, ins Pop-Lager abzuwandern. Ginge es nach Kajimoto, dann müßte man aber deshalb noch lange nicht die Japanische Regierung einschalten, um Unterstützung zu erhalten – sondern die reisenen Orchester dazu animieren, hie und da ein zusätzliches Konzert billiger zu spielen, um dann auch billigere Preise verlangen zu können. Und außerdem ist ihm recht wichtig, mit der Zeit mehr Einladungen für japanische Ensembles nach Europa und in die Vereinigten Staaten arrangieren zu können. Er meint, es gäbe jetzt bereits genügend Orchester, die nach europäischem Standard bestehen könnten, man habe irgendwann aus der immer noch recht einseitigen Verbindung einen Austausch auf fairer Basis zu machen. „Das ist unser nächster Traum", lächelt er und denkt wahrscheinlich, daß auch dieser ziemlich teuer bezahlt werden müßte. Denn alle die in Europa ausgebildeten oder wenigstens nachgeschliffenen Musiker, die in Japan arbeiten, haben für japanische Verhältnisse Unsummen an Unterstützung gekostet. Wenn sie einmal soweit sein werden, daß sie nicht nur als einzelne, wohlgelittene Solisten, sondern als Orchester von Reputation durch die europäische Welt reisen werden, dann wird man sehen, was der nächste Traum eines japanischen Musikfreundes sein könnte.

Denn der Herr in seinem Kontor entpuppt sich, vorwiegend über Finanzen plaudernd, auch als ein Musikkenner – das sind die erfolgreichen unter den Managern immer, sie müssen das, was sie kaufen und verkaufen, immer auch lieben und dürfen sich nicht vorstellen, sie könnten auch in einer anderen Branche erfolgreich sein. Als Musikfreund liegt Mister Kajimoto auch der Export japanischer Musik am Herzen.

Er ist Realist und weiß, daß es ein völlig unerreichbares Ziel wäre, den Europäer für traditionelle japanische Musik so zu interessieren, wie es umgekehrt der Fall war. Aber er schätzt die Art, in der japanische Komponisten eine Art Unterwanderung versuchen. Indem sie zum Beispiel Werke schreiben, in denen mitten in einem europäischen Orchester ein klassisches japanisches Instrument einen Solopart ausführt. Aus Begeisterung dafür oder aus Höflichkeit den japanischen Freunden gegenüber haben schon große Orchester in den USA und die Berliner

Philharmoniker solche Kompositionen in ihr Repertoire aufgenommen. Dazu mußten sie Solisten und Instrumente besorgen und sich mit Japanischem befassen. Mister Kajimoto sieht da einen guten, einen allseits befriedigenden Weg. Wenn in einem Orchester erst einmal ein Japaner sitzt . . .

Merken wir uns das Stichwort. Bei den Symphonikern spielt seit Jahr und Tag ein japanischer Cellist, und den Berliner Philharmonikern ist ein japanischer Geiger ganz vorne an die ersten Pulte herangerutscht. Merken wir es uns.

Das andere aktuelle Stichwort sind wieder einmal die Philharmoniker. Die aus Berlin und aus Wien sind nach kennerischer Ansicht von Mister Kajimoto die beiden Spitzenensembles der Welt. Sie können in Japan musizieren, wie sie es wollen. Sie können ihre Bedingungen stellen, und jeder Veranstalter wird sie erfüllen, denn sie garantieren ausverkaufte Säle auch zu höchstem Preis.

Der Manager, der seinen Adlatus anschließend mehrfach vorsichtig anfragen läßt, ob ich auch alles recht verstanden habe und ob ich auch weiß, daß es undenkbar sei, daß er einen Satz gesagt haben könnte, der einen Musiker aus Wien beleidigen könnte, spielt zweifellos damit auf seine Einschätzung der Wiener Symphoniker an.

Sie sind ein gutes Orchester, meint er. Freilich, die Japaner hätten die Ansicht, so ganz allgemein, sie seien ein nicht ganz so bedeutendes Orchester wie die Wiener Philharmoniker. Weshalb er mehr in Reklame für Symphonikerkonzerte investieren muß und gleichzeitig nicht ganz so hohe Gagen zahlen kann. Eingedenk des Ausdrucks Einstandspreis aus dem Mund von Lutz Lüdemann, ist eine Frage fällig. Ob die Symphoniker nach dieser Reise auf bessere Konditionen beim nächsten Mal rechnen können? Das hängt, meint der Experte, sehr davon ab, ob sie mit einem allgemein bekannten Dirigenten und Solisten kämen – Eschenbach ist bekannt und hat mit seinem Namen durchaus ein paar Prozent für die Symphoniker plus bedeutet. Freilich, die hohen Preise, die nach europäischen Rechnungen – Kajimoto kennt sie alle – kostendeckende Reisen bedeuten, die wird man dem Orchester weiterhin nicht bieten können. Man kann das als eine gute Einschätzung der Lage nehmen und denken, es sei nichts, aber auch wirklich gar nichts Beleidigendes dran, wenn ein Geschäftsmann einem Ensemble seinen

Preis vorrechnet. Und der ist ja nicht gering, nur halt noch immer nicht der Spitzenpreis.

Der nächste Dirigent wäre wohl Gennadi Roshdestwenskij, werfe ich noch ins Gespräch, um das gleich auch zu erfahren. Mister Kajimoto lächelt höflich und gibt sich interessiert.

Undenkbar, daß er den Namen nicht kennt. Denkbar, daß er die Qualitäten des Russen richtig schätzt. Sicher aber auch, daß er kein Wort hat fallen lassen, das werde für die weiteren Verhandlungen über Konzertpreise entscheidende Wirkung haben. Merk's, Wien.

Am Tag nach dem Konzert ist Osaka zwar das Quartier, aber nicht unbedingt die Stadt, in der sich Symphoniker aufhalten. Sie sind – von Touristen kaum zu unterscheiden – in Nara oder Kyoto unterwegs. Auf dem Heimweg von Kyoto zeige ich wenigstens zweien von ihnen das schmale Haus von Kajimoto Concerts. „Aha!“ sagen sie, erfahren erstaunt, daß diese Firma ihre Reise veranstaltet, und sind beim nächsten Thema. Es ist schwer, sie für einen höflichen älteren Herrn zu interessieren, der sogar soweit gegangen ist, beim ersten Konzert vor der Probe vor das Orchester zu treten und sich präsentieren zu lassen. Sie haben ihn längst vergessen.

Er kommt in ihren Überlegungen über Konzerte und Reisen nicht vor. Vielleicht muß das so sein. Sie haben an Noten zu denken. An Tempi. An Momente, in denen diese Tempi sich verändern sollen. Ihr Geschäft ist ein ganz anderes als das von Herrn Kajimoto. Er muß aus ihren Tempi Geld schlagen. Für sie und für sich.

Jedermann in Wien weiß von den großzügigen Sponsoren, die Reisen finanzieren. Sie erzeugen Bier oder verkaufen Zeitungen, und nebstbei geben sie ihr Geld aus, um dabei zu sein, wenn mit ihrem Geld ein Empfang für die Musiker oder Sänger gegeben wird, die dank dieses Geldes nach Japan kamen.

So wenigstens stellt es sich einem Beobachter am Rande dar. Mister Kajimoto rückt da sehr viel zurecht. Als Kaufmann ist er prinzipiell gegen Reisen, deren Rückhalt ein Sponsor ist. „Firmen haben manchmal viel Geld, dann wieder Verluste. Sie können sich manchmal leisten, Beiträge zu geben, dann wieder nicht.“ Ihm ist lieber, wenn er ohne Unterstützung sein Auskommen findet. Er meint, es verunsichere den Markt, den er täglich mitbestimmt, wenn neben ordentlichen geschäftsmäßigen Überlegungen immer auch zu bedenken ist, ob sich für dieses oder jenes Ensemble ein großzügiger oder berechnender Sponsor finden läßt. Und außerdem meint er, daß erstklassige Ware sich auch zu dem ihr angemessenen Preis verkaufen lassen sollte.

Seine Philosophie, um dieses Modewort zu gebrauchen, besticht. Freilich, als 1980 die Wiener Staatsoper mit über 400 Mitgliedern in Japan gastierte, gab es nicht nur einen Veranstalter, sondern auch eine Organisation, die diesem Veranstalter die Abnahme der meisten Karten garantierte. Und dazu trotzdem auch noch große Firmen, die es als Ehre ansahen, zu den Sponsoren gezählt zu werden. Sie komplizierten das System nicht, sie sicherten die Monsterunternehmung nur weiter ab. Und der Veranstalter selbst war derjenige, der sowohl sie wie die religiöse Sekte, die als Schutzherr über die Kartenabnahme auftrat, zusammenbrachte und beisammenhielt, bis der Generalsekretär der Bundestheater all das Geld hatte, das gebraucht wurde.

Mister Sasaki, ein weltgewandter Mann und seither auch mit einem Orden der Republik Österreich belohnt, investiert in seine Riesengastspiele kaum eigenes Geld, jedoch unschätzbare Nervenkraft. Er verhandelt in Europa mit dem Opernhaus, das er in Tokyo haben möchte. Er sucht die geeignete Publikumsorganisation in Japan aus. Er garantiert beiden Partnern die Organisation der Reise von Menschen, Musikinstrumenten und Bühnenbildern – zumeist also auch deren Herstellung in Taiwan oder Hongkong und den Transport nach Japan, wo sie sofort nach ihrer Verwendung zerstört werden, denn Lagerung oder Weiterverwendung in Europa kämen zu kostspielig. Er ist mit seinem Stab für die Abwicklung aller Ereignisse in Japan verantwortlich, und das heißt, daß er bis zu den Bussen, die Bühnenarbeiter rechtzeitig vom Hotel zur Bühne bringen, auch zu sorgen hat und das Wohlbefinden eines Dirigenten durch höfliche Besuche wecken muß. Er muß zur gleichen Zeit die Interessen seiner japanischen Partner wahrnehmen und sich um die Gelegenheiten kümmern, bei denen die obersten Vertreter der wichtigsten Sponsoren selbst in Erscheinung treten können. Zuletzt ist er ein Nervenwrack, kann sich jedoch keinen Urlaub leisten, denn längst laufen die Vorbereitungen für sein nächstes Gastspiel.

Sasaki, etwas jünger als Mister Kajimoto und sehr schlank, hat nichts von einem wagemutigen oder unseriösen Mann an sich. Trotzdem fällt mir kein Vergleich zu seinen Gunsten ein, wenn ich die Wahl zwischen einem tapferen Spieler zugunsten der Musik und einem umsichtigen Kaufmann habe. Ich legte mein Schicksal in die Hände des Herrn mit dem alten Handelshaus. Sicher, daß ich weniger Prozente bekäme. Aber die immer wieder und so ohne jede Diskussion, wie man es sich nur erträumen kann. Da sagt oder kabelt ein Mister Kajimoto, eine Tournee fände statt. Und da braucht man keine weitere Bankgarantie mehr und kaum einen Vertrag. Denn ein Wort zu brechen, nein, daran darf man nicht einmal denken, geschweige ein Wort darüber schreiben.

Wenn ich in diesem Buch jemandem nicht gerecht werde, dann ist es Mister Kajimoto, der Kaufmann von Osaka. Wenn ich je für jemanden das zu oft gebrauchte Wort „Herr" verwenden möchte, dann ist er es. Wie er alle Klugheit und Zielstrebigkeit mit persönlichem Einsatz und manchmal mit durchbrechendem Humor verbindet – das hätte ich gern besser beschrieben.

Programmreisen, Reiseprogramme

Wenn wir in Wien die Programme durchsehen, mit denen die Wiener Orchester auf Reisen gehen, dann haben wir – vor allem die professionellen Kritiker – immer Einwände vorzubringen. Warum, fragen wir, wird da nur immer Beethoven und Brahms und Mozart gespielt; warum stehen da nicht die außergewöhnlichen Musiken auch auf dem Programm; warum müssen Musikfreunde in Los Angeles oder Kagoshima immer das hören, was man in der „Großen Symphonie" auch angeboten erhält?

Die Antwort gibt man, einmal auf Reisen, ganz leicht. Weil die Musikfreunde in Raleigh und Fukuoka diese Programme hören wollen. Sie sind der Ansicht, wenn schon Musiker aus Wien den weiten Weg auf sich genommen haben, dann sollten sie nicht unbedingt Schostakowitsch vorführen und auch nicht Berlioz, sondern Musik aus Wien.

Und an diesem Wunsch ist recht viel dran; ich erinnere mich der Enttäuschung, die sich in Wien ausbreitet, wenn die Leningrader Philharmoniker anreisen und keinen Tschaikowsky aufspielen. Haben wir sie wirklich eingeladen, um von ihnen Schubert zu hören, fragen wir dann und retten uns in die Bemerkungen, es sei doch ganz interessant, einmal zu erfahren, wie man in Rußland Schubert musiziert. Aber tief drinnen wollen wir das gar nicht wissen, sondern wollen wieder die „Pathétique" hören, uns zurücklehnen und behaupten, so und nicht anders hätten wir uns das vorgestellt.

Warum sollen denn die Amerikaner und die Japaner anders sein?

In Wahrheit sind sie ja anders, und dem verdanken Wiener Ensembles oft ihre größten Erfolge. Wenn sie zum Beispiel mit Anton Bruckner kommen, so haben sie der Exotik der Riesensymphonien wegen zumeist großen Beifall, es sei denn, das Konzert ist etwas zu lang und die Besucher müssen vor dem letzten Satz schon heim.

Wenn sie mit Schubert kommen und der immer noch außergewöhnlichen „C-Dur-Symphonie", die man nach mühseligen Umgruppierungen jetzt auch als seine 9. Symphonie ankündigen kann, dann wird das Publikum in aller Welt zuerst still und zuletzt sehr aufgeregt und glücklich – Schubert hat diese Symphonie nie gehört, er wird sich aber ihre Wirkung ungefähr so vorgestellt haben.

Andererseits: mit der „h-Moll-Symphonie", die man allerorten auf der Welt doch unter dem falschen populären Titel die „Unvollendete" nennt, haben nicht einmal die Philharmoniker wirklich Erfolg. So viele Veranstalter buchen diese Symphonie, weil sie eine gute Reklame macht und man immer wieder glaubt, sie werde das Publikum in den Saal locken. Wenn sie aber dann gespielt wird, verweigert sie den Effekt, den man sich oberflächlich vorgestellt hat. In ernsten Musikfreunden weckt sie die Ahnung vom Jenseits, und diese ist nachher schwer in Beifall umzumünzen. In den weniger ernsten Besuchern eines Konzertes aber entfacht sie nicht die Gefühle, die nachher jedermann vom Sessel springen lassen. Ich bin ganz sicher, daß auch dies im Sinne Schuberts ist, aber Manager haben das erst nach sehr vielen Orchesterreisen erkannt und verlangen neuerdings die „Unvollendete“ seltener.

In Japan sind sie höflich und bestimmt zugleich. Mister Kajimoto, um ihn nur nicht zu vergessen und es noch einmal zu erwähnen, hat sich bereit erklärt, in einigen Konzerten auch eine Komposition von Hans Erich Apostel aufführen zu lassen, die er nicht kannte. Man hat ihm erklärt, dies sei ein Wiener Komponist des zwanzigsten Jahrhunderts gewesen, und der Stolz der Symphoniker bestünde darin, auch eine Musik nach Brahms zu spielen. Er hat das Risiko auf sich genommen, die „Passacaglia“ ist nicht sehr lang, und immerhin kann er jetzt auch von sich behaupten, für einen Zeitgenossen etwas getan zu haben.

Ich denke, er hätte das noch lieber getan, wenn er Apostel gekannt hätte. Der war ein strenger, konzessionsloser Musiker, einer, der seine Musik ernst nahm und seine Grundsätze nie verleugnete. Zudem war er ein Mann, der nie nach Ruhm, immer nur nach Anerkennung als Wahrer der musikalischen Tradition aus war – und jetzt, wo man ein Werk von ihm als Beispiel österreichischer Musik der Gegenwart aufs Programm gesetzt hat, wäre er wohl ziemlich glücklich und würde nicht um die Tantieme feilschen, sondern zufrieden sein, daß man erkannt hat, was er geschrieben hat: Musik, die bei Alban Berg fortsetzt und auch ein Stein an einem der tausend Ringe sein will, von denen Hans Pfitzner gedichtet hat.

Wer einerseits miterlebt hat, wie das Publikum im Ausland von Ensembles aus Wien immer wieder Wiener Klassik hören will und auch von dieser am liebsten nur die allergängigsten Symphonien, wer andererseits eine Zeitlang in einem Gremium gesessen hat, das Preise und Subventionen vor allem an diejenigen verteilt, die sich der neueren österreichischen Musik annehmen, der ist in einem wahren Dilemma. Gewiß, es gibt Gelegenheiten, bei denen Österreicher mit der neuesten Musik auftreten und Erfolg haben können – der Warschauer Herbst zum Beispiel ist auf Novitäten spezialisiert, und wer da etwas Niegehörtes einstudiert, der kann sogar mit großzügigen Diäten polnischerseits rechnen. Solisten kommen manchmal zu Ehren, wenn sie sich nicht nur als Klaviertiger, sondern auch noch als Experten für fingerbrechende Dinge ausweisen können. Und wer unterwegs ist und vorher mit Rundfunkstationen richtig korrespondiert hat, der kann an Ruhetagen vor Mikrophone und kann dort für die jeweiligen Raritätensendungen auch hübsche Piecen von lebenden Österreichern fiedeln.

In der Regel aber hat man's schwer, wenn man dem großen Publikum das Allerneueste verkaufen will. Das große Publikum kommt, weil es erfahren hat, daß die weltberühmten Wiener Geigen bei Schubert klingen wie keine anderen Instrumente der Welt. Und das will es endlich einmal selbst erleben. Also muß man Schubert ins Programm nehmen. Und dafür einhandeln, daß daheim ein paar musikmüde Menschen meinen, es sei wieder ziemlich einfallslos und außerdem rettungslos populär programmiert worden.

Die Philharmoniker, die demnächst mit Leonard Bernstein nach Amerika fahren und vorwiegend Gustav Mahler spielen werden, gehen damit sogar ein Wagnis ein. Denn auch von ihnen will man bei Gastspielen die „Pastorale“, die „Unvollendete“, die „Jupitersymphonie“ und dann gleich etwas von Johann Strauß ... Und wenn die Oper unterwegs ist, wünscht man sich Mozart und hat gewisse Reserven gegen Richard Strauss, weil man nicht weiß, ob wirklich jedermann „Salome“ begreift, und in Kanada habe ich erlebt, daß sich die Holzfäller, die zur Weltausstellung kamen, wunderten, was denn die beiden Frauen im ersten Akt „Rosenkavalier“ da gemeinsam im Bett täten, und bei „Elektra“ waren wirklich nur die Eingeweihten überglücklich, weil es eine hervorragende Aufführung war.

Spricht man mit Managern irgendwo in der Welt oder mit denen, die von Wien aus Künstler verkaufen, dann käme man eigentlich mit sehr wenig Werken, sehr wenigen Komponisten aus. Wo immer man andere Kompositionen, andere Musiker auch vorführt, dort sind bereits die tapferen Wiener am Werk gewesen und haben im Paket mit Mozart und Beethoven auch Bruckner oder Apostel verkauft.

Und, fällt mir ein, noch etwas ist für Reiseprogramme von Wichtigkeit. Die Besetzung mancher Stücke verlangt zusätzliche Musiker, die man sonst auf der Reise einsparen könnte. Die Symphoniker zum Beispiel, die diesmal mit der 7. Symphonie von Bruckner unterwegs sind, haben deshalb acht Hornisten mit, und diese wiederum haben auch ihre Wagnertuben eingepackt, die sonst nur selten auf Reisen gehen. Die mehrfach erwähnte Dame Harfenistin wieder hat auf der ganzen Reise im offiziellen Programm nur wenige Takte Apostel zu spielen; bestünde sie nicht selbst auf dem Donauwalzer, man könnte ihre Mitwirkung als einen Höhepunkt an Luxus deuten.

Der Laie, fällt mir bei der Gelegenheit ein, denkt wahrscheinlich noch relativ gern daran, daß es kompliziert sein muß, mit einem Konzertmanager über die Orte und die Programme und die Termine eins zu werden. Ob er aber auch bedenkt, daß man dann als Verantwortlicher für eine Reise auch noch über die einzelnen Orchestermusiker ein bißchen nachzudenken hat?

Jeder Dirigent kennt die größeren Orchester Europas nicht nur so oberflächlich dem Charakter nach, sondern weiß auch, bei welchem welcher erste Flötist, welcher besonders begabte Fagottist, welcher todsichere Hornist zu finden ist. Jedes Orchester hat – natürlich im Wechsel der Generationen, aber manchmal dank sogenannter Schulbildung auch über Jahrzehnte – seine besonders profilierten Mitglieder. Die wiederum voneinander wissen und einander auf Reisen auch besuchen. Der Hornist Roland Berger zum Beispiel von den Philharmonikern ist nicht nur in Europa ein Begriff, man kennt ihn dank der Schallplatte auch anderswo, und er hätte in seiner Glanzzeit unschwer Positionen in Amerika einnehmen können. Vom ersten Bratscher der Symphoniker, dem blutjungen Johannes Flieder, möchte ich gern später mehr erzählen, vorläufig darf ich immerhin schon anmerken, daß auch er seinen Marktwert als Einzelpersönlichkeit hat und also ein Dirigent, der eine Orchesterreise leiten soll, sich vergewissert, ob er diesen und jenen Solisten mit im Ensemble hat.

Die älteren, erfahrenen Dirigenten haben sich immer mit Orchestermusikern auf sehr vertrautem Fuß befunden, sie wußten, daß sie ja im Ernstfall immer vom Wohlwollen und der Begeisterung der Musiker abhängig waren. Karl Böhm favorisierte Musiker aus Graz, weil er ein Lokalpatriot und richtig sentimental war. Josef Krips sah sehr genau darauf, wen man ihm an die ersten Pulte setzte. Christoph Eschenbach ist noch nicht soweit, er hat als Dirigent zwar schon Reputation, aber nicht lebenslange Erfahrung. Vorläufig kann er nur verwundert feststellen, welche außergewöhnlichen jungen Musiker bei den Symphonikern mitwirken.

Wenn sich zum Beispiel Trompeter richtig ergänzen, dann ist das für das Musikpublikum keine Sensation, sondern ein nie gehörtes Geheimnis – manche Trompetenstellen sind so extrem lang und schwierig, daß neben dem ersten Trompeter dessen unmittelbarer Fachkollege sitzt und, wenn der Atem schwach wird – man verzeihe die laienhafte Darstellung, aber ich schreibe ja nicht für die Herren Experten – und das bemerkbar werden könnte, heimlich den Faden aufnimmt und die Phrase zu Ende spielt. Nur Kenner sehen manchmal, wie mit einem ganz kleinen Nicken zwei Musiker am selben Pult einander so eine Melodie mittendrin übergeben und der eine erleichtert ausatmet, der andere aber völlig tongleich fortsetzt. Beim Fußball muß man warten, bis eine Spielunterbrechung ausbricht, ehe man einen Spieler auswechseln kann. Im Orchesterspiel muß dergleichen mittendrin und völlig unmerkbar vor sich gehen, damit nur ja keine Spielunterbrechung stattfindet.

Das ist wahrscheinlich ein sehr naives Beispiel, aber zu jeder Instrumentengruppe könnte man solche geben, und von jedem einzelnen Musiker wäre auch rein Technisches zu berichten – zum Beispiel nicht nur über die allgemeine Angst aller Orchestermusiker vor dem hoffentlich gemeinsamen Einsatz, dem ersten gemeinsamen Akkord, sondern auch über die Ermüdungserscheinungen, die zwischendurch die zweiten Geigen und die Bratschen befallen können, wenn sie auf weite Strecken keine „interessante" Musik zu spielen haben. Tatsächlich ist es für einen guten Musiker gar nicht einfach, nur so nebenbei zu spielen, jeder Tuttist, also jeder Musiker in einer Gruppe, fühlt sich von zuviel gleichen Noten sehr viel mehr angestrengt als von einer schwierigen Passage, bei der er über der Freude an ihr die technische Anstrengung eher vergißt. Bände könnte man füllen mit den Werken, die Geiger gar nicht gerne spielen – an ziemlich oberster Stelle rangiert der letzte Satz der „C-Dur-Symphonie" von Franz Schubert –, und mit Kompositionen, die den Blechbläsern unwillkommen sind – da ist einiges von Wagner wegen der großen Gefahr und einiges wegen der Gleichförmigkeit besonders unbeliebt. Man wird die Bände allerdings nie schreiben, denn man darf nie damit rechnen, daß Musikfreunde im rechten Moment sich daran erinnern, daß ein Konzert für Musiker etwas völlig anderes ist als für die Zuhörer: Für die ist es in der Regel ein lang ersehntes Erlebnis, eine Begegnung mit dem Genius und zudem eine Gelegenheit, genüßlich mitzutaktieren, wenn Herbert von Karajan in Person vorne beim Pult steht. Für Musiker ist das Konzert erst einmal anstrengende körperliche Arbeit, dann immer eine Art von Ritt über den Bodensee und erst in dritter Linie vielleicht auch eine künstlerisch befriedigende Angelegenheit. Was sich – mit Ausnahme der Kritiker, die's aber auch tun – im Saal jedermann leisten kann, das angenehme Zurücklehnen und Sich-gehen-Lassen, das ist dem Orchestermusiker verwehrt. Entweder hat er ernsthaft zu spielen, oder er hat höllisch aufzupassen, daß er nur ja nicht einschläft und im richtigen Moment wieder einsetzt. Was ganz gewiß nur wenige im Saal wissen, das ist dem Orchestermusiker immer präsent – daß noch sehr schwierige Passagen kommen, daß noch ein Tempowechsel bevorsteht, bei dem der Dirigent auch in der letzten Probe nicht ganz eindeutige Anweisungen zeigte . . .

Das kann man aus der schon einmal erwähnten Studie vom Streß der Musiker erweisen, das hat aber auch noch einen ganz anderen Gesichtspunkt, den ich Musikfreunden nur deshalb ungern verrate, weil sie ihn vielleicht mißverständlich lesen könnten.

Manchmal erinnert mich die Situation eines Orchestermusikers entfernt auch an die eines Ministranten alten Schlags. Er ist der göttlichen Musik sehr nahe und weiß, daß er selbst ein Bestandteil des Gottesdienstes, wenngleich ganz gewiß nicht der allerwichtigste ist. Außer dem Gefühl an Wichtigkeit, das er dabei auch gewinnt, kommt ihm aber auch mit der Zeit eine Nuance von Vertrautheit mit der Gottheit zu, die ihn abstumpfen läßt: Man bedenke nur einmal, wie oft, wie regelmäßig sich ein Orchestermusiker zu den höchsten Höhen der musikalischen Übung aufschwingen soll – durchschnittlich jeden Tag in seinem Leben wenigstens einmal bei einer Probe und allermindestens jeden zweiten Abend im Jahr auch bei einem Konzert, das für ihn ganz gewiß nicht das Erlebnis sein kann, das ein Musikfreund erhofft.

Der Orchestermusiker, der sich Abend für Abend mit seinem ganzen Herzen verausgabte, der wäre zweifellos nicht bis zu seiner ordentlichen Pensionierung im Amt zu lassen, der hätte sehr viel früher alle Anzeichen eines überhitzten und ständig ungesund lebenden Menschen und stürbe wohl auch.

Das will er nicht, das ist auch nicht der Wunsch derjenigen, die ins Konzert kommen. Also sucht man einen Kompromiß und spielt, auch wenn man einmal etwas ganz anderes lieber täte, sein Konzert und wundert sich nachher, daß irgendwann an diesem Abend wieder das Temperament mit einem durchgegangen ist, der Dirigent von einem mehr als einen gleichmäßigen Ton gefordert und erhalten hat, man selbst die eine oder andere Passage einer Komposition geradezu genossen hat.

Wobei es auf Reisen selbstverständlich anders zugeht und man viel öfter drauf und dran ist, Herzblut für Beethoven oder Bruckner einzusetzen und man außerdem die akustischen Verhältnisse, von Abend zu Abend verschieden, als eine Herausforderung empfinden kann. Diesmal zum Beispiel waren die Symphoniker in Fukuoka in einem brandneuen Saal untergebracht, der früher nicht zur Verfügung stand. Er sieht unerhört gut aus, freilich nicht nach unseren Wiener Maßstäben, aber nach jetzt international üblichen. Aber er ist aus Beton und ohne jede Art von Dämmung gebaut. Was auf dem Podium gespielt wird, das prallt einen halben Herzschlag später hart von der Hinterwand des Saales ab und kommt, wie beim Tischtennis, knallig wieder zurück zum Orchester.

Dieses hört sich nicht ungern.

Nur hört es gern, wenn man das so sagen darf, einen runden, weichen, einen vom Raum aufgefangenen und samten gemachten Klang. Vor einer Folge von scharfen Akkorden erschrickt auch das Orchester, und ehe es sich von diesem Schrecken erholt hat, hat es schon weitergespielt und ist nicht besser geworden. Ich habe mir nur ein kurzes Stück von dem Konzert angehört, so ziemlich in den vorderen Reihen. Ich habe tatsächlich jeden Akkord zweimal gehört und war gar nicht glücklich.

Ob die Musikfreunde von Fukuoka da sich eingehört haben und nichts dran finden? Wir Wiener stellen ja unsere Ohren auch je nach Bedarf ein und hören im großen Musikvereinssaal anders als drüben im Konzerthaus. Vielleicht sind auch die Kenner von Fukuoka in der Lage, die Wahrheit zu hören und das, was der Saal hinzufügt, in Gedanken wieder wegzuwischen.

Walzersentimentalitäten

Und dann die Zugabe. Das Stück, das sich das Publikum durch heftigen, anhaltenden Beifall erbittet – manchmal müßte so etwas auch nach einem Abonnementkonzert in Wien ausbrechen, in der Regel aber ist es den Konzerten auf Reisen vorbehalten.

Auf dieser Reise ist es hie und da Brahms, das wurde schon erwähnt. Meist aber ist es doch Johann Strauß, die Ouvertüre zur „Fledermaus" oder die Polka schnell „Vergnügungszug" oder „An der schönen blauen Donau".

Die Zugabe versäume ich beinahe nie. Es hat das zweifellos mit Sentimentalität und mit großer Liebe zu der Stadt, aus der wir alle kommen, zu tun.

Sentimentalität? Beim Donauwalzer, zu dem ich einen ganz und gar nicht qualitätsvollen Text immer noch auswendig kann, obgleich es dreißig Jahre her ist, daß ich ihn zu singen hatte, passiert mir immer wieder, daß ich mitspielen möchte. Daß ich mit auf dem Podium sein möchte, im Dreivierteltakt eingefangen und mit eingeschlossen in die Vitalität, die diese Musik ausmacht. Die Musiker, die einen Walzer angeblich im Schlaf spielen können, spielen die Walzer ganz im Gegenteil immer hellwach. Nicht nur, weil sie aufeinander hören, und das beim Walzer noch viel mehr als bei jeder Symphonie. Sondern weil die Musik sie weckt, zu minimalen Improvisationen verlockt, zu einem gemeinsamen Beschluß, jetzt das Tempo selbst anzugeben. Wie sie sich da zulächeln. Wie sie aufeinander eingehen. Wie der Paukist Hammer mit der Harfenistin Bayer zufrieden ist. Wie die Streicher hören wollen, wie der Trompeter in der Coda noch einmal das große, in seiner Einfachheit überwältigende Thema bläst. Wie der Konzertmeister ein bisserl schmiert und das sehr absichtlich tut. Wie die Verführung, sich im Takt zu bewegen, riesengroß wird.

Ich spüre das mit, ich verstehe es. Wir waren kleine Buben und haben in Arizona und in Stockholm und in Edinburgh und in Innichen den Donauwalzer gesungen, als hätten wir alle an ihm mitkomponiert. Wir haben ihn gesungen, als sei er etwas, was nur uns gehört und nur von uns verschenkt werden kann.

Später auf Reisen mit sehr voneinander verschiedenen Dirigenten habe ich die Symphoniker und die Philharmoniker den Donauwalzer spielen hören. Die Dirigenten waren ziemlich oft nicht aus Wien, ihnen gehörte dieser Walzer also sehr oft wirklich nicht. Es hat beinahe nie gestört. Die Musiker haben ihr Eigentum immer so präsentiert, daß kein eigenwilliger Mann am Dirigentenpult etwas daran verändern konnte.

Keine Namen, also auch nicht die Namen der Dirigenten, unter denen der Donauwalzer noch triumphaler, noch wienerischer klingen kann – auch das gibt es, und die Musiker wissen es; sie sind zwar ausgezeichnet, wenn man sie nur spielen läßt, sie werden aber noch besser, wenn man sie zu spielen inspiriert.

So viel zum Thema Sentimentalität.

Und was die Liebe zu Wien anlangt, so muß man die nicht wie eine Fahne vor sich hertragen. Man soll aber auch nicht verschweigen, daß einem das Herz aufgeht, wenn auf der ganzen Welt, buchstäblich auf der ganzen Welt, das Publikum a tempo, das heißt wirklich sofort, begreift, was da gespielt wird. Kenner lehnen sich auch bei anderen Piecen zurück und nicken befriedigt. Musikfreunde genießen auch einmal eine rasche, brillant gespielte Ouvertüre. Oder freuen sich bei einem knallenden Gustostückerl. Beim Donauwalzer aber schwingt, gleich nach dem ersten Auftakt, der ganze Saal mit. In Preßburg, in Budapest, in Fukuoka, in New York und überall, wo er von einem Wiener Orchester gespielt wird. Die Diplomaten, die meinen, ein Konzert helfe ihrem Prestige, rechnen allemal mit „An der schönen blauen Donau“.

Orchesterinstrumente auf Reisen

Für die hundert Mitglieder der Wiener Symphoniker sind mehr als hundert Instrumente mit auf Reisen – darüber hat, so weit ich zurückdenke, noch nie jemand schriftlich nachgedacht. Obgleich einzelne, reisende Solisten immer wieder geklagt haben, wie man mit ihren Celli umgeht, daß man viel zuviel Geld für den Transport verlangt und was den zumeist teuren, jedenfalls ihnen sehr wertvollen Instrumenten so zwischendurch angetan wird.

Auch auf der Japanreise wird der professionelle Beobachter immer wieder auf das Problem der Instrumente gelenkt und vergißt doch wieder, all das zu notieren, was in diesem Zusammenhang einem Außenstehenden vielleicht aufregend erscheint.

Da ist einmal die Tatsache, daß einfach alle Instrumente mit auf Reisen gehen müssen – der Laie könnte glauben, wenigstens die sehr sperrigen Pauken oder die viel zu große große Trommel müßte man sich doch auch in Hongkong ausleihen und entsprechend stimmen können. Nun, abgesehen davon, daß es mitunter mühsam werden könnte, von einem praktizierenden Orchester irgendwo ein solches Instrument geliehen zu bekommen, die Herren Schlagzeuger sind Musiker wie alle anderen auch und behaupten von ihren überdimensionierten Pauken, sie seien ihnen ebenso ans Herz gewachsen wie einem Flötisten sein Piccolo. Undenkbar, daß sie sich von Stadt zu Stadt auf andere Instrumente umstellen könnten.

Undenkbar, stimmt man ihnen schließlich zu und denkt mit Schaudern daran, was ein einzelner schlecht gestimmter Schlag auf eine Pauke alles ruinieren könnte. Die Paukisten der Symphoniker heißen Bernstein und Hammer – und niemand hat es je komisch gefunden, daß ein Musiker, der ungemein treffsicher auf die Pauke schlägt, Hammer heißt, nur mir kommt es manchmal nestroyisch vor – und sind, gemeinsam mit den gleichfalls große Instrumente handhabenden Kontrabaßspielern, allemal das Rückgrat des Ensembles.

Mit dem Paukisten Hammer verbindet mich eine jahrelange, den Musikfreunden wahrscheinlich nicht weiter bekannte Seelenverwandtschaft – in ungezählten Wiener Konzerten schaue ich, wenn mir plötzlich ein Tempo seltsam vorkommt, aufs Podium in Richtung Pauke, und viel zu oft wird mein fragender Blick auf das verständnisvollste beantwortet. Ich hätte diese Indiskretion nicht begangen, ginge nicht Hammer demnächst als Professor an die Hochschule nach Graz – ich werde also von seinen Blicken Abschied nehmen müssen und mich fortan noch öfter an das Publikum halten müssen, das bei den meisten Wiener Konzerten im Musikverein mit auf dem Podium sitzt. Ganz rechts sind das zwei liebenswerte Damen, Geschwisterkinder, Zwillinge wahrscheinlich, die in den vergangenen Jahren gemeinsam in die besten und allerbesten Jahre gekommen sind, gemeinsam Stoffe gesucht und Schnitte gewählt und Brillen aufgesetzt haben und alle, alle Wiener Konzerte mit unbewegten Mienen an sich vorüberklingen lassen.

Ob Dirigenten, wenn sie einmal für Sekunden unkonzentriert sind, an diesen beiden Schwestern auch ihre Freude haben? Ich bitte um Vergebung, dergleichen hat wirklich nichts mit der Ausstrahlung von Musik auf Reisen zu tun und ist außerdem ein wenig unziemlich, denn die beiden Enthusiastinnen in Permanenz sitzen sehr nahe an den voluminösen Kontrabässen und könnten sich jetzt angegriffen fühlen – in Wahrheit aber ist man auf Reisen immer sehr nahe der musikalischen Heimat und sieht, wenn in der Realität Japaner im Saal sind, die altgewohnten Wiener Gesichter aus den diversen Zyklen vor sich.

Mehr als hundert Instrumente also sind mit, wenn ein Orchester unterwegs ist. Und nur zwei starke und zugleich intelligente Männer sind dazu da, die schweren Kisten zu betreuen, im Notfall Ausbesserungen vorzunehmen und immer dann, wenn sonst keine Arbeit vorliegt, auch darauf zu sehen, daß auf sämtlichen Pulten die jeweils richtigen Noten aufgelegt sind.

Die beiden Herren werden im Programm, wo alle Orchestermitglieder namentlich angeführt sind, selbstverständlich auch genannt und verdienen diese Auszeichnung. Wenn sie nicht zu den unmöglichsten Zeiten völlig ruhig und gelassen kleinere Zauberkunststücke vollbringen – die längst niemand mehr als solche bezeichnet –, dann gibt es große Schwierigkeiten.

Ich erinnere mich noch der Philharmonikerreisen, auf denen beinahe jeden Abend ein Orchesterwart und Instrumentenbeschützer ein kleines Häferl Pech anwärmte, um an lecken Kontrabässen kleinere Beschädigungen in Ordnung zu bringen – damals reiste man noch mit riesigen Holzkisten und vor allem mit einem Flug-Bodenpersonal, das offenbar nicht dazu angehalten war, Instrumentenkisten hochachtungsvoll zu behandeln. Damals reisten wir zudem durch die USA, und die sind immer noch besonders verschrien bei Musikern, weil sie auf eine schwer zu definierende Weise uneinsichtig sind, was Instrumente und deren spezifische Eigenschaften anlangt. Geht's um eine Geige von Stradivari, dann kann sie hochversichert wie ein Juwel reisen. Geht's um die Instrumente eines ganzen Orchesters, dann werden die wie Reisegepäck und dementsprechend schlimm behandelt.

Ich erinnere mich aber weder eines längst absolvierten Abends noch eines Abends auf dieser Reise, wo alle die Zwischenfälle passierten, die man sich ohne allzu viel Phantasie erdenken kann: Tatsächlich waren und sind vor jedem Konzert sämtliche blechgepanzerten Kisten hinter der Bühne, dem Orchesterpodium, aufgestellt, und zwar in einer Ordnung, die jedem Musiker geläufig ist. Tatsächlich haben sich die beiden Orchesterwarte rechtzeitig darum gekümmert, daß auf dem Podium genau die Anzahl von Notenpulten vorhanden ist, die für das bevorstehende Konzert gebraucht werden. Und auch darum, daß die richtige Sitzordnung eingehalten wird, und außerdem, daß die japanischen Helfer vom Ort und sie selbst den kürzesten Weg für das Instrument von Christoph Eschenbach kennengelernt haben: Die Firma Yamaha hat zwei Konzertflügel, die Eschenbach vor Reiseantritt ausgewählt hat, mit einem eigenen Transporter und eigenem Wartungspersonal auf der Achse, die Instrumente sind immer rechtzeitig in Kagoshima oder Fukuoka oder Osaka und nachgestimmt, wie der Solist es vorher angegeben hat – mir gefallen sie beide nicht sehr, ich habe sowohl für Mozart wie für Beethoven einen anderen Klang im Ohr. Eschenbach aber erklärt die Vorteile eigener Aufsicht über die beiden Klaviere und daß er vor allem das größere hervorragend findet, und schließlich muß er ja auf diesen Klavieren spielen.

Dafür aber, daß die Instrumente seitwärts vom Orchester stehen, dann rasch ins Zentrum gebracht werden und in der Pause wiederum verschwinden, auch dafür sind die Orchesterwarte aus Wien zuständig. Diesmal nicht, um auch das zu sagen, für die Betreuung des Dirigenten – auf Philharmonikerreisen war es für den mitfahrenden Herren allemal selbstverständlich, daß er als eine Art musikalischer Requisiteur sich auch um die Partitur des Dirigenten, um den zweiten Taktstock und zwischendurch um das Handtuch kümmerte, das jeder Dirigent braucht, wenn er ein Stück lang den Takt geschlagen hat. Diesmal ist dafür ein eigener, sehr netter Japaner zuständig, und es hat, soweit ich weiß, keine Machtkämpfe hinter den Kulissen gegeben. Wenn Eschenbach es so will, kann es den Herren nur recht sein, sie haben ihre durchaus aufreibenden Pflichten.

Ein „Ensemble im Ensemble" probt extra – das Bläserensemble der Wiener Symphoniker nützt eine freie Bühne in Osaka

Sie wirken aber, obgleich sie – wie die Herren Musiker – mit Hand und Kopf zu arbeiten haben, nie überfordert oder nervös und unterhalten beste Beziehungen zum Orchester. Sie sind die Ammen der oft sehr teuren und zumeist mit großer Liebe behandelten Geigen und Celli und Hörner. Selbstverständlich, deren Spieler sind selbst in Sorge, daß alles in Ordnung ist, haben in den Kisten auch viel Material mit, um notwendige kleine Reparaturarbeiten in aller Eile vornehmen zu können und sind, soweit das nicht anders geht, alle ausgebildete Instrumentenwarte. Die grobe Pflicht aber, die wird für das gesamte Instrumentarium von nur zwei Leuten erfüllt, und diese kommen nie, wirklich nie zu einem Beifall.

Sind deshalb keine in sich gekehrten Menschen, sondern lustig und voller Einfälle, der eine dichtet in den ruhigeren Minuten, vor allem also im jeweils zweiten Teil eines Konzertes, mit Kreide an Bühnenwände oder Anschlagtafeln, der andere gönnt sich hie und da ein Schläfchen auf Vorrat: In Hongkong habe ich es miterlebt, zehn Minuten nach dem Verklingen des Beifalls waren nicht nur die Symphoniker in ihren Bussen unterwegs ins Hotel, sondern auch die Instrumente alle wohlverwahrt zum Weitertransport eingemottet und versperrt. Und in weiteren Kisten auch die Noten.

Und in besonderen Kisten auch die Nobelkleidung sämtlicher Musiker – da gibt es eine gute Unterscheidung zwischen Philharmonikern und Symphonikern und keinerlei Meinung von mir dazu: Philharmoniker haben auch auf Reisen ihren Frack im Koffer, sie nehmen ihn als einen Bestandteil des persönlichen Hab und Guts mit, und wenn ein Knopf fehlt oder ein Fleck zu sichtbar wird, dann bessern sie daran im Hotel. Symphoniker reisen mit eigenen Frackkisten, sie haben jeweils zu siebent oder acht eine schmale Kiste, in der in den üblichen Futteralen der Frack verpackt und zum Weitertransport auf Orchesterkosten aufgegeben wird. Ihrer Ansicht nach hat diese Form des Transports ihre Vorteile, und man soll sich da nicht einmengen, vielleicht ist es wirklich angenehm, wenn man untertags das Dienstkleid nicht einmal zu Gesicht bekommt.

Mir fällt zu diesem Thema nur noch ein, daß es ganz hübsch ist, einmal das Orchester – irgendein Orchester – auch darauf anzusehen, wie es die einzelnen Mitglieder oder Gruppen mit ihrer Kleidung halten. Tatsächlich heißen zum Beispiel die Fagottisten nicht umsonst manchmal auch die Frackisten, sie sind in beinahe jedem reisenden Orchester diejenigen, die auf tadelloses Äußeres sehr viel Wert legen. Zumeist ist wenigstens ein besonders gut sitzender Frack an einem Mitglied der Truppe der Pauken und Schlagzeuge zu erkennen, gleichzeitig aber auch ein besonders vernachlässigtes Kleidungsstück in diesen Regionen zu bemerken.

Bei den Streichern ist's nicht so, wie man als Laie annehmen möchte: daß nämlich der Konzertmeister in blendend sitzendem Frack erscheint und weiter hinten immer schäbigere Exemplare zu sehen sind, man müßte lügen, wenn man solche selbstverständlichen Vorurteile bestätigen möchte. Es gibt geradezu elegante Exemplare auch noch bei den zweiten Geigen, es gibt ganz seltsame altmodische Dinger bei den Bratschen, und es sind ein paar gutangemessene, tadellose Fracks an Cellisten zu bewundern. In Hongkong, wo man bekanntlich besonders rasch und billig Anzüge machen lassen kann, hat sich kaum ein Symphoniker einen neuen Frack anmessen lassen – erstens hat jeder einen, zweitens waren die Überlegungen, wie man die chinesischen Rechnungen der Wiener Steuer vorlegt, sehr vordringlich, und drittens gab's einiges Mißtrauen gegen die angeblich so genialen chinesischen Schneider. Und einen Frack hat ein Musiker ziemlich lang, der wird daher mit Bedacht und mehreren Anproben angeschafft.

Daß mir bei dieser Gelegenheit die Geschichte vom österreichischen Zoll und den Frackkisten der Wiener Symphoniker entfiele, kann man von mir nicht erwarten: Auf der Japanreise kauften einige Mitglieder technisches Gerät, Uhren und so weiter. Und waren nicht darauf erpicht, alle Gerätschaft auch beim österreichischen Zoll anzugeben. Dieser aber visitierte die Frackkisten, entdeckte in den Kleidungsstücken die Rechnungen und Garantiescheine für allerlei Unverzolltes – und schickte den Musikern erhebliche Rechnungen und Mahnbriefe heim. Das Thema wäre reizvoll und würde zweifellos auch etwas Skandal machen, mir erscheint's aber recht dümmlich im Zusammenhang mit Auslandsreisen von Ensembles.

Denn jeder mehr oder weniger distinguierte Einzelreisende, der sich einen Besuch in Tokyo leistet, wird an den Angeboten nicht vorübergehen, und nur derjenige, der auch die minimalste Überschreitung der Zollbestimmungen stets gemieden hat, darf sich den Mund zerreißen angesichts von Musikern, die Spaß an einer Uhr mit verschiedenen kleinen Spielereien haben. Und was so im allgemeinen erzählt wird und angeblich bei den großen Reisen der Wiener Orchester durch den Zoll geschmuggelt wird, das erkläre ich einfach zu Schimäre und spaßhafter Legende und einigem aus Neid entstandenem Munkeln und will mich gar nicht weiter dran erinnern, daß auch schon andere meiner Freunde einmal rot vor Aufregung waren, wenn sie mehr als die erlaubten zweihundert Zigaretten bei sich hatten in Wien-Schwechat. Basta, da hat meine Indiskretion ihr Ende, und ich denke gar nicht daran, mir Kameraderie vorwerfen zu lassen. Bringen Fußballer nichts von ihren Reisen heim? Oder Delegationen irgendwelcher Vereine oder politischer Gruppierungen, kommen die immer nur mit Geschenken, die unverzollt eingelassen werden sollten? Ich werde auch nicht allzu lange davon schreiben, wie groß die Schwierigkeiten für das Staatsopernorchester waren, das vollkommen offiziell für das Haus am Ring in Japan einen neuen Gong erstand und diesen deklarierte – hätte man den „geschmuggelt“, wär's leichter gewesen für alle Beteiligten.

Pressekonferenzen unterwegs

In Tokyo gibt das führende Team der Symphonikerreise eine Pressekonferenz. Das sind, erinnere ich mich, allemal die absurdesten Situationen für mich gewesen – ich war schon oft dabei, wenn sich Philharmoniker, Symphoniker oder auch die gesamte leitende Herrschaft der Staatsoper den Damen und Herren von der ausländischen Presse stellte, ich zwar zu den Kollegen gesetzt wurde, jedoch nichts zu fragen hatte, denn schließlich war ich ja so halb und halb mit vom Ensemble.

Aber auch diesmal ordentlich der Reihe nach.

Beim Vorstellen gibt es die jetzt schon übliche kleine Schwierigkeit, denn Generalsekretär Lüdemann hat irgendwann am Beginn der Reise die Funktion von Bratscher Theiner etwas mißverständlich übersetzt, und das hängt ihm jetzt nach. Einerseits ist er Orchestervorstand, andererseits hat er die Funktion eines gewählten Betriebsrates. Nach der jetzt übersetzten Version ist er Vorstand der Gewerkschaften, ein besonders netter junger Mann aus dem Reiseteam hat eine noch aufregendere Version anzubieten und nennt ihn Präsidenten der Gewerkschaften. Noch nie, sagt er später, hat er einen so netten Gewerkschaftspräsidenten gesehen, und ich pflichte ihm immer bei. So nett wie Theiner, der ein wichtiges Mitglied des „Concentus Musicus" ist, ist kein Gewerkschaftspräsident je gewesen.

Dann aber ist es eine Pressekonferenz wie jede andere. Ein paar höfliche Worte der symphonischen Gäste über Japan, ein langes und doch wichtiges Statement von Christoph Eschenbach: Der Pianist, der jetzt bald Orchesterchef in Zürich wird, erklärt, er werde keine Solistenkonzerte mehr geben. Er spiele ab sofort Klavier im Duo, in Kammermusikbesetzung und mit Orchester, wo immer das gut und richtig ist, nie aber wieder „allein auf dem Podium mit dem großen schwarzen Tier".

Jetzt könnte ich eigentlich mitfragen, denke ich, wie alle die japanischen Kollegen, die nach Beweggründen fragen und immer wieder wissen wollen, ob er vielleicht als Pianist sich nicht mehr sicher fühle oder was denn da passiert sei? Jetzt könnte auch ich fragen, denn Journalist bin ich ja, und was Eschenbach da sagt, das ist auch für mich und meine Leser eine Neuigkeit.

Dann aber halte ich doch still und begreife wieder einmal, daß ich auf einer solchen Reise doch kein Journalist im üblichen Sinn bin. Sondern einer auf Urlaub und in besonderer Mission.

Ich war vor vielen, vielen Jahren einmal für Wochen auch auf Urlaub und versuchte mich für meinen Freund Otto Schenk als Regieassistent. Damit ich wieder einmal hinter den Kulissen eines Theaters die Entstehung einer Inszenierung bis ins Detail begriffe, redete ich mir ein. Und da es sich dabei um eine Schauspielinszenierung handelte, gab es auch nicht die Gefahr, vor der mich immer alle Menschen bewahren wollen – die Gefahr, von Freundschaft und intimer Kenntnis irgendwelcher Ereignisse in einem Ensemble überfahren zu werden, wenn man dann wieder kritisch vor dem Vorhang sitzt.

Auf Reisen, wenn ich zuhöre, wie die Philharmoniker Osaka erobern oder die Symphoniker gegen die akustischen Tücken eines Saales ankämpfen, verliere ich selbstverständlich nicht, was man das kritische Gehör nennen könnte. Aber zu einem gewissen Prozentsatz, über den man streiten könnte, schalte ich es aus und bin ein aufgeregter Beobachter, der gern einen positiven Ausgang dieses Kampfes, eine echte Eroberung miterleben möchte.

Und das finde ich ganz richtig so und würde nie von Mißverständnissen oder Frontwechsel schreiben. Es ist sehr gut, denke ich, wenn man als angeblich scharfer Kritiker bisweilen gezwungen wird, auch etwas anderes zu sein. Zum Beispiel wieder einmal Musikliebhaber oder Freund von Musikern oder Patriot.

Es ist schön und hilft einem, wenn man später in Wien wieder ins Amt zurückfällt und in Gefahr gerät, an einem normalen Konzertabend die natürliche Schönheit der Musik kaum zu beachten und den kleinen Fehler eines Hornisten kopfschüttelnd zu bemerken.

Als die Staatsoper in Tokyo auftrat, war ich bei der ersten Vorstellung zwei Akte im Auditorium und einen hinter der Bühne. Erstens, weil ich sehen wollte, wie das japanische Fernsehen mit nur wenigen Proben mit der „Hochzeit des Figaro" fertig wird, und zweitens, weil ich mir selbst vorsagte, daß ich ja nicht nach Japan geflogen war, um eine Kritik über eine Staatsopernvorstellung von „Figaro" zu schreiben, sondern weil ich miterleben wollte, wie die Musiker und die Choristen und die

Solisten an diesem Abend alle nervös und angespannt waren, wie sie nach jedem Beifall etwas besser wurden, wie sie ganz und gar nicht largierten, sondern mit aller Kraft versuchten, fürs Haus einen Erfolg zu erringen.

Dergleichen erlebt man hinter der Bühne sehr viel genauer. Da hört man einen Seufzer des Hermann Prey, der an einer leichten Grippe laboriert. Da bemerkt man die Nervosität einer Lucia Popp, die das gar nicht mehr nötig hätte. Da sieht man die Betriebsamkeit der Herren Garderobiers, die mit ihren Solisten mitleiden. Da erkennt man in den Gesichtern der Orchestermitglieder eine Spannung, die sie nicht jeden Wiener Repertoireabend haben. Da hört man die geraunten Rufe des Inspizienten, der sehr individuell die Herrschaften auf ihre Plätze ruft. Da kann man sich für eine halbe Stunde vorstellen, man gehöre auch zu dieser Truppe und sei auch sehr angestrengt dafür, daß sie gefällt.

Mir fallen da sofort wieder alte Geschichten ein. Zu dem Gastspiel mit vielen Opern in Tokyo waren aus Österreich auch viele Kollegen angereist. Nach der „Entführung aus dem Serail“ fuhren wir mit der Untergrundbahn zurück ins Hotel, und siehe da, es ergaben sich recht heftige Auseinandersetzungen über die Inszenierung und die Aufführung, die wir miterlebt hatten – in Wien und in Salzburg geschieht dergleichen gar nicht, aber in Tokyo fuhren wir aufeinander los und sagten uns die Meinung und waren drauf und dran, einander dieser Meinungen wegen auch einmal zu entzweien. Das war ein hübscher Nebeneffekt, ich habe selten einen so zornigen und lauten Volkmar Parschalk gesehen wie in der Untergrundbahn von Tokyo, und mir waren selten Argumente so sympathisch wie die des damaligen Kollegen Vujica aus Graz, der seither auch den Beruf an den Nagel gehängt hat und ein Generalsekretär geworden ist – da prallten unsere Ansichten aufeinander, und für einen Beobachter aus dem anderen Lager wäre das eine Freude gewesen. Denn wie ich sicher weiß, sind Kritiker für Musiker mindestens so exotisch wie die gnädigen Frauen Kammersängerinnen für unsereins.

Und manchmal kommen wir doch auch miteinander ganz gut aus, auf einem Empfang oder bei einem Abendessen, wenn man plötzlich beisammen sitzt und entdeckt, daß man über eine schwierige Passage in einer Oper oder wenigstens über eine

Kollegin die gleichen Ansichten hat, dann spricht sich's gar nicht mehr so schwer.

Manchmal sind solche Zusammenkünfte, die sich zuerst recht gekünstelt und scheinbar unangenehm ergeben, für alle Beteiligten von Vorteil. Man spricht miteinander, man entdeckt gemeinsame Interessen, man kann, manchmal, Mißverständnisse ausräumen. Wer sich von solchen Gelegenheiten drückt, wer auf die reinliche Trennung zwischen Künstlern und Kritikern Wert legt, der ist mir immer verdächtig. Weil entweder unsouverän oder nicht wirklich an der gemeinsamen Sache, der Musik, interessiert. Ich kann freilich nur für mich selber sprechen. Ich habe schon als Sängerknabe viel Zeit hinter den Kulissen zugebracht, die Heldengeneration der Seefried, Cebotari, Rosvaenge, Hotter auch in der Gardarobe erlebt und mich verwundert, wie viele Zigaretten ein Tenor wie Julius Patzak rauchen konnte. Ich wußte von dem Probeneifer des Karl Böhm schon, als er 1948 im Theater an der Wien „Turandot" einstudierte, und habe Josef Krips so gesehen wie die Musiker und Sänger ihn kennen, während der Aufführung von Angesicht zu Angesicht, und seines war immer in sehr glücklicher Ekstase. Ich kenne auch die geschlossenen Augen Herbert von Karajans von Passionsaufführungen her und weiß, wie es ist, wenn man auf der Bühne steht und plötzlich etwas anderes singt, als die im Orchester musizieren.

Vielleicht rede ich mich deshalb ruhiger mit den Herrschaften, die es auch nicht immer mit den Kritikern halten. Vielleicht mag ich sie darum nicht nur für viele Augenblicke, in denen sie wunderbar gesungen haben, sondern auch für die sehr vielen Abende, in denen sie trotzdem aufgetreten sind. Ich weiß nicht, wie's in der Brust von Kollegen aussieht. In der meinen ist viel Mitgefühl mit allen, die vors Publikum treten und die immer wieder Mozart lieben.

Auch habe ich erfahren – und erprobt –, wie glücklich Sänger sind, wenn man ihnen zwischendurch sagt, daß man sie irgendwann einmal ganz außerordentlich gefunden hat. Sie hören das von einem Kritiker sehr gern, und wenn er es nur einigermaßen ehrlich meint, dann ist ihnen ein nettes Wort so lieb wie eine lange Abhandlung in der Zeitung. Und auch Orchestermusiker sind da nicht anders. Sie wollen ihre Portion Lob manchmal auch direkt einnehmen.

Trotzdem, auf Pressekonferenzen im Ausland habe ich es nicht leicht. Denn immer wieder wüßte ich ja die eine oder andere Frage, die meine Kollegen nicht stellen, und würde am liebsten soufflieren. Und immer wieder finde ich die eine oder andere Antwort, die gegeben wird, nicht diplomatisch und würde ganz gern mitreden. Muß aber stumm und ein leidender Zeuge sein.

Lutz Lüdemann, ich darf nicht vergessen, daß ich jetzt noch von Tokyo berichte, ist ein wahrscheinlich ausgezeichneter Generalsekretär. Vor Herren von der Presse gerät er um Nuancen zu leicht in Begeisterung. Christoph Eschenbach zum Beispiel, versichert er, sei ein viel besserer Dirigent als Pianist – das kann weder Eschenbach von Herzen freuen noch einen aufmerksamen Japaner überzeugen. Der Orchestervorstand, der sehr viel einfacher erklärt, die Symphoniker hätten durch das gemeinsame Musizieren einen viel unmittelbareren Zugang zur Welt des Christoph Eschenbach gefunden, wirkt nicht nur wahrer, sondern auch aufrichtiger. Dabei hat er mit keinem Wort gesagt, wie herrlich oder nur gut er oder das Orchester Eschenbach finden.

Mag sein, daß die Nuancen dieser Bemerkungen in der Übersetzung alle verlorengehen, ich glaube das allerdings nicht, denn ich weiß, wie akkurat man in Japan bei Übersetzungen ist. Da wird nicht wörtlich, sondern auch noch sinngemäß übertragen, und weil die japanische Sprache direkter Erklärungen anscheinend unfähig ist, dauert's immer etwas länger. Dann aber weiß wirklich jeder, was gemeint war. Und will deshalb auch recht genau die Konzerte für Klavier und Orchester wissen, die nach Eschenbachs Ansicht vom Pianisten auch zu dirigieren sind – immer wieder überrascht mich, was japanische Kollegen alles von europäischer Musik wissen und wie wenig wir von japanischer Musik ahnen. Immer wieder fällt mir dabei auch ein, daß jeder Japaner recht überzeugend seine Liebe zur abendländischen Musik bekunden kann, wir aber auch nach einer langen Reise kaum die Gelegenheit wahrnehmen, etwas von traditioneller fernöstlicher Musik zu hören.

Ist das unsere Überheblichkeit?

Es ist ein Fehler, das weiß ich bestimmt. Mit einigem guten Willen kann man sich auch in die Musik einhören, die auf ganz anderen Voraussetzungen als die unsere beruht. Es gibt Materialien, und es gibt selbstverständlich Künstler, die man aufsuchen und um Erklärungen bitten könnte. Daß man das alles immer wieder versäumt, daß kaum ein Musiker aus dem Westen je der Cembalistin Eta Harich-Schneider auf ihren Forschungen gefolgt ist, gehört mit zu den seltsamen Dingen, die man mir einmal erklären muß.

Vielleicht finde ich einmal einen japanischen Kollegen, der mir Lektionen gibt.

Die Stillfried-Tour

Das darf ich nicht vergessen: Unzählige österreichische Musiker haben etwas hinter sich gebracht, das in ihrer und meiner Sprache einst die Stillfried-Tour hieß. So benannt nach einem der sehr vitalen und unbürokratischen Leiter eines österreichischen Kulturinstituts, der im Heldenzeitalter irgendwo in Kairo saß und Konzertreisen wie ein Manager arrangierte: Er lud junge Pianisten – aber auch Ensembles bis zu Quartetten – zu Konzerten ein, die wenigstens in den Kulturinstituten in Istanbul, in Teheran und in Kairo stattfanden, zumeist aber in diesen Städten auch in Konzertsälen zu vermitteln waren und, wenn es irgendwie möglich war, auch noch in anderen Städten der von diesen Instituten betreuten Ländern wiederholt wurden. Der Sinn dieser Konzertreisen war, so gut wie jedermann von ihnen profitieren zu lassen.

Da waren einmal die jungen Musiker. Sie erhielten das Billet für eine aufregende Reise und überall Kost und Quartier in der Obhut eines erfahrenen Kulturinstitutsleiters. Sie hatten überall auch Zeit und Chance, die Stadt, das Land zu sehen und also etwas Neues kennenzulernen. Und das waren nur erst die außerkünstlerischen Vorteile.

Sie lernten nämlich vor allem, sich wie reisende Musiker zu fühlen und zu benehmen, sie hatten Empfänge mitzumachen und fremde Menschen kennenzulernen und mit Kritikern zu plaudern, und somit erhielten sie eine Art Lektion in dem, was sie später ganz besonders brauchen sollten.

Dann aber hatten sie selbstverständlich ihre Konzerte und

ein aufnahmebereites, ein neugieriges, ein dankbares Publikum, das noch nicht von Karajan und den Philharmonikern verwöhnt war, sondern glücklich wurde, wenn es die eher unerfahrenen jungen Künstler hören konnte. Trotzdem aber mußten sie Konzerte wie Erwachsene geben, sie übten Disziplin und Podiumsreife und was man tut, um ein Publikum aufmerksam zu halten.

Und das waren erst einmal die Vorteile der Stillfried-Tour, die man mit freiem Aug' an allen den begeistert reisenden jungen Menschen sah.

Für die österreichischen Kulturinstitute gab es selbstverständlich auch welche, sie waren voll Publikum an gewissen Abenden, sie hatten Betrieb in Sachen Musik, die allgemein beliebt war, sie kamen mit Rezensionen und Interviews in die lokalen Zeitungen und machten bestes Aufsehen im Dienst des Landes. Und nebstbei waren die meisten jungen Gäste auch noch nett und brachten Neuigkeiten mit und waren enthusiastisch, wenn man sich mit ihnen ernsthaft befaßte. Auch die Kulturinstitutsleiter also waren zumeist sehr glücklich über diese Art von Reisen.

Auch, weil sie außerhalb der Routine Anforderungen stellten und die Herren im Außendienst sonst nur ihre Korrespondenz abwickeln und Deutschkurse halten oder beaufsichtigen und den normalen Kontakt mit den Auslandsösterreichern am Ort pflegen und an bestimmten Abenden wirklich gottergeben Videofilme vorführen, die ihnen aus der Heimat geschickt werden – sie sind üblicherweise seltsame Kulturfilme und im aufregendsten Fall Spielfilme, die mit österreichischer Geschichte zu tun haben.

Die alljährlichen Musikerreisen aber, immer voll Zufällen und nie nach einem Schema abzuwickeln, die brachten Leben in ihre Routine und machten ihnen mit der Arbeit auch Freude. Ich weiß das, ich hab's ja auch erlebt.

Und schließlich muß ich gerade deshalb auch noch den patriotischen Vorteil oder Effekt anführen. In der Türkei, in Persien, in Ägypten hat oder hatte die abendländische Musik einen besonderen Ruf, und die österreichischen Musiker sind oder waren Heroen. In Istanbul sind immer junge Dirigenten aus der Wiener Schule am Werk und vollbringen ihre ersten Taten. In Kairo hat man mir von dem „goldenen Zeitalter Litschauers“

geschwärmt und damit an einen Kapellmeister erinnert, der dort über Jahre den Inbegriff abendländischen Musizierens verkörperte. In Teheran gab's, als ich im vorletzten Moment anreiste und noch unter der Herrschaft des Schahs für Franz Schubert Reklame machte, immerhin ein Opernhaus, in dem man „Salome“ mit einer sehr wienerisch anmutenden Besetzung spielte. Überall wußte man, daß Österreich nicht nur das Land der Musik ist, hatte auch Verträge mit großen Firmen und Kontakte zu Wissenschaftlern, selbstverständlich. Die Musik aber, die nahm man dennoch als das österreichische Spezifikum.

Und niemand von den tapferen Männern im Außendienst verstand, als eines Tages in der Wiener Zentrale die Parole ausgegeben wurde, es sei günstiger, die musikalischen Ereignisse einzuschränken und fortan andere Aktivitäten zu bevorzugen.

Stillfried selbst, der sich aus dem Orient zurückgezogen hat und im vornehmen London amtiert, hat die Reduzierung der nach ihm benannten Tour schon aus der Ferne erlebt. Er ist ein treuer Diener seines Landes und würde in Dienststunden nie Bemerkungen machen, die als Protest gegen die Entscheidung seines Ministers aufzufassen wären. Die Proteste, die ich alle sorgsam notiert habe, kamen damals von österreichischen Musikern, die alle einmal diese Tour absolviert haben und die gerne sich daran erinnerten, was sie auf dieser Reise erlernt haben.

Wahllos ein paar Namen? Die ganze Wiener Pianistenschule mit Demus, Badura-Skoda, Klien, Kann, Petermandl, Medjimorec, Buchbinder war da unterwegs. Das „Haydn-Trio“ selbstverständlich auch. Die eine oder andere jetzt schon arrivierte Geigerin. Sie alle lernten, was man den Sängern am ehesten noch in einem Stadttheater bieten kann, auf diesen Reisen: unter außergewöhnlichen klimatischen Verhältnissen gut musizieren; mit schwierigen Instrumenten fertigwerden; ein anderes als ein Wiener Publikum beherrschen.

Und sie alle knüpften Beziehungen und Freundschaften an, aus denen im Lauf der Jahre etwas wurde. Hie oder da ein bloßer guter menschlicher Kontakt und hie und da wiederum ein Engagement.

Ich erinnere mich noch, vor einem Jahr habe ich Hans Petermandl in Kairo überrascht, er war in Erinnerung an alte Zeiten für zwei Konzerte angereist. Die Gage war, so ungefähr, ein preisgünstig arrangierter Ausflug nach Luxor und ein angenehmer Aufenthalt in Kairo. Petermandl gab einen Soloabend, und er spielte mit dem heimischen Orchester. Er bat mich sehr ausdrücklich, ihn dabei nicht zu beobachten, und ich erfüllte ihm die Bitte, denn ich machte Urlaub. Aber wir trafen uns zum Abendessen, und er erzählte gern, es gäbe wirklich immer noch den Flügel, der ein wenig schief steht und in den oberen Lagen kaum zu spielen ist. Er war vom Wiedersehen mit dem Klavier eher begeistert. Und hatte, ich bin sicher, auf ihm so gut wie nur irgend möglich gespielt.

Ich kann mich aber auch ein paar Jahre zurückversetzen und berichten, daß ich die kleine, reduzierte Stillfried-Tour im Rahmen des Schubertjahres selbst unternahm. Mit einem Vortrag, ein paar Schallplatten und dem heißen Wunsch, nicht nur in den Kulturinstituten, sondern auch in Musikschulen aufzutreten, war ich ein Sonderfall – kein Dichter, kein Musiker, sondern ein Kritiker, der dennoch Musik auf Reisen verkörperte.

Was ist da nicht alles unversehens passiert. Für Ankara war ich gar nicht „gebucht“, hatte aber plötzlich eine Sendung im türkischen Fernsehen aus dem Stegreif zu sprechen, und auch das ging einigermaßen gut aus. In Istanbul hatte ich vor allem mit Dirigenten und Kritikern zu plaudern, und seither erfahre ich es immer, wenn ein türkischer Musiker im Lande ist.

In Teheran ging mein Koffer verloren, und der österreichische Botschafter erklärte sich bereit, ein wenig Schubert auf dem Klavier vorzutragen – er hatte eigentlich andere Sorgen, denn der Geburtstag des Schahs, gleichzeitig österreichischer Nationalfeiertag, stand bevor, und Unruhen gab es im ganzen Land. Aber unser Botschafter war aus einer Familie, die einen Freund Schuberts zum Ahnherrn hat, und er war selbstverständlich musikalisch. Mein Koffer kam rechtzeitig an, ich hatte das Vergnügen nicht, eine Exzellenz als Aushilfe ankündigen zu können.

In Kairo konnte ich am Rande die Bemühungen des dortigen Konservatoriums, ein Bösendorfer Konzertflügel zu erstehen, miterleben. Die Mittel, die man im gewiß nicht armen Land für eine derartige Anschaffung zur Verfügung stellt, sind

Sie waren schon am Beginn ihrer Laufbahn auf Reisen unterwegs und reisen immer noch: das Haydn-Trio (Schulz, Schnitzler, Medjimorec)

erstens gering und zweitens längst nicht mit der Selbstverständlichkeit aufzutreiben wie bei uns daheim. Aber in Kairo wollte man ein österreichisches Klavier und hatte dafür einiges gespart.

Und dann erzählte man mir von dem Heroen Litschauer, von den Konzerten unter seiner Leitung, und ich mußte erkennen, daß Pioniere aus meinem Land, die schon gut zwanzig

Jahre nicht mehr in Ägypten waren, immer noch Heldenfiguren waren und unerhört viel für das Ansehen der Musikstadt Wien geleistet hatten.

In Teheran waren, bevor ich abflog, bereits drei junge Salzburger Musiker eingetroffen, die ein Konzert gaben und später wieder kamen. Sie trafen es nicht ganz so gut wie ich, sie machten eine mehrtägige Ausgangssperre mit und blieben alle in der Villa des so tapferen wie munteren Kulturinstitutsleiters Slaby, bis die Luft wenigstens zur Ausreise wieder rein war.

Auch er betreute – als Nachfolger Stillfrieds und mit ungefähr denselben Tricks, die außer diesen Chefs der österreichischen Kulturinstitute nur die besten internationalen Manager beherrschen – junge Musiker und setzte sich mit großer Liebe für sie ein. Zugleich aber sah ich, wie er den jungen Menschen auch eine Art Erzieher war, wie er ihnen sagte, sie hätten sich für die Konzerte ordentlich vorzubereiten und nicht über den Wundern Teherans die Probe zu vergessen.

Man kann mir erklären, daß es nicht unbedingt die Aufgabe des Leiters eines Kulturinstituts ist, Nachwuchskünstlern künstlerischen Ernst beizubringen. Und daß es nicht zu seinen Fähigkeiten gehören muß, besonders billig Flugkarten zu erwerben.

Ich werde dem entgegnen, daß überall in der Welt diejenigen die besten Vertreter Österreichs sind, die etwas außerhalb der Regeln auch noch können oder erreichen. Ihr Ruf ist nicht nur ihnen, sondern allemal auch dem Lande nützlich, und wenn in der einen oder anderen gerade jetzt von abendländischer Musik wieder beinahe aufgegebenen Gegend noch Menschen leben, die sich der Tage Stillfrieds oder Slabys erinnern, dann ist ganz Österreich diesen Männern Dank schuldig.

Hat man vorhin die Namen der einstmals Betreuten flüchtig überlesen? Es sind die Namen der Solisten, die heute überall ganz ohne staatliche Hilfe ihre Engagements haben, die ihre Preise diktieren, die aber, das weiß ich auch, immer noch für kleine Konzerte in einem Kulturinstitut zu haben sind, wenn man sie richtig bittet. Sie haben ihrerseits nie vergessen, was sie gelernt haben, und sie zeigen sich dankbar. Österreichs Musik im Ausland, das sind noch auf ein paar Jahre auch die Musiker, die mit unser aller Unterstützung hinausgehen und uns Ehre machen.

Die lange Reise ins Nachbarland

An ein Konzert österreichischer Musiker im Ausland werde ich auch immer denken müssen. Es war von langer Hand vorbereitet, sein Zustandekommen war mindestens so schwierig wie ein Gastspiel in den USA. Aber die Philharmoniker und Carlos Kleiber stiegen in Wien nur in Autobusse, um zu diesem Konzert zu fahren.

Es fand in Preßburg statt und war eine Sensation. Einerseits, weil damals Kleiber noch viel seltener zu sicheren Terminen zu engagieren war als heute, und andererseits, weil die Grenze zu unserer Nachbarstadt seltener offen ist als die über Kontinente hinweg.

Freilich, man reiste nicht mit einem Troß von Beobachtern, man hatte nicht einmal mitreisende Damen eingeladen. Man fuhr nur an einem Nachmittag nach Preßburg, musizierte, begab sich auf die beinahe aussichtslose Suche nach einem Lokal, in dem man noch ein großes Bier bekommen konnte – und fuhr wieder heim nach Wien.

Das Konzert selbst war allerdings unvorstellbar schön. Es war eine der ersten Gelegenheiten, die Philharmoniker und Kleiber gemeinsam hören zu können, und es war eines der ersten Konzerte der Wiener in der Nachbarstadt von einst.

Da waren Emotionen wach, die auch wieder nicht nur der Musik galten, die man andererseits in dieser Dichte nur begreift, wenn man sich vorstellt, daß die älteren Preßburger immer nach Wien gefahren sind, wenn sie ins Philharmonische wollten, und daß ihnen das seit vielen Jahren halt verwehrt ist. Und daß die jüngeren Preßburger von dieser Tradition immerhin wissen und sich mit Wiener musikalischen Problemen via Fernsehen und Rundfunk befassen und auch nicht glücklich darüber sind, daß sie an diesen nicht täglich oder wöchentlich – nach Gusto – teilhaben können. Es ist, wir wissen es alle, eine Frage des Könnens. Wenn man über die Grenze ohne Schwierigkeiten kommt, dann hat man vielleicht gar nicht lange Lust, sich über Philharmoniker und deren Zusammenspiel mit Carlos Kleiber zu emotionieren. Wenn man aber nicht darf und dann gibt's ein einziges Mal die Gelegenheit, dann stürmt man die Kasse, dann sucht man die Hintertürln in den Saal, dann ist man vollzählig da – und wirklich, ich habe selten einen Saal erlebt, der so voll ausgesehen hat wie der in Weiß und Gold in Preßburg.

Noch in der Pause erklärte Kleiber, er habe mit dem Orchester keine Draufgabe studiert, er könne daher auch keine dirigieren. Er sagte, man solle doch die „Pizzikato-Polka" spielen, da brauche man ihn nicht dazu. Er zierte sich und erklärte völlig überzeugend, er habe von der „Figaro"-Ouvertüre, zu der man ihn gewinnen wollte, keine Ahnung, er habe sie nie studiert.

Nach der Siebten Beethoven aber, als der Saal über uns allen zusammenbrach vor Begeisterung, schaute Kleiber, nur um vor dem Orchester das Gesicht zu wahren, einmal in eine Geigenstimme, um sich die letzten Takte der Ouvertüre „auszurechnen". Dann dirigierte er in einem Tempo, das unter anderen Bedingungen von den Philharmonikern verweigert wird, die Ouvertüre und wußte sämtliche Einsätze, die ein erfahrener „Figaro"-Dirigent geben muß.

Es war, wie gesagt, anschließend freilich plötzlich sehr still in der Stadt, und nirgendwo fanden wir ein Lokal, in dem wir das notwendige große Glas Bier hätten trinken können. Aber noch im Autobus und noch an der Stadtgrenze von Wien war ich so voll Musik wie selten sonst und überzeugt davon, daß dieses Auslandsgastspiel des Orchesters besonders wichtig gewesen war.

Wie überhaupt die Experten wissen, daß man nicht nur nach Japan muß, sondern auch durch Deutschland zu fahren hat – das ist nicht nur ein großartiger „Markt" für Orchesterkonzerte, sondern das Rayon der zwischendurch reisenden ungarischen und tschechischen Kollegen, da müssen Wiener auch präsent sein. Das ist zudem der beste Absatzmarkt für etwas, das man Gusto auf Wien nennen könnte und das als Freude an den Salzburger Festspielen auch bekannt ist: Die Menschen, die in diese Konzerte in der Bundesrepublik kommen, sind potentielle Sommergäste oder potentielle Wienbesucher, da zählt dann schon, daß man von einer Umwegrentabilität spricht. Kämen die Frankfurter und Hamburger nie mit Wiener Musikern in Berührung, sie dächten vielleicht wirklich dran, im Sommer alle nur mit den Apfelreisen nach Verona zu fahren und ließen Österreich aus . . .

Wenn mir so in der Eile und vor allem hier in Japan wenig zu einer notwendigen Reise nach Paris oder London einfällt, so wird man das vielleicht begreifen. Aber: auch diese Reisen müssen sein, und Wiens Musiker nehmen sie auch auf sich.

Das klingt erneut nach Strapaze, ist aber ganz anders gemeint. Wenn man in Europa reist, dann nimmt man naturgemäß nur die Städte in den Reiseplan auf, die große Konzertsäle haben. Da sind wiederum die Städte mit großen Orchestern und also auch mit einem wachen, manchmal auch patriotischen Publikum.

Also stellt man sich einer zumeist schweren Konkurrenz, und das in einem Saal, den man nie so gut kennt wie das Orchester, dem man sich zumindest ebenbürtig zeigen will.

Das meine ich, wenn ich von Strapazen spreche und mich daran erinnere, daß zwar gewiß keines der Londoner Orchester die Qualitäten der Berliner Philharmoniker besitzt, jedoch der Londoner kritische Verstand auch schon dem Herrn von Karajan bei Gastkonzerten zu schaffen machte. Er hat davon nicht weiter geredet, sondern bei seiner Rückkehr aus London von einem triumphalen Erfolg gesprochen, und jedermann hat ihm geglaubt – von einem triumphalen Erfolg aber ist in London kaum je zu berichten.

Sowenig zu Orchesterreisen, die rasch und unter großer Nervenanspannung in Europa durchgeführt werden müssen. Sie finden trotzdem statt, sie richten sich vor allem nach den anderen Diensten der Wiener Musiker, und sie haben immer auch mit neuen Konzertsälen zu tun: Linz hat, seit es das Brucknerhaus gibt, die meisten ausländischen Ensembles auf dem Weg von Wien nach München für einen Abend zu Gast. Und Frankfurt ist, seit die Alte Oper eröffnet wurde, ein Anziehungspunkt für reisende Orchester – die Alte Oper ist nämlich nicht das, was man glauben könnte, sondern ein sehr moderner Konzertsaal, den man mit viel Bedacht in die seit dem Kriegsende zerbombte und doch nicht abgerissene, zuletzt mit sehr viel Mitteln restaurierte Hülle der einstigen Frankfurter Oper eingebaut hat. Man kann in der Alten Oper niemals Oper spielen, endlich aber in Frankfurt wieder große Konzerte, weil es die Alte Oper gibt. Und seit der Eröffnung dieses seltsamen Baues waren auch schon beinahe alle Orchester dort zu Gast.

Seit dem Herbst 1981 haben sie alle eine Reise unternommen und Frankfurt auf den Plan gesetzt. Jetzt hat sich herumgesprochen, daß die Akustik in Ordnung ist, und Frankfurt darf ab sofort mit besonderer Berücksichtigung bei Gastkonzerten rechnen. Es hat zudem auch ab sofort eine Art Herbstfestival begründet, und da auch im Leben aller Orchester ein bestimmter Rhythmus lebenswichtig ist, werden die verantwortlichen Herren für den Herbst zu den Stationen Luzern, Flandern und Berlin halt künftig auch noch Frankfurt auf den Kalender setzen.

Wir waren bereits 1981 vertreten, wir werden in der Alten Oper immer wieder spielen lassen. Wien hat die Zeit nicht verschlafen.

Symphonikernachwuchs

In Hiroshima sind die Wiener Symphoniker, obgleich nur knapp drei Stunden dienstfrei, auch zum richtigen Denkmal unterwegs. Man muß sich nicht verabreden; wenn man nur ungefähr zwei Stunden nach der Ankunft in der Stadt beim Museum wartet, das die Erinnerungen an den ersten Abwurf einer Atombombe birgt, dann sieht man sie alle ankommen.

Ich habe dieses Museum schon hinter mir, ich wage nicht, ganz aufrichtig zu schreiben, daß es längst nicht so deprimierend wirkt, wie man sich das eigentlich vorstellen würde – immerhin gibt's Rekonstruktionen des Schreckenstages und Zeugnisse von damals, und wer will, der kann vor Photographien Grauen fühlen.

Ein Mahnmal, das man mit ein bisserl Pech auch übersehen kann, ist in der Ausstellung zu besichtigen, wenn man schon sehr nah dem Ausgang und dem obligaten Standerl mit Schlüsselanhängern und geschnitzten Andenken ist. Ein großer Stein, früher einmal vor einem Bankgebäude. Zum Zeitpunkt der Explosion der Atombombe saß auf ihm ein Mensch. Deshalb ist dieser Stein nicht völlig ausgebleicht, sondern hat einen immerwährenden Schatten dort, wo ein Menschenleib die unmittelbare Einwirkung des Todes auf den toten Stein verhinderte.

Mir genügt dieser Stein, um Angst zu verspüren. Und gleichzeitig der Blick zu den Andenkenverkäufern, um auch noch Grauen in mir aufsteigen zu fühlen. Die Menschen in Hiroshima haben nicht nur gelernt weiterzuleben. Sie bringen es längst zuwege, Hiroshima und die allbekannten Wahrzeichen des äußersten Todes auf Gebrauchsgegenständen anzupreisen. Mariazell ist so ein froher Wallfahrtsort und hat nicht mehr Kitsch anzubieten als Hiroshima.

Das Thema aber sind natürlich weiterhin die Musiker aus Wien. Sie nehmen durchaus zur Kenntnis, wohin sie reisen. Sie absolvieren rasch und konzentriert auch Touristisches. Einige von ihnen haben Erfahrung und viel Neugierde. Und manche einen Reiseführer, aus dem sie auf der Bahnfahrt schon im voraus Besichtigungsprogramme zusammenstellen.

Aber: auch da hat sich im Lauf der Jahre bei den Symphonikern viel verändert. Ich erinnere mich noch der Reise, die unter Carlo Maria Giulini stattfand. Der Dirigent war privater Probleme wegen nicht in seiner besten Form, und das Orchester war als Ganzes lustlos auf der Reise. Die Konzerte waren nicht hervorragend, wurden aber auch nicht weiter diskutiert, die Musiker gingen vor allem zu Schreinen oder zu den in Japan gleichfalls besichtigenswerten kleinen Läden, in denen muntere Männer auf Wunsch auf überaus billig erscheinende technische Geräte noch einmal zwanzig Prozent Rabatt gewähren und internationale Garantiekarten obendrein.

Damals war ich bereit, den Unterschied bei den zwei reisenden Wiener Orchestern drastisch zu beschreiben – die disziplinierten, vor allem aufs Konzert konzentrierten Philharmoniker und die auf Reisen auch nicht aus der allgemeinen Ruhe zu reißenden Symphoniker, das wäre mein Eindruck gewesen.

Den kann ich so nicht mehr wiedergeben. Sogar in Hiroshima sind die Herren früh wieder im Hotel, sie müssen sich vor dem Konzert ausruhen. Und keineswegs alle, die den freien Tag in Osaka nicht nur für eine Reise nach Nara oder Kyoto nützen, sind phlegmatisch oder an alten Tempeln uninteressiert. Einige haben allen Ernstes mitgeteilt, sie müßten vor dem zweiten Teil der Reise ordentlich ausschlafen und Kraft für die weiteren Konzerte sparen. Man merkt's, da ist ein anderes Orchester unterwegs.

Eines, das freilich drastisch verjüngt ist und zudem derzeit einige Musiker „auf Probe" an den ersten Pulten sitzen hat. Sie sind vor einigen Monaten nach einem Probespiel engagiert worden, ein Jahr darauf werden alle, die schon einmal für sie votierten, noch einmal zusammentreten und ihr Urteil darüber abgeben, ob sie sowohl in künstlerischer wie auch in menschlicher Hinsicht ins Orchester passen.

Das heißt, sie müssen nicht nur ihr Niveau als Geiger oder Cellisten halten, sondern sie müssen in diesem ersten Jahr auch den notwendigen Anschluß an die Herren Kollegen – von der eigenen Instrumentengruppe, aber auch sonst – finden.

Nicht, daß sie sich als servile oder besonders höfliche Burschen erweisen müssen. Aber sie müssen auf Reisen zu ertragen sein und dürfen im Alltag in Wien das Probenwerkel nicht belasten.

Auf dieser Japanreise, die nun einmal mir zu meinen Betrachtungen verhelfen soll, sind junge Symphoniker besonders sympathisch und ganz und gar nicht nur dadurch, daß sie sich betont nett geben. Sondern viel eher in dem Sinn, daß sie einen beruhigend normalen Umgangston haben und diesseits der Grenzen bleiben, die früher einmal zwischen alten und jungen Musikern rasch aufgerichtet wurden. Ich meine, sie nehmen diese Grenzen gleich gar nicht zur Kenntnis und zwingen damit – zumeist unbeabsichtigt – ihre älteren Kollegen zu erkennen, daß man mit jungen Musikern überaus angenehm zusammenleben kann.

Was mir da nebstbei aufgefallen ist oder notierenswert erschien: Nach einem Konzert war eine offizielle Einladung für Honoratioren und ausgewählte Orchestermitglieder zu „besetzen". Nach Symphonikerübung wählt da der Orchestervorstand aus und sieht darauf, daß sowohl ehrwürdige wie auch attraktive Herrschaften entsandt werden. Ein junger Symphoniker, der zum Abendessen kommandiert war, hatte aber bereits eine junge japanische Begleiterin gefunden und ging nur mit, weil man sie halt zuletzt auch mit einlud. Undenkbar vor ein paar Jahren, daß ein junger Spund so etwas nur gedacht hätte – hübsch diesmal, wie die älteren Kollegen reagierten. Sie nahmen es lustig und bemerkenswert und ließen erst sehr spät eine Nebenbemerkung fallen, damit sich der junge Mann nicht nur wohl fühlte in seiner Haut. „Er ist zweiundzwanzig", sagten sie, und in der Feststellung schwang zugegebener Neid mit. Sie waren mit zweiundzwanzig „angepaßter“ gewesen.

Ein anderer sehr junger Symphoniker saß hie und da allein bei einem Bier nach dem Konzert – Musiker sind immer verschwitzt und ausgelaugt nach der Arbeit, man hat ihnen sofort ein Bier zu servieren, wenn man sie einlädt, das ist eine Grundregel im Umgang mit aktiven Musikern bis hinauf zu berühmten Solisten. Nur Dirigenten der teuersten Kategorie nehmen statt des Biers gleich Champagner und riskieren, mit der deutlich vorgetragenen Forderung nach mehreren Gläsern in die Anekdotensammlung der Orchester einzugehen – Karl Böhm, der damit gemeint ist, war nach Konzerten ebenso ausgelaugt und durstig wie seine Kollegen, er mochte aber Bier nicht. Daß er Champagner nahm, war kein Hang zum Luxus, sondern nur die alternative Wahl des erfrischenden Getränks.

Der junge Symphoniker, der im Absatz vorher einsam beim Bier saß, ließ sich gern auch an den Tisch des mitreisenden Kritikers laden und entpuppte sich als netter, kluger Mensch. Und war am Ende der Reise längst kein Einzelgänger mehr, sondern immer mit bei einer der Truppen, die noch verzweifelt versuchten, japanische Kellner zu einer letzten Bestellung zu reizen – so selbstverständlich es dem Musiker erscheint, daß er nach einem Konzert und der Fahrt zum Hotel noch etwas essen und dann auch noch eine halbe Stunde etwas trinken will, so streng halten sich japanische Hotelbars an ihre mitternächtliche Sperrstunde und nehmen keine Rücksicht darauf, daß die konzertierenden Gäste erst gegen 23 Uhr heimgekommen sind.

Da war auch der erste Bratschist des Orchesters, Flieder. Von ihm wollte ich, das hatte ich mir vor der Reise vorgenommen, viel erfahren. Er war für mich ein richtiges Studienobjekt, er stand auf meiner Liste. Er war, ehe er ins Orchester kam, Mitglied der „Flieder-Kinder“, eines von drei musizierenden Geschwistern also und mir zuerst dadurch bekannt geworden, daß der altehrwürdige Baron Mayr, einer der gütigsten Musikfreunde Wiens, für diese Kinder rücksichtslos Reklame und gut Wetter machte. Baron Mayr ist begraben, man darf ruhig jetzt erzählen, wie er zwei Jahre vor seinem Tod die Wiener Kritiker der Reihe nach an sein Krankenlager zitierte und sich durch Handschlag versprechen lassen wollte, den „Flieder-Kindern“ werde eine positive Kritik zuteil. Er deklarierte dies als seinen letzten Wunsch, den man ihm gern erfüllte, obgleich er diesen letzten Wunsch nicht einmal, sondern einige Jahre lang zur Kenntnis brachte.

Johannes Flieder, den man immer noch als praktizierendes Mitglied einer Vereinigung, die sich die „Flieder-Kinder“ nennen, verkaufen könnte, hat Wettbewerbe gewonnen und eine Reputation, die er nicht mehr dem Baron Mayr, sondern seinem herrlichen Ton, seinem besonderen Können verdankt. Er hatte, erzählt man sich, die Wahl, in welches große Orchester er eintreten wolle – die Berliner Philharmoniker zögerten nur, munkelt man, seines allzu jugendlichen Aussehens wegen, ihn als Solobratscher zu engagieren.

Die Wiener Symphoniker riskierten es und setzten ihn an die Spitze einer gestandenen Gruppe, in der wackere, erfahrene Musiker zu finden sind, denen man nichts mehr vormacht. Jetzt sitzt, klein und in sich gesunken, ein Bub an ihrem ersten Pult und gibt den Ton an, und sie behaupten alle durch die Bank, daß sie ihm keineswegs helfen müssen, den richtigen zu finden. Er ist ihnen ein „Führer“, auf den sie alle stolz sind.

Schon auf dem Flughafen Frankfurt wollte ich mit meiner Recherche über Johannes Flieder beginnen. Er war nicht aufzutreiben, in der Masse von Menschen verschwunden.

Ich konnte mir nur von ihm erzählen lassen; daß er still und in sich zurückgezogen sei; daß er wahrscheinlich immer noch an seiner älteren Schwester, der Geigerin, hängt; daß man von ihm nur Wunderdinge zu erwarten hat, wenn er sein Instrument auspackt.

Nach Hongkong, wo ich ihn einmal auf der Star Ferry grüßen konnte, und nach den sehr vielen Städten in Japan, wo er anscheinend immer nur zu Konzerten sichtbar wurde, sah ich ihn dann in Tokyo wieder. Er wollte partout, daß die disziplinierten Kellner noch eine letzte Bestellung nach Mitternacht entgegennehmen, und er ging an der Spitze der größten Symphonikertruppe im Hotel noch in den Coffee Shop, wo man unter häßlichem Neonlicht und in deprimierender Frühstücksatmosphäre auch zehn Minuten nach Mitternacht noch einen Schluck trinken konnte.

Wie er da an der Spitze der zusammengeschobenen Tische saß, wie er mitlachte, wie er auch etwas sagte, das war für mich ein Erlebnis besonderer Art und auf eine schwer zu beschrei-

Die „Flieder-Kinder". Bratschist Johannes ist jetzt kein Kind mehr, sondern Stimmführer der Wiener Symphoniker

bende Weise ein positives Resultat der Tournee. Da war ein junger Musiker ein selbstbewußter junger Mann geworden und gleichberechtigt in den Kreis seiner Kollegen getreten. Auch nach dem Konzert.

Irgendwo anders, in irgendeiner Stadt, ist das auch schon notiert worden: Die jungen Symphoniker sind mit freiem Auge von jungen Philharmonikern kaum zu unterscheiden. Sie sind nur um Nuancen unbeschwerter, denn ihnen garantiert wie ihren älteren Kollegen das Vereinsreglement relativ wenige

Dienste. Die sie mit Konzentration auf Kammermusik aus eigenem Antrieb auffüllen – ein Ensemble hat sich gerade erst konstituiert und offenbar mit dem ausschließlichen Zweck, dem Cellisten Sieghart, der die Berufung zum Dirigenten in sich spürt, ein Ensemble zu geben.

Das wäre ein sehr interessantes und nicht abwegiges Thema – aus Wiener Orchestern kommen nicht nur Solisten, sondern manchmal auch Dirigenten. Ich erinnere mich noch an Walter Weller, der auf einer Amerikareise von Karl Böhm dazu animiert wurde, weiterzuprobieren, damit sich der Kollege einmal die Akustik anhören könne. Weller, damals zweiter oder dritter Konzertmeister und vor allem Primarius des „Weller-Quartetts", arbeitete sich dann sehr rasch zum Dirigenten hin – das Wort „hinauf" würde ich da gar nicht gern anwenden. Daß er zuerst die Unterstützung der Philharmoniker hatte und dann beinahe als Ballettdirigent in Wien „picken" geblieben wäre, sich aber mit großer Energie im Ausland Positionen eroberte, weiß man.

Einer seiner Nachfolger als Konzertmeister bei den Philharmonikern ist Erich Binder, der seit einigen Jahren an einer Karriere als Dirigent bastelt, er hat „Hänsel und Gretel" in der Volksoper dirigiert, ist traditionsgemäß in einem philharmonischen Abonnementkonzert eingesprungen und hat für die Bregenzer Festspiele abgeschlossen. Noch ist er nebstbei oder in erster Linie – das läßt sich von außen niemals richtig sagen – auch Philharmoniker.

Sieghart, der mit einem kleinen Chor und einem kleinen Ensemble arbeitete, der vor der Reise eine „Matthäus-Passion" im großen Konzerthaus aufführte und dem sich jetzt viele junge Kollegen als Mitglieder eines Kammerorchesters zur Verfügung stellen wollen, schreckt noch vor dem Sprung aus dem Orchester, scheut noch vor der Barriere, hinter der vielleicht ein paar Provinzjahre oder die Arbeit mit kleinen Orchestern irgendwo im Ausland warten. Auf der Reise hat er Zeit, darüber nachzudenken und keine Lösung zu finden. Demnächst, wenn er entweder am ersten Pult der Celli sitzt oder den Konzertbesuchern fehlt, wird man erfahren, wie er sich entschieden hat. Seine Freunde im Orchester haben ihm jeden Rat gegeben, der nur zu haben ist – selbstverständlich muß er selbst jetzt erst entscheiden, welchen er annimmt.

Komponisten aus der Retorte

An diesem beinahe letzten Abend der Reise habe ich freilich auch eine ganz andere und sehr überzeugende Demonstration von Musikalität mitbekommen, und diese weitet sich vielleicht noch zu einer Geschichte aus – man möge mir verzeihen, wenn's anscheinend zu lang wird. Aber die unvorhersehbaren Ereignisse sind es ja, die ich mir für den Reisebericht auch diesmal, 1982, gewünscht habe.

Yamaha ist eine Firma, die nicht nur die Klaviere erzeugt, auf denen Christoph Eschenbach zum Beispiel auf der Symphonikertournee musiziert. Außerdem erzeugt sie Waren aller Art bis hin zu Schiffsmotoren, und wenn ihr der Sinn danach steht, erzeugt sie sich auch Publikum für ihre Waren.

Zum Beispiel, indem sie ein großes Netz von Musikschulen nicht nur übers japanische Land, sondern mit vorläufig noch weiten Maschen auch über europäische und amerikanische Staaten legt. In diesen Schulen werden Kinder, sehr, sehr kleine Kinder, nach einem eigens von Yamaha erdachten System unterrichtet. Die Details kenne ich nicht, man kann sie über Yamaha sogar in Österreich beziehen. In Japan werden diese Kinder, auch die sehr kleinen, nicht nur zu möglichen Virtuosen auf der Yamaha-Kinoorgel ausgebildet, sondern erhalten einen Status, der sie als Komponisten erscheinen läßt. Das heißt, sie sind im Alter von nur zehn Jahren in der Lage, nach einigen ihnen eingegebenen Schablonen eigene Musik niederzuschreiben. Entweder nur für ihr Instrument oder, wenn sie besonders talentiert sind, auch für Ensembles, für Orchester sogar.

Yamaha sieht die Situation ein wenig anders; der Präsident des Konzerns sagt es auch anders. Ich habe ihn auf einer Pressekonferenz und bei einem Empfang sprechen hören, und ich habe gelesen, was er als seine Idee anbietet.

Menschen sollten nicht einfach Instrumente erlernen, sondern gleichzeitig dazu erzogen werden, auf diesen Instrumenten ihre eigene Musik zu spielen. Menschen, die ein Klavier nur dazu nutzen, vorgegebene Noten zu spielen, sind im Grunde nicht sehr viel besser als die Instrumente. Erst solche, die aus einem Klavier ihre eigenen Gedanken erklingen lassen, sollten sich Musiker nennen lassen.

So ungefähr meint Yamaha es, und man kann die Philosophie nicht nur verstehen, sondern muß sie im Grunde gutheißen. Kleine Kinder, die man mit einem dumpfen Unterricht quält, werden im besten Fall zu mechanischen Klavierspielern. Kinder, denen man die Chance gibt, mit ihren eigenen Einfällen zu spielen und dabei ein Instrument zu verwenden, müssen glücklicher, können musikalisch werden.

Wäre das die Methode, Yamaha hätte meine volle Sympathie.

Aber nach irgendwelchen Regeln, die auf eine seltsame Art wieder nur mechanische Nachahmungen und einige sehr einfache und banale musikalische Wendungen in Kinderköpfe bringen, werden aus den besten der jeweiligen Yamaha-Schüler kleine Komponisten. Freilich nicht Komponisten nach unserem Verständnis, sondern nach dem von Yamaha, der großen, mächtigen und dennoch ganz und gar nicht böswilligen Organisation, man mißverstehe mich nur nicht.

Die Kinder, denen man den Titel Komponist verleiht, sind alljährlich aus sehr vielen, aus unzähligen ausgewählt und werden in öffentlichen Konzerten mit großen Orchestern von Reputation der Welt vorgestellt. Man hat sie schon in Washington mit Mstislav Rostropowitsch gehört und in Budapest mit der Nationalphilharmonie und in Hamburg mit dem großen Orchester der Stadt. Bisher noch nie in Wien, Yamaha hat da gewisse Zweifel gehabt, ob sich's auch machen lassen würde und ob man auch in Wien den Kindern ihren Status als außerordentliche Geschöpfe zubilligen werde. Erst jetzt, nach dieser Tournee der Symphoniker nach Japan, werden sich die Yamaha-Leute auch in Wien präsentieren.

Noch ehe die Symphoniker nach Japan flogen, war ein Vertrag unter Dach und Fach, der ein Konzert des Orchesters mit fünf Yamaha-Kindern vorsah. Marcel Prawy war als Conférencier engagiert und Horst Stein als Dirigent, und die Orchestermusiker wußten noch gar nichts davon, warum auch, sie sind ja Angestellte des Vereins, der für sie Engagements vereinbart – aber das haben wir schon einmal durchgenommen.

In Tokyo sollten jetzt die Symphoniker mit „ihren“ Yamaha-Kindern konfrontiert werden. Ein Empfang war vorbereitet, Büffet, Ansprachen, vorher eine knappe Demonstration dessen, was die Kinder können. Ein elfjähriger Knabe spielte

Japanische Kinder, die für den Konzern Yamaha musizieren, mit Symphonikern und Christoph Eschenbach bei einem Empfang in Tokyo

am Klavier eine Eigenkomposition. Bewundernswert, wenn man ihn als einen noch sehr jungen Pianisten hörte. Erstaunlich kitschig, wenn man auch die Komposition in die Betrachtung einbezog.

Dann bat man Christoph Eschenbach um ein „Thema“, über das zwei der anderen Yamaha-Kinder gern sofort improvisieren wollten. Der wußte schon, was er tat, als er nur vier Töne anschlug und den Kindern eines der sehr alten europäischen Themen vorgab: B-A-C-H. Worüber schon sehr viel improvisiert und komponiert worden ist.

Zwei Mädchen von den vorhandenen vier meldeten sich, belegten Klavier und Yamaha-Orgel, schauten noch einmal lustig einander in die Augen und legten dann ein Stückerl Hollywood hin, daß einem Hören und Sehen verging. B-A-C-H war ihnen völlig gleichgültig, war nur der Anfang einer absurden kitschigen Melodie, die eines der beiden Kinder erfand und die für ein paar Minuten zwischen Klavier und Kinoorgel hin- und hergeworfen wurde.

Es war faszinierend, selbstverständlich. Es war auf eine atemberaubende Art faszinierend. Wie da eine Melodie, die zufällig mit den Noten B-A-C-H begann und irgendwo in einem Schlager endete, nach allen Regeln der Unterhaltungsmusik ganz rasch und scheinbar mühelos in verschiedene Farben und Saucen getaucht wurde und, weil selbst völlig charakterlos, immer wieder so auftauchte, wie sie schon am Anfang gewesen war. Einmal hing ihr ein Rüscherl dran, dann war sie es wieder los. Und einmal wäre sie um ein Haar wirklich eine Melodie geworden, rettete sich aber im letzten Moment wieder in die Schablone.

Die beiden Mädchen, die das spielten, hatten Spaß dran, das merkte man. Und sie verstanden ihr Metier.

Yamaha nennt es Komposition, Improvisation, Musikalität.

Die Symphoniker, die wirklich sehr viel applaudierten, nannten es untereinander anders, und das Gefühl, das wir alle hatten, war das von musikalischen Leuten, die vor einer Art unnatürlicher Zucht standen. Vor kleinen Kindern, die etwas taten, was sie erst recht nicht verstanden, nicht erfühlten – noch viel weniger, als hätten sie nur sehr begabt Clementi oder Mozart gespielt.

Aber das alles mußte ich ja nur erzählen, um dann auch zu dem Beweis der musikalischen Reaktionen der Symphoniker zu kommen, die ich so außerordentlich angenehm fand.

Der Empfang ging vorüber und eine anschließende Veranstaltung, auf der japanische Journalisten wieder einmal lauthals fragten, was denn der Präsident der Gewerkschaften der Symphoniker dazu sage – Herr Theiner zog sich großartig aus der Affäre und meinte, er sei im höchsten Maß erstaunt und könne sich nur eines nicht vorstellen, daß nämlich seine Kinder eine ähnliche Schulung auf sich nehmen könnten. Dann war wieder Alltag, ein wenig Ruhe, die kurze Probe vor dem Konzert und das Konzert selbst.

Und dann saß man im Hotel beisammen und feierte gemeinsam bei wieder einem Büffet.

Bis sich einer zum Klavier setzte und noch einmal die von Christoph Eschenbach den Yamaha-Kindern vorgegebenen Töne anschlug und daraus Musik machte. Er tat's nicht auf die kunstvollste Art, er schwindelte sich relativ rasch in andere Bezirke der Musik und war irgendwann sogar beim „Rosenkavalier". Aber er wollte einfach nichts auf sich sitzen lassen, er wollte nach der Yamaha-Orgel und der Schablonenmusik noch einmal wirklich gespielt haben.

Niemand sagte viel dazu. Jeder verstand ihn.

Es war eine Reaktion, die bei Musikern beinahe zu erwarten gewesen war. Mir zeigte sie, daß es doch etwas anderes gibt als sture Zuhörerei und höflichen Beifall. Die Leute von Yamaha, die es wahrscheinlich insgesamt auch sehr nett gemeint hatten, bekamen diese Antwort nicht. Sie waren längst mit ihrer Gerätschaft wieder aus dem Hotel, und die Kinder, die ja unerhört lieb ausgesehen hatten, schliefen wahrscheinlich längst. Den Musikern aus Wien aber war diese Begegnung noch nicht aus dem Kopf. Sie mußten sie mit ein wenig wirklicher Klaviermusik hinunterspülen. Ich habe das registriert und festgestellt, daß es doch immer wieder sehr erfreulich und beruhigend ist, mit Musikern zu reisen und zu leben. Sie denken und atmen so, wie ich es mir wünsche.

Die Macht des Dreivierteltakts

Die Reise ist jetzt bald zu Ende. Wenigstens für mich, ich habe nicht die volle Länge gebucht, ich muß zu den Osterfestspielen.

Mit dem Orchester war bis hierher, bis zu den Konzerten in Tokyo, auch eine kleine japanische Mannschaft unterwegs. Ein Stellvertreter Mister Kajimotos, er heißt Sato und hat, weil er so unerhört jung aussieht, oft auf eine höflichere Anrede verzichten müssen. Er hat alle scheinbar großen Probleme gelöst und ist außerdem der Betreuer des Dirigenten, der auch rechtzeitig bei Abfahrt des Zuges am Bahnhof sein muß und vor dem Konzert zwei nette Worte hören möchte und unmittelbar nachher ein Sortiment an Verehrern in der Garderobe empfangen will.

Ein anderer, etwas bulliger Japaner ist verantwortlich dafür, daß die Instrumentenkisten verladen werden und das Orchester Platzkarten für den Zug hat, daß die Autobusse zur rechten Zeit nach dem Konzert warten und daß jedermann glaubt, das alles erledige sich von selbst.

Eine Dolmetscherin ist mit, sie gehört nicht zur Firma, sondern ist für die Reise angeworben. Sie steht im Hotel und im

Konzert zur Verfügung, sie übersetzt Plakate, sie spricht mit dem Portier, sie errechnet immer wieder, was man auf einen Luftpostbrief an Porto klebt, sie sorgt für Stadtpläne, und sie erfragt, was sie selbst nicht immer wissen kann – günstige Verbindungen zu noch erreichbaren Besichtigungspunkten und Adressen für Musiker, die nach dem Konzert nicht im Hotel essen wollen. Die drei und noch ein paar, die man immer wieder rund um das Orchester sieht, haben auch schon eine Art Ritual gefunden. Sie sind während des Konzerts verschwunden, sitzen vielleicht im Saal, rechnen vielleicht mit dem Kassier ab oder erholen sich einfach. Zur Zugabe aber erscheinen sie und hören äußerst zufrieden zum soundsovielten Mal die Ouvertüre zur „Fledermaus“ oder den Donauwalzer. Bei dem sie sogar verstohlen versuchen, ob sie ihn tanzen können.

Und ich habe meinen Platz im Publikum oder vor der Schreibmaschine auch geräumt und höre den Ausbruch an Wienerischem immer hinter den Kulissen. Mit den schon geschilderten Empfindungen und insgeheim so stolz, als könne auch ich etwas dafür, daß der Dreivierteltakt noch jedes Publikum in seinen Bann geschlagen hat.

Dann aber fällt mir auch dazu wieder ein, was sich der professionelle Beobachter von musikalischen Darbietungen schon oft gedacht hat.

Wenn in europäischen Konzertsälen eine Sängerin aus den USA gastiert und wenn sie vielleicht eine Farbige ist, dann schließt sie entweder offiziell oder wenigstens bei den Zugaben mit Spirituals. Und wenn die Berganza singt, dann gibt es zuletzt etwas Spanisches, Melodiöses.

Ganz selten aber singen Österreicherinnen, wenn sie unterwegs sind und gefallen haben, als letztes Lied etwas aus ihrer Heimat. Freilich, sie haben es einerseits leicht, weil so viele Schubertlieder auch aus Wien sind, und sie haben es schwer, weil sie mit einem Jodler ja nur selten enden können. Auf die Idee, ein sehr altes Wienerlied zu singen, kommen sie alle nicht.

Die reisenden Orchester, die aus Wien kommen, werben mit Walzer und Polka und Radetzkymarsch, daß es eine Freude ist. Aber schon die Herren Kammermusiker tun das kaum mehr, und wenn irgendwo ein Quartett aus Wien gastiert, dann ist es ganz und gar nicht die Regel, daß es zum Abschied Haydns „Kaiserquartett“ musiziert.

Ginge es nach mir, man würde die Konzerte im Ausland möglichst oft, beinahe immer mit einer sozusagen patriotischen Weise schließen. Man würde sich zuletzt immer als ein Wiener auf Reisen zeigen und als Patriot. Ich würde das nicht verordnen, nicht durch Subvention unterstützen, sondern es einfach jedem Musiker als selbstverständliche Pflicht abverlangen.

Denn Musik hat ihre Grenzen, ist an den Ort ihrer Entstehung gebunden, und wenn man es auch nicht ganz so ernst nehmen soll, ein gut Teil der Musik ist somit eindeutig aus Wien. Und das soll man, wenn es möglich ist, den Menschen überall in der Welt deutlich, überdeutlich mitteilen. Jeder nach seiner Art, seinem Temperament, seinen Möglichkeiten – es gibt wirklich für jeden ein oder zwei Stücke, die so unverfälscht wienerisch sind und für die er sich gewiß nicht schämen muß. Die sollte er zuletzt immer spielen.

Schubertwalzer von mir aus der Pianist. Das bewußte Haydnquartett jede Quartettvereinigung. Volksliederbearbeitungen von Brahms der Sänger. Der Phantasie sind keine Zügel anzulegen, man wird noch sehr viel originellere Lösungen finden. Man muß nur nach den Gegenstücken zu den Spirituals und zu den spanischen Wiegenliedern suchen und sich nicht schämen, diese dann vorzutragen. Damit auch diejenigen, die es vorher nicht wußten, informiert sind, wer da aus Wien gekommen ist.

Sooft die Philharmoniker oder Symphoniker unterwegs sind, bricht auf Empfängen eine rechte Heimwehstimmung aus. Die Gastgeber haben da ausnahmsweise nicht nach Landessitte, sondern wienerisch aufgekocht, und nach chinesischer Küche schmeckt ein Gulyas wieder sehr. Die Gäste aber finden ein Klavier oder eine Zieharmonika und haben plötzlich ein extrem wienerisches Repertoire anzubieten und sind unterhaltsam wie sonst nie.

Dergleichen soll man nicht nur auf Empfängen nützen, sondern immer, wenn es möglich ist, und nicht zu aufdringlich. Ich bin ein rechter Dickkopf, wenn es darum geht, meine Rezepte anzupreisen. Aber ich weiß, wovon ich schreibe, und ich möchte, daß der eine oder andere Musiker meinen guten Willen begreift und sich einmal sein Repertoire daraufhin ansieht, ob er nicht auch etwas dazu beitragen kann.

Wiener Musikexport summa summarum

Wien ist weit; einer, der mich jetzt telephonisch erreichen will, der rechnet vorher die Tarife aus. Weshalb mir auch noch niemand mitgeteilt hat, daß er in diesem Buch neben den Impressionen von der Reise und den Erinnerungen an andere Reisen auch einige allgemeinverständliche und auf Fakten basierende Bemerkungen über die Geschichte von Orchesterreisen lesen möchte. Aber das wird noch kommen, vielleicht nehme ich Interessenten jetzt gleich alle Fragen weg, indem ich kurz auch historisch werde.

Im vergangenen Jahrhundert, als die meisten großen Ensembles bereits bestanden, reisten dennoch vor allem die Herren Dirigenten und nicht die Orchestermusiker. Selbst die Mitglieder der Familie Strauß waren nicht immer mit Wiener Musikern auf Weltreisen, manchmal nahmen sie nur eine kleinere Mannschaft mit zum Gastspiel nach Rußland und engagierten, was sie außerdem noch brauchten, an Ort und Stelle. Nur der jüngste Strauß, der sogenannte schöne Edi, musizierte mit seinem Wiener Ensemble und seiner eigenen Instrumentation über die Kontinente und kehrte von Amerikareisen mit finanziellem Gewinn heim. Ob noch jemand weiß, daß Eduard Strauß, als er sehr alt war, seine Arrangements alle verbrannte, weil er nicht wollte, daß nach seinem Tod die Konkurrenz den unverwechselbaren „Sound" der Straußkapelle nachspielen könne?

Vor Neunzehnhundert also reisten in der Regel Dirigenten und selbstverständlich Solisten. Und die Gebrüder Schrammel, wenn man von Wiener Musikexport erzählen will. Und einige Militärkapellen, die sich das leisten konnten.

Große Auslandsreisen von Wiener Orchestern, die man in allen Historienbüchern findet, sind immerhin unter Gustav Mahler, also zu Beginn des zwanzigsten Jahrhunderts, schon registriert – dabei gab's nicht Tourneen im jetzt üblichen Sinn, sondern nur Reisen nach einem Zielort, dort einige Konzerte mit meist einem erschreckenden Defizit, das dann von einem Mäzen abzudecken war. (Für eine Parisreise unter Gustav Mahler sprang ein Baron Rothschild im letzten Moment ein.)

In der Zwischenkriegszeit kam langsam die Gewohnheit

auf, längere und schon in unserem Sinn als Tourneen zu bezeichnende Reisen zu unternehmen. Da sie noch immer per Schiff und Bahn und mit einigem altmodischem Komfort durchzuführen waren, mußten sie lange vorher organisiert werden und blieben relativ selten. Freilich, wenn dann die Wiener in Buenos Aires waren, dann war allein diese Tatsache schon aufregend, und noch bevor sie musizierten, waren sie Helden in der Stadt.

Die Wiener Orchestergeschichten verzeichnen diese Reisen getreulich und vermerken auch, was damals alles passiert ist: da starben noch Musiker auf der Reise, da gingen Instrumente verloren, da kam man nie programmgemäß wieder heim – und trotzdem war man schon als Sendbote eines kleinen Landes, das seinen Platz „im Konzert der Völker" nachweisen wollte, unterwegs.

Damals begannen auch die lukrativen Reisen der Sängerknaben, die sogar unterwegs waren, als der Zweite Weltkrieg ausbrach. Ein Chor blieb damals in Australien; recht erwachsene junge Männer kamen nachher heim, und ein paar sind für immer weggeblieben.

Man darf vermerken, daß in der Zeit vor 1938 freilich viel öfter Männerchöre in Europa unterwegs waren. Es war da noch viel anderes als Freude an der Musik im Spiel. Als sich zum Schubertjahr 1928 zum Beispiel viele tausend Sangesfreudige aus der ganzen Welt in Wien einstellten, ergab das auch gleich eine riesige großdeutsche Demonstration, und die Reisen der Männerchöre Wiens ins Ausland waren immer „Sängerfahrten" zu befreundeten Vereinen, da wurden Wimpel ausgetauscht und Freundschaften über Grenzen hinweg besiegelt, und Bürgermeister hatten Grußbotschaften mitgesandt und empfingen welche – es gab nationale Demonstrationen, verbunden mit Sang und Klang, und die Österreicher waren immer mit Herz und Seele und Musikalität dabei.

Nach dem Zweiten Weltkrieg war es erst recht politische Aufgabe der Ensembles, noch während der Besatzungszeit ins Ausland zu reisen und bei den einstigen Feindmächten gut Wetter für Wien und Österreich zu machen. Die Staatsoper tat sich damals besonders hervor, sie hatte Mozart und bald auch Alban Berg im Repertoire, sie bezauberte zuerst Brüssel und gleich danach London (es gibt noch Musiker, die sich an diese

Erinnerung an die „gute alte Zeit" nach dem Zweiten Weltkrieg. Die Wiener Staatsoper in London (v. l. n. r.: Höngen, Hilbert, Seefried, Welitsch, Pantscheff, Schwarzkopf, Poell, Gallos, Loose)

Reisen erinnern), in London stießen Emigranten zum Ensemble und sprachen gerne wieder mit alten Kollegen, in London sang der große Tenor Richard Tauber noch einmal Mozart für die Wiener Staatsoper – und immer war nicht der Direktor, sondern der agile Chef der Bundestheater, Egon Hilbert, die treibende Kraft hinter all den Gastspielen, die mehr als gute Kritiken und erste Auslandskontakte einbrachten.

Und auch die Philharmoniker reisten wieder, sie gingen nach Edinburgh zum Festival, sie waren drauf und dran, die Welt vergessen zu machen, daß sie aus einem Land kamen, das ein paar Jahre nicht nur okkupiert, sondern „heim ins Reich" geholt war.

Seither ist sehr viel Zeit vergangen, beide großen Wiener Konzertorchester haben Reisen recht routiniert in ihrem Jahreskalender, und beide können längst nicht alle Angebote von Agenten oder großen Institutionen mehr annehmen: Sie wären sonst entweder in der Oper oder im Konzertsaal in Wien zu wenig präsent, und sie könnten auch ihren einzelnen Mitgliedern, die ja auch noch auf Reisen möchten, keinen Urlaub mehr gewähren.

Liest man, was für die Philharmoniker geschrieben steht, dann war eine Weltreise unter der Leitung Herbert von Karajans ein Höhepunkt der Eroberungsfahrten; damals spielte man in Indien, in Amerika, man hatte viele Erlebnisse mit lekken Flugzeugen, und man war mit dem Dirigenten, der ja auch die Wiener Oper leitete, ein Herz und ein Begriff: Karajan – der es viel schwerer hatte, mit den Berliner Philharmonikern international Fuß zu fassen, da gab es Widerstände von Emigrantenorganisationen – kam mit den Wienern überall als Held aufs Podium und in die Rezensionen. Und legte auf den Reisen mit den Wienern den Grundstein zu jenem kollegialen Zu-

An der Spitze der Philharmoniker auf Weltreise in Japan und gefeiert: Herbert von Karajan (mit Gastgeber und Ehefrau Eliette)

sammengehörigkeitsgefühl, das er noch immer hat – er ist in Wien kaum noch tätig, aber er weiß, wann er für welche Aufgaben die Wiener Philharmoniker bitten muß.

Daß er in den allerletzten Jahren nur noch mit den Berlinern reist, hat seine Gründe, er ist sparsamer geworden mit seinen Terminen. Aber er hat sich vor nicht langer Zeit eine Reihe von Chor-Orchesterkonzerten in Japan und in den USA geleistet, zu denen er den Singverein der Gesellschaft der Musikfreunde einlud: Er ist und bleibt Chordirektor auf Lebenszeit, die Wiener Sänger (Rechtsanwälte, Steuerberater, hohe Polizeibeamte und selbstverständlich auch bürgerliche Berufe ausübende exzellente Damen für den Sopran und den Alt) sind ihm mit Leib und Seele verfallen und singen für ihn ganze Oratorien auswendig, da staunte man in Tokyo und New York. Und merkte ihm endlich wieder an, daß Karajan aus Salzburg, Austria, stammt – er ist sonst längst über Fragen der Nationalität erhaben; wenn er auftritt, kann man kaum noch von einem Österreicher unterwegs sprechen.

Die sensationellste, allerdings auch anstrengendste Reise der Wiener Symphoniker nahm auch mehr als einen Kontinent mit. Wolfgang Sawallisch war damals Chefdirigent und leitete alle Abende. Noch heute erzählt man sich von den Strapazen, die das Ensemble damals auf sich nahm – was diesmal nur für eine knappe Woche bemessen ist, das Tingeln von Stadt zu Stadt, das dauerte damals wochenlang, und so etwas zehrt an der Substanz eines Orchesters, das mit der Zeit auch völlig außerdienstliche Differenzen aufbaut und einander nicht mehr mag.

Die letzten zehn, fünfzehn Jahre brachten auf dem Sektor Reisen für große Orchester nur noch Routine. Man muß zweimal im Jahr ins Ausland, wenigstens zu einigen Konzerten bei europäischen Festivals, sonst ist man weit hinter der großen Konkurrenz zurück, verliert an Ansehen und alsbald auch an Marktwert und kann, wenn man sich an Schallplattengesellschaften verkauft oder sich über eine der Verwertungsgesellschaften Fernsehstationen anbietet, nicht mehr die besten Konditionen fordern.

Mein Gott, das ist noch viel zuwenig Information, ich aber sitze in dem Zimmer, das höfliche Japaner für die einzige mitreisende Musikerin Abend für Abend eigens einrichten, weil sie nicht wissen, daß die Harfe beim Beethovenprogramm gar nicht gebraucht wird: also habe ich irgendwo neben Christoph Eschenbach, der draußen auf dem Podium dirigiert, und Michael Schnitzler, der als Konzertmeister koordiniert, wo irgendwer nicht gleich die Bewegungen Eschenbachs begriffen hat – also habe ich neben den beiden wichtigen Persönlichkeiten eine eigene Garderobe, mein eigenes Instrument und schreibe über Orchesterreisen so ganz im allgemeinen.

Und bin drauf und dran zu vergessen, daß ja Orchester und Opernensembles längst nicht alles sind, was unser Land an Musikalischem exportiert.

Da sind die Trios und Quartette – auf der letzten Japanreise der Symphoniker löste Michael Schnitzler gerade sein weitgereistes Quartett auf und konzentrierte sich auf das von ihm geleitete „Haydn-Trio", mit dem er allerdings wieder unterwegs ist, wenn er genug Freizeit hat. Und diesmal hat er mir schon Andeutungen gemacht, daß er wahrscheinlich wieder eine Position sein lassen wird, er will den Konzertmeister abtun und nur mehr unterrichten und mit seinem Trio ernsthafter arbeiten. Das wird ein Verlust fürs Orchester sein, aber Schnitzler, noch nicht vierzig, ist ein sehr ernster Mann, und wenn er meint, daß ihm die Verantwortung für ein großes Ensemble zuviel von seiner künstlerischen Substanz nimmt, ist das seine Sache, und er wird halt junge Geiger ausbilden, die dann als österreichische Musiker auf Reisen gehen.

Ein anderes Beispiel, von dem ich gern weniger ernst geschrieben hätte, vielleicht aber paßt es auch hierher, ist ein Kammerorchester, das im Entstehen ist. Junge, vorwiegend junge Symphoniker wollen mit einem ambitionierten Kollegen musizieren und suchen eigentlich nur noch nach einem Namen und einer Betriebsform.

Ich sollte als doch Außenstehender die Interna gar nicht wissen, aber wie verheimlicht man so etwas vor einem neugierigen Menschen? Das Kammerorchester hat die Wahl, sich als ein Ensemble der Wiener Symphoniker zu konstituieren, dann gehört's bis zu einem gewissen Grad dem Verein und muß vielleicht auch einmal spielen, weil der Präsident Zilk oder der Generalsekretär Lüdemann das so eingefädelt haben. Der Vorteil wäre, daß es die notwendigen Kollektivurlaube wahrscheinlich rascher und problemloser bekäme.

Andrerseits gibt es auch die Chance, daß sich die Jungen ziemlich selbständig machen und auch, weil ja in Wien die Fronten längst verschwimmen, Kollegen aus der Volksoper oder von anderswo dazubitten.

Ein Phantasiename wäre zu wählen, und die schwierigen Auseinandersetzungen mit dem Hüter der Diensttabellen müßten ausgestanden werden, dann aber gäbe es Freiheit, und auch darauf legen die Musiker Wert: Wenn sie schon einmal nicht im großen Orchester musizieren, dann wollen sie sich wirklich frei fühlen.

Vielleicht wissen alle, die es angeht, bald nach der Reise, wie sie das Problem lösen werden? Vielleicht werden sie noch ein paar Monate daran würgen.

Und sie würgen wirklich. Sie sind Partei in allen Diskussionen, sie wollen zwar alle Musik und Konzerte, aber sie wollen nicht nur den Standpunkt ihres Kontrahenten begreifen.

Der da ist: Als Generalsekretär der Wiener Symphoniker hat Lüdemann, der Organisator, zuerst einmal zu allen anfallenden Terminen ein volles Orchester auf die Beine zu stellen. Den Mitgliedern des „Concentus Musicus", die gleichzeitig erste Männer im Orchester sind, kann er die Urlaube für Reisen nur sehr schwer verbieten, denn dieses dereinst von einem Symphoniker gegründete Ensemble hat Weltruf, und vielleicht könnten einige ausgezeichnete Musiker auch ausschließlich mit der alten Musik zurechtkommen?

Die „Bläsersolisten der Wiener Symphoniker", ein nicht minder angesehenes Ensemble, das schon im Namen ewigen Frieden mit dem Verein gegründet hat, sind teilweise auch Mitglieder des „Concentus Musicus", wenn sie Engagements im Ausland haben, so muß man sie auch ziehen lassen, denn sie sind alle Meister ihres Instruments und heikle (wie auch heikel zu behandelnde) Menschen.

Von „Bella Musica" hab' ich schon geschrieben, da wirken wieder wichtige Herrschaften des Orchesters mit, und weil sie sich mit außergewöhnlichen Kompositionen abgeben, haben sie als Schallplattenensemble ungewöhnlich rasch ungewöhnlich angenehme Erfolge aufzuweisen, was sie natürlich auch zu Reisen animiert. Ob man diese auf einem für das Orchester vernünftigen Maß einpendeln können wird? Einige der Mitglieder von „Bella Musica" und anderer schon genannter Extravereinigungen waren früher, wenn die Zeit es erlaubte, als „Johann-Strauß-Ensemble der Wiener Symphoniker" unterwegs – sie musizieren in einer sehr kleinen, delikaten Besetzung, und wenn etwas beim Publikum Furore macht, dann ist es die Musik der Dynastie Strauß. Auf Reisen wird da Geld eingenommen, es ist gewiß nicht leicht, diesem Ensemble nur noch die paar Auftritte bei den Schönbrunner Schloßkonzerten, aber keine Reise zu gestatten.

Und, und, und . . .

Seit zehn Jahren haben die Cellisten der Berliner Philharmoniker eine ganz neue Variante ins Ensemblespiel gebracht. Sie haben sich als eine Truppe, bestehend aus Cellisten und sonst nichts, konstituiert. Sie haben Bearbeitungen schreiben lassen, und vielen Komponisten ist für sie etwas eingefallen, und seit den ersten triumphalen Auftritten der Berliner hat es natürlich auch in Wiener Orchestern Ideen gegeben, so etwas zu versuchen. Für die Bratschengruppe der Symphoniker hat der Wiener Philharmoniker Paul Fürst Kompositionen geschrieben und vor allem Straußmusik bearbeitet. Das klingt seltsam und amüsant, und weil alle Bratscher ihren Ehrgeiz dreinsetzen, außergewöhnlich gut zu spielen, wenn sie ohne Kollegen auf dem Podium stehen, ist es auch für den Kenner eine Freude, was sie tun.

Also gibt's auch die nach freien Terminen gierenden Bratscher. Und selbstverständlich auch die Cellisten, denn die wollen längst beweisen, daß sie die Stücke der Berliner auch spielen können. In Berlin aber ist man einen Schritt weiter gegangen und musiziert jetzt bereits mit einem Kontrabaßensemble . . .

Das Bild von einem Sack voll Flöhen ist sehr despektierlich und kann mir wenig Freunde unter den Musikern einbringen. Wenn ich mir aber jetzt noch vorstelle, wer allein in dem einen Orchester sich hie und da mit Kollegen von anderswo zusammentut und musiziert, wer Einladungen als Solist hat und Reisen unternehmen will – wenn ich mir das nur kurz vorstelle, dann bin ich einerseits voll Bewunderung für den Eifer meiner Freunde und andererseits voll Hochachtung für den nimmermüden Generalsekretär, der ja einen Eid darauf abgelegt hat, daß nicht nur manchmal, sondern eher sehr oft mindestens hundert Mann gemeinsam auf dem Podium erscheinen.

Daß sich da Proponenten eines neuen Ensembles und der Bevollmächtigte des Vereins nicht in andauernder Umarmung befinden, leuchtet ein, und ich vergesse alle Formulierungen, die einer über den anderen auch gesagt hat. Sie sind nicht so gemeint.

Der Leser, den ich mir so zwischendurch auch vorstelle, ist zweifellos jetzt überfordert, wenn ich ihm auch noch die Liste der Vereinigungen vorlege, die ich aus Wiener Philharmonikern bilden kann. Wenn ich ihm dann grenzüberschreitende Vereinigungen, wie die „Kontrapunkte“ oder das „Ensemble des zwanzigsten Jahrhunderts“, nenne, in dem zum Beispiel aus beinahe allen Wiener Orchestern Musiker mitwirken. Wenn ich in Erinnerung rufe, daß es in der Volksoper auch wackere Herrschaften gibt, die mit der Operette und dem alljährlichen Janáček allein nicht zufrieden sind, die also gern als Teil eines Bläserensembles mit auf Reisen gehen.

Ein einziges Mal hat es bisher in neuerer Zeit ein Handbuch der österreichischen Musik gegeben: Die Ensembles waren zwar nicht vollständig angeführt, das Buch aber war dick und schon bei seinem Erscheinen überholt. Und während ich in der Harfenistinnengarderobe tippe und aufmerksame Japaner Anton Bruckner zu verstehen suchen, bilden sich in Wien neue Zusammensetzungen, von denen ich noch gar nichts weiß.

Resignierend überlege ich, was da noch alles in ein einigermaßen vollständiges – wenngleich nicht übersichtliches, ich weiß schon – Register gehörte. Wahrscheinlich ein Musiker wie der einstige Philharmoniker Ludwig Streicher. Er war schon als Kontrabassist in der Gruppe ein Original und gefürchtet von Dirigenten, die in der „Zauberflöte“ zu langsame Tempi nahmen. Da sagte er nämlich recht laut „Auf geht's“ und gab das geschwindere Tempo an, und das ganze Orchester folgte ihm. Er entdeckte die kleine, aber aufregende Literatur für Kontrabaßsolo, und nach einiger Zeit mußte er die Konsequenzen aus seinen Erfolgen ziehen und aus dem Orchester ausscheiden, weil er sonst nur einen Bruchteil der ihm angebotenen Solokonzerte hätte spielen können.

Er spielt sie.

Und aus einem Grund, dem ich jetzt nicht weiter nachforschen will, erinnert er mich an einen ganz, ganz anderen Wiener Musiker, der früher auch viel unterwegs war. Der Wiener Zi-

Ludwig Streicher, Kontrabaß, verließ die Wiener Philharmoniker und reist, bewundert, als Solist um die ganze Welt

therspieler Anton Karas, dereinst berühmt geworden, weil ihm das Leitmotiv für den Film „Der dritte Mann" eingefallen war, baute sich von seiner Berühmtheit einen Heurigen in Wien und trat auf, als wäre er ein philharmonischer Solist. Die Philharmoniker hörten das und engagierten ihn fürs Neujahrskonzert, wenn sie den wunderschönen Walzer „Gschichten aus dem Wienerwald" spielten, denn in diesem kommt ein Zithersolo vor. Und ein Linzer Gastronom, der sich eine Restaurantkette über die ganze Welt erarbeitete, wurde der heftigste Verehrer von Anton Karas und engagierte ihn zu jeder Eröffnungsfeier eines neuen Wienerwald-Restaurants. Ich habe den Anton Karas im Ausland spielen gehört. Einmal, da war ich noch als Sängerknabe unterwegs, waren wir nach einem Konzert in New York in einem Lokal eingeladen, das Viennese Lantern hieß. Da spielte der Karas, und der Paul Hörbiger sang. Wir Buben waren viel zu klein, um die Sentiments zu begreifen, die unter den Gästen tränenerregend grassierten. Aber wir fanden den Karas wunderbar und lachten über den Hörbiger und waren verwundert, daß auch wir Beifall erhielten, als wir unsere Version des Donauwalzers sangen. Viel später hörte ich die Zither und das Thema, das man auf der ganzen Welt kennt, wieder. Da wurde in München das soundsovielte der berühmten Hendelkette eröffnet, und also spielte Anton Karas das Harry-Lime-Thema. Niemand dachte noch daran, daß es als Kennmotiv für ein zerbombtes Wien voller Schleichhändler und Gangster erfunden worden ist. Jeder nahm es als ein Motiv für das schöne, das fremdengefällige Wien und Anton Karas als einen der wichtigen Wiener Musiker.

Weder die Symphoniker noch die Herren von der Staatsoper wären mir bös, wüßten sie jetzt schon, daß ich auch Unterhaltungsmusiker mit in diesen Topf werfe – die meisten von ihnen haben einmal tüchtig Unterhaltung gespielt, erst gestern haben wir im Hikari zwischen zwei Städten Uraltes hervorgeholt, und mein Freund Rosé hat Geschichten von einem Kollegen erzählt, die alle in Badgastein bei der Kurmusik spielten. Und sofort erinnerte ich mich auch der Grundschulung des Willy Boskowski, die auch bei einer Sommermusik in einem Kurort zu suchen ist. Und gleich darauf fielen mir die Seltsamkeiten der Wiener Musiker- und Kellnersprache ein, ein komisches Esperanto, das auch heute noch die Musiker beim Heurigen, die besseren Wirte und naturgemäß auch alle eingesessenen Orchestermusiker beherrschen: Diese Sprache wurde einst erfunden, um sich vor Gästen ungestört unterhalten, verständigen zu können – selbst der deutschen Sprache Mächtige wußten dann nie, daß man sich auf ihre Eigenheiten oder die gefüllte Brieftasche aufmerksam machte.

Weit, weit weg ist man vom Thema, wenn man niemanden bei sich hat, der das Tempo angibt. Ich bin schon wieder bei den diversen Wiener Musikreisenden. Aber soll ich wirklich all die Solisten nennen, die aus Wien kommen und schier permanent unterwegs sind? Pianisten und Cellisten und der unverdrossene Erik Werba, der für Experten des Reiseverkehrs eine Sensation sein muß? Er ist Begleiter von sehr vielen Sängern und macht mit diesen manchmal Reisen, manchmal aber auch nur den einen oder anderen Auftritt zwischen ganz anderen Verpflichtungen, die er irgendwo wiederum anderswo in der Welt hat. Er muß einen mehrfachen Terminkalender haben, und die Flug-, Bahn- oder Schiffsverbindung, die er noch nicht benützt hat, die kann ich mir nicht vorstellen, die gibt es gar nicht. Wir prallen in den letzten Jahren nicht mehr aufeinander, weil wir uns nach einer lange zurückliegenden Zwistigkeit, die ich nicht mehr nacherzählen könnte, nicht mögen. Trotzdem, wenn ich im Ausland irgendwo einen Konzertkalender durchsehe, stoße ich unweigerlich auf Erik Werba. Immer war er gerade da oder ist hierher unterwegs; dank seiner Agenten und dank der Plakate ist er der Kyselak unter den Klavierspielern geworden, und alle Welt weiß von ihm. Und er wiederum hat seinen österreichischen Akzent niemals verloren, wird also zum höheren Ruhme seines Heimatlandes immer richtig eingeschätzt und ist, das streite ich ihm keineswegs ab, ein gutes Stück Wiener Musik auf Reisen.

Vor allem auf Reisen.

Wenn mir bis hierher gelungen ist, dem nach Information lechzenden geneigten Leser anzudeuten, daß es zum Thema einfach viel zu viele Fakten gibt und daß ich weder mit Tabellen noch mit Jahreszahlen nachweisen kann, daß sich im Ausland mindestens noch einmal soviel Österreichisches begibt wie bei uns daheim, dann haben diese Übungen schon ihren Sinn erfüllt.

Und in wenigen Minuten wird sich wieder einmal entscheiden, ob das Publikum nach bloß einer Zugabe freiwillig den Saal räumt oder ob der Konzertmeister, der bei einem Konzert, vor allem nachher, sehr oft die Hand des Dirigenten schütteln muß, wieder das Zeichen zum Aufbruch gibt. Wenn er vom Podium geht, dann rasen die anderen auch zu ihren Kleiderkisten. Dann ist's für diesen Abend gelaufen. Ich muß für diesmal schließen und mich auf ein offizielles Essen mit japanischen und Wiener Honoratioren vorbereiten.

Die erste Zugabe

Man soll den aktuellen Anlaß nicht vergessen. Helmut Zilk, der in diesem Bericht nicht sooft vorkommt, weil er im allerletzten Moment nicht mit den Wiener Symphonikern reisen konnte – ursprünglich wollte er nach Hongkong kommen, und ich sah förmlich die zu beschreibenden Szenen vor mir, um die mich ein Toleranzgespräch in Wien leider gebracht hat –, Helmut Zilk verfaßte eine Grußbotschaft zur Reise, die in deutscher, chinesischer und japanischer Sprache in Programmen und auch im gedruckten Reiseplan des Orchesters nachzulesen ist.

In diesem ist von der internationalen Sprache der Musik zu lesen, und ich verweigere die Polemik, die ich sonst gern anzettle – für mich ist Musik nämlich nicht international und selbstverständlich niemals das, was ein Slogan „Musik kennt keine Grenzen" nennt: Wer je verständnislos Klängen aus dem Sudan oder von japanischen Gagaku-Mitgliedern gelauscht hat, der muß mir recht geben.

Zilk schreibt aber außerdem, er wünsche den Symphonikern eine erfolgreiche Reise als Sendboten der Musikstadt Wien. Nun, diese fand ja statt. Und das heißt, daß die Symphoniker sich und ihrem Vereinspräsidenten seinen Wunsch erfüllt haben. Von finanziellen Transaktionen hat er nichts verlauten lassen.

Und im Bundestheaterbericht gibt's unmittelbar nach der Japanreise der Wiener Staatsoper eine Textpassage Robert Jungbluths, die auf Sinn und Zweck solcher Reisen auch anders Bezug nimmt als dies unser Herr Handelsdelegierter tut: „Wir aber betrachten alle diese Leistungen als zu unseren obligaten Aufgaben zählend. Sie werden zu Recht von uns verlangt, weil wir etwa durch ein großes Auslandsgastspiel der Staatsoper, durch die Präsentation österreichischer Kultur außerhalb der Heimat das Ansehen unseres kleinen Landes nachweislich mehren helfen, was sich letzten Endes auch wirtschaftlich günstig für Österreich auswirkt, und auch diese Feststellung ist nicht hypothetisch, sondern nachweisbar."

Jungbluth weist's allerdings nur in dem Ausmaß nach, in dem ich es auch gelten ließ nach allen meinen Recherchen. Das, was man immerhin von Gastspielen österreichischer Musik

シュトラウスと　黄金時代の作曲家たち

保柳　健

ヨハン・シュトラウスII世の「こうもり」を頂点とするウィーン・オペレッタ華やかなりし19世紀後半を"Das Goldene Zeit＝黄金時代"、レハールの「メリー・ウィドウ」を頂点とする20世紀初頭を"Das Silberne Zeit＝白銀時代"と呼んでいる。

しかしこの2大作が一際高く、しかも他を圧して燦然と輝やくためには、広い裾野と数多くの礎石が必要だった。「こうもり」も「メリー・ウィドウ」も、夜空にきらめく星ではなく、どっしりと大地に腰を据えた山の頂なのだ。

黄金時代の幕開き

オペレッタ「こうもり」が生まれたのは1874年だが、この1870年代の前半こそウィーン・オペレッタが急速に発展した時期だった。フランツ・フォン・スッペが「ローエンゲルブ」(1871)、「カンネバス」(1872)、「娘25人男なし」(1873) 等を次々に発表し、さらに1876年には彼の代表作の一つ、「ファティニッツァ」が初演される。新進のミレッカーも「苦悩」(1872)、「恋の冒険」と「高利貸の娘」(1873) 、

Aus einem Volksopernprogramm: Johann Strauß mit japanischem Text als offensichtlich ideale Werbung für Wien

jeglicher Art an „Ernte" heimbringt, ist unter dem Begriff „besseres Image" zu summieren – und das ist ja auch beinahe unbezahlbar. Laut Jungbluth: „Es war keine bloße Höflichkeitsfloskel, als Außenminister Dr. Willibald Pahr dieser Tage in Tokyo erklärte, daß das Gastspiel der Staatsoper ihm bei allen seinen Gesprächen sehr viel geholfen und ihm die Aufgaben ungemein erleichtert habe."

Die zweite Zugabe

Von Tokyo nach Anchorage, nach Hamburg, nach Stuttgart, nach Wien. Die Symphoniker werden diese Reise zu denselben Bedingungen vier Tage nach mir machen. Sie haben noch drei Konzerte zu absolvieren, zwei in Stundenentfernungen von der Stadt und eines im Bunka Kaikan, wo ich mich schon daheim fühle wie in einem europäischen Konzertsaal.

Die Reise ist anders organisiert als die anderen, die ich bisher erlebt habe; die Idee, eine ganze Woche in Tokyo in ein und demselben Hotel zu sein und Abstecher nach Städten zu machen, die man sonst auf der Reise mit einem eigenen Tag und Hotel besucht, scheint interessant.

Der Tag verläuft anders als irgendwo vorher beschrieben, es fällt die Bekanntschaft mit einem neuen Hotelzimmer weg, die Rituale des Auspackens und Sichtens der langsam dicker werdenden Koffer, vor allem die unangenehme Szene knapp vor Mitternacht, in deren Verlauf man seinen bereits wieder gepackten Koffer vor die Zimmertür zu stellen hat, um mit einigen wenigen Kleinigkeiten allein zu bleiben. In Japan reist man nicht mit Gepäck, dieses wird im voraus aufgegeben. Die Sitte hat etwas für sich, man schleppt sich nicht mit schweren Stücken ab, die einzelnen Aufenthalte kann man entsprechend kurz halten, und im Zug hat man keinen Moment Angst, ein schweres Gepäckstück könnte einem auf den Kopf fallen.

Andererseits: die Japaner sind im Hotel anders, besser dran als unsereins. Sie benutzen anstelle eines Pyjamas die täglich gewechselten leichten Kimonos, sie haben Utensilien für Reinlichkeit bereitgestellt, sie brauchen im schlimmsten Fall ein frisches Hemd, wenn sie noch eine Nacht ohne ihre Koffer zubringen. Orchester auf Reisen aber haben da doch immer etwas, wovon sie sich nicht trennen wollen, und das sind nicht nur die Instrumente.

Bei längeren Perioden des ohne Koffer Aus-dem-Koffer-Lebens habe ich auf Reisen schon die seltsamsten Erlebnisse gehabt. Da waren Musiker, die partout nicht mehr von ihren Gepäcksstücken lassen wollten, da gab es Nervositäten en masse, da mußte man Tag für Tag das prickelnde Warten durchstehen, ob die Koffer wirklich im nächsten Hotel und sogar im richtigen Zimmer warten würden – und nicht etwa zwei Stunden später, wenn man sie nicht mehr auszupacken braucht.

Die Idee, eine ganze Woche in Tokyo zu leben, war gut. Übereinstimmend haben es auch die Symphoniker bestätigt. Sie haben alle etwas Ruhe gefunden und hie und da Zeit für die vielen Nebenbeschäftigungen, die sich auf Reisen vornehmlich in Japan ergeben. Da sind Bekannte von Bekannten von Bekannten, die gemeinsam in Wien studierten. Da sind wieder ehemalige Schüler, die auch ihre Aufwartung machen wollen. Da sind Abgesandte der Vertreter der Schallplattenfirmen, die einmal eine erfolgreiche Aufnahme aus Europa übernommen haben. Sie haben alle etwas zu sagen, und sie sagen's alle ausführlich und höflich, es nimmt Zeit, mit einem japanischen Bekannten eine kurze Unterhaltung zu pflegen.

Die Stadt, aber das ist ja ganz und gar kein Reisebericht im üblichen Sinn, fasziniert einige der Musiker, und andere finden sie zu groß und angsterregend. Darüber läßt sich lange nachdenken oder gar nichts schreiben. Eine Stadt, in der sehr viel mehr Menschen leben als in ganz Österreich, eine Stadt, in der kein Taxifahrer sich wirklich auskennt, eine Stadt, in der zu Stoßzeiten mehrere Millionen vor Müdigkeit im Gedränge schlafender Japaner gleichzeitig unterwegs sind und mit äußerster Disziplin (und Rücksichtslosigkeit) auch alle in der gewünschten Richtung – dergleichen kann einen schon faszinieren. Wie das alles funktioniert, wie man alles erreicht, was man vorhat, wie man zu der richtigen Adresse kommt – das kann bei einem Europäer auch Angstzustände ausbrechen lassen. Muß es aber nicht. Ich habe vor Jahren in Tokyo eine Art von Tagesbar entdeckt, in der auf Wunsch völlig echter italienischer Espresso gemacht wird. Dergleichen ist in Japan noch viel rarer als in Deutschland, man hat Herzklopfen, wenn man von diesem Lokal hört, und wenn man mit mir den ersten Espresso getrunken hat, erfaßt einen völlige Zufriedenheit.

Schon vor eineinhalb Jahren habe ich mir die Sympathien von Mitgliedern der Staatsoper errungen, indem ich die Adresse weitergegeben habe. Diesmal habe ich einigen Symphonikern den Weg gewiesen, ganz einfach ist er nicht zu finden, aber wenn man einmal weiß, wie man zur Ginza kommt, dann weiß man bereits meine Adresse und kann tagsüber zumeist einen Wiener Musiker dort beim Espresso antreffen.

Die letzte Zugabe

Auch bei einem Orchester gibt's immer das, was man modisch eine Bandbreite der Gemüter nennen könnte. Der Konzertmeister Plott und der erste Kontrabassist Pirker gehören zu den Schachspielern, die man nicht weiter suchen muß – sie sitzen in der Hotelhalle, und um sie ist eine Stille, die von ihnen ausgeht. Da traben Gruppen und Bedienstete zuhauf, aber Schachspieler sehen sie nicht. Die Konzentration liegt über ihnen wie ein Heiligenschein.

Da ist die Harfenistin Bayer, die als einzige Symphonikerin nicht nur ihres Geschlechts wegen eine Sonderstellung hat; sie hätte sie wohl auch innerhalb einer Damenkapelle. Sie ist nicht einfach freundlich, sie ist mehr. Sie ist von außerordentlicher Damenhaftigkeit – hinter der sich Schalkhaftigkeit und Verletzlichkeit verbergen; im rechten Moment hat sie irgend etwas gesehen und sagt's auch, und im richtigen Moment kann sie alles übersehen, und auch das spürt ein Haufen von reisenden Männern. Sie sitzt nicht in der Hotelhalle, spielt nicht Schach, beschäftigt sich aber auch nicht mit Kosmetika, sondern bummelt offensichtlich durch die Stadt. Sie benützt allerdings ausschließlich das Taxi, wenn es um weite Strecken geht. Die Untergrundbahn ist ihr ein Rätsel, und von den Japanern behauptet sie verzweifelt, diese würden mit der Zeit eher schwieriger: Erst kürzlich wieder habe sie ein Gespräch zu führen versucht, was ihr in jedem Erdteil mit etwas Englisch und mit passenden Handbewegungen gelänge, was aber jetzt in Tokyo offensichtlich nicht mehr möglich sei.

Da sind Experten für alles, was man in Japan kaufen kann, und sie haben alle von anderen Experten die erstaunlichsten Adressen mit: Sie sind aus dem Hotel, bevor die ersten überhaupt angekommen sind. Sie haben jeden Preis eines Gerätes, das im Land zu haben ist, im Kopf, und sie wissen, da sie ja Experten sind, auch die in Österreich verlangten Preise. Keine Namen, wir sind diesmal alle ungeschoren durch den Zoll gekommen, und das soll uns noch öfter gelingen.

Die allerletzte Zugabe

Vorbei und vorüber. Zwischen Tokyo und Anchorage bin ich zum ersten Mal allein unterwegs. Immer sonst, wenn wir heimflogen, waren wir ein Ensemble, wenigstens ein paar Leut'. Und immer war es also noch einmal munter und aufregend und wie bei einem Abschiedsabend nach einer gemeinsamen langen Unternehmung. Diesmal sind keine Symphoniker, keine Philharmoniker, keine Mitglieder der Staatsoper, nicht einmal Kollegen von mir mit von der Partie.

Gut so, ich kann wenigstens einmal die langen Pausen zwischen den übertriebenen kulinarischen Angeboten und den seltsam deplaziert wirkenden Spielfilmen und den zwei Sonnenaufgängen, die man da auf einer einzigen Flugreise erlebt, zum Träumen nützen. Oder dazu, mir alle die Träume zurückzurufen, die ich in den vergangenen Jahren immer dann hatte, wenn ich wieder einmal ein paar Wochen daheim war und mich, ohne daß ich es mir eingestanden hätte, das Fernweh packte.

Und alle, alle kommen sie und fliegen mit mir.

Zum Beispiel der Philharmoniker Fritz Kerry, der Geige spielt und zwischendurch an Hustenanfällen leidet. In Japan ist er der Leidenschaft der Japaner für ein seltsam meditatives Spiel erlegen; man sitzt reihenweise vor Spielautomaten, in die man kleine Metallkugeln schüttet, die dann über eine Art Brett gleiten und je nachdem, in welche Öffnung sie fallen, wieder einen Regen von Metallkugeln in eine Schachtel gießen – Japaner sitzen stundenlang davor, zwischen ihnen habe ich in Hiroshima einmal Fritz Kerry entdeckt, der sich gar nicht von ihnen unterschied. Er war einen Kopf größer als sie, aber er war auch in dieses Spiel versunken, und also war er auch eine Art Japaner. Kerry hat niemandem je erklärt, wie er zu diesem Spiel gekommen ist. Es muß ihn beruhigt haben. Und nebstbei gewann er immer irgendeinen Preis. Zwei Schachteln Konserven. Eine Seife. Was man so gewinnt bei dieser Art von Spiel. Er hustete weniger, wenn er in Japan neben Fritz Leitermeyer, ebenfalls philharmonischer Geiger und zudem Komponist, auf dem Podium saß.

Sofort taucht auch die Harfenistin Elisabeth Bayer von den Symphonikern wieder auf. Ich habe sie allerdings erst vor kurzem verlassen und von ihr schon mehrmals geschrieben. Was aber jetzt im Flugzeug in meinen Gedanken wieder erscheint, das ist ein besonders hübsches Bild, das ich mit keinem der Herren Symphoniker teilen muß: Bei irgendeinem Konzert, auf irgendeiner Reise, gab es zwei Zugaben von Johann Strauß, und erst die zweite war der Donauwalzer. Bei der ersten war die Harfe noch nicht besetzt, immerhin hörte man auch hinter der Bühne Johann Strauß, und zwischen den Instrumentenkoffern und den hastig hingeworfenen Kleidungsstücken der Herren Kollegen tanzte, ganz allein, ganz schmal, in ihrem schwarzen Kleid die Harfenistin Bayer und wartete auf den einsetzenden Sonderbeifall und den Jubel, damit sie dann für ein paar Takte Donauwalzer auch noch einen Auftritt hatte. War weit, sehr weit weg von Wien und ausgelassen wie ein junges Mädchen. Tanzte allein und unbemerkt – glaubte sie – ein bisserl im Dreivierteltakt.

Und gleich darauf die Begegnung mit Mstislav Rostropowitsch in Moskau, wo er noch Cellist und Dirigent und Bürgerschreck war: Wir hatten ihn bei einer Probe zur „Fledermaus" in einem Operettentheater besucht und waren unbekümmert durch alle Absperrungen zu ihm gekommen. Dann war er, ebenso unbekümmert um die Schwierigkeiten, die er längst mit dem Regime hatte, in die österreichische Botschaft zu einem Empfang zu Ehren der Symphoniker gegangen und hat sich bereiterklärt, auch mit Journalisten zu reden. Und wir hatten viele Fragen an ihn. Allerdings, mit von der Partie war auch der Dirigent Heinz Wallberg, und der ließ keine einzige Antwort von Rostropowitsch zu, denn er wollte immer wieder eine Geschichte davon erzählen, wie er doch mit seinen Terminen kaum mehr zu Rande käme. Er sagte immer „Slava" und viel mehr, und wir alle kamen um unser Interview mit dem berühmten Cellisten, der nicht zu Wort kam.

Und unvermittelt sehe ich auch uns Wiener Sängerknaben, wie wir, alle zweiundzwanzig, in den Tagen vor Weihnachten in einem Gewölbe einer New Yorker Tuchhandlung stehen und innig „Stille Nacht" singen und unser Präfekt zwischen den Strophen mit den Inhabern um weitere Prozente für blauen Uniformstoff feilscht – dergleichen kommt jetzt nicht mehr vor, die Sängerknaben haben genügend Stoff für Uniformen, selbstverständlich. Aber wir waren ja nach dem Krieg auf Rei-

Sängerknaben in einem japanischen Garten: geschätzte Künstler und gleichzeitig glückliche Kindertouristen

sen, und in Wien gab's noch recht wenig, und um die Weihnachtszeit war man auch in New York für Knaben, die sehr rein und mit einer gewissen Inbrunst singen konnten, durchaus empfänglich. Also wurden wir auch dazu eingesetzt, für uns und unsere Nachfolger die Uniformen zu ersingen, und vielleicht haben sogar zwei Sängerknabengenerationen in den Matrosenanzügen gesungen, die im Jahr darauf genäht wurden. Auch das ist eine der Reiseerinnerungen, die im Dunkeln irgendwo zwischen Tokyo und Anchorage wiederkommen.

Dann aber ist gleich auch wieder der Flughafen Moskau da, eine Quelle für Geschichten von reisenden Musikern – ich werde nie vergessen, wie wir nach einem häßlich lähmenden Flug, auch von Japan, mit den Philharmonikern in Moskau landeten und das Restaurant im Transitraum auf die Minute genau schloß. Für Helmut Wobisch, den unvergessenen Trompeter und Energieträger, war das kein Hindernis. Nach fünf Minuten saßen wir im geschlossenen Restaurant, und nach weiteren fünf Minuten servierten alte, dicke Kellnerinnen in ihrer Freizeit große Portionen Kaviar. Wobisch hatte kein Wort in einer Fremdsprache gesagt, er hatte nur beschwörend mitgeteilt, dies seien die Wiener Philharmoniker und die Mutterln sollten jetzt ganz rasch den Kaviar bringen. Den Kaviar, sagte er, als wüßten sie dann schon, welchen er meinte, und tatsächlich wußten sie es auch.

Freilich, damals waren japanische Uhren noch eine Sensation, wir alle hatten welche mit, und beim Verlassen des Transitraumes mußten wir noch einmal durch eines dieser Prüfungsgeräte gegen Luftpiraten, also schnallten wir alle vor den Augen staunender Russen mindestens zwei brandneue Uhren ab und legten sie ordentlich wie Texaner ihre Revolver auf die bereitgehaltenen Tassen – die älteren erinnerten sich der schönen Zeiten, in denen man in Wien einem Russen keine Uhr zeigen konnte, weil die sowjetischen Besatzungsmächte schon alle Uhren konfisziert hatten.

Und weil man auch bei Erinnerungen im Flugzeug seine Assoziationen hat, fällt mir zu allen Reiseabenteuern mit den Philharmonikern auch ein, daß sie mich einmal sehr nachdrücklich zu ihrer ersten Vorstellung nach einer Amerikareise eingeladen haben – das Orchester ist, wie man weiß, das Orchester der Wiener Staatsoper, und wenn es aus dem Urlaub (gewährt für eine Reise) kommt, dann hat es spätestens am nächsten Tag wieder in der Oper zu sitzen und zu musizieren. Es kann sich so etwas wie Erholung dann nicht leisten.

Mitten im „Maskenball“ überfiel nicht nur die Herren Musiker, sondern nach meiner festen Überzeugung auch das Personal auf der Bühne und alsbald auch das Publikum eine bleierne Müdigkeit. Bei den Mitgliedern des Staatsopernorchesters machte sich „der Zeitausgleich“ bemerkbar, und das so, daß jedermann in der Oper angesteckt wurde. Ob die Besucher, die da plötzlich auch in langsamere Atemtempi verfielen, überhaupt wußten, was geschah? Ich glaube, es herrschte im Opernwien damals eine besonders tiefe Nacht, und die war der Tribut aller Opernfreunde an strahlende Konzerte in New York und Boston, wo die Zeit noch „richtig“ gewesen war.

Und zu diesem Thema fällt mir unweigerlich auch Karl Böhm ein, der in dem letzten Bostoner Konzert dieser Reise eine wunderbare, unvergessene Aufführung der großen „c-Moll-Symphonie“ von Schubert dirigiert hatte. Auf der Reise hatte er auch die „Leonoren“-Ouvertüre Ludwig van Beethovens im Programm, bei einer besonderen Gelegenheit in New

York jedoch überließ er für diese seinen Platz Leonard Bernstein, damals Chef der New Yorker Philharmoniker. Es war, soweit wir uns erinnern, das einzige Philharmonikerkonzert, bei dem zwei bedeutende Dirigenten auftraten.

Bernstein machte für die „Leonoren"-Ouvertüre eine kurze Probe, und Böhm, der schon im Saal war, jammerte recht vernehmlich: „Da werd' ich jetzt auch wieder probieren müssen, damit sich die Herren wieder an meine Tempi gewöhnen." Dann aber umarmten sich die beiden Musiker, sie fanden einander trotz solcher Bemerkungen ja ausgezeichnet. Und die Philharmoniker probierten die Ouvertüre mit Böhm nicht wieder. Sie hatten seine Tempi sozusagen im Blut.

Karl Böhm ist es auch passiert, daß er bei seiner Einreise nach Japan auf dem Flughafen Narita festgehalten wurde: Die Philharmoniker waren schon im Land und hatten schon Konzerte unter Christoph von Dohnanyi gegeben, jetzt sollte er zum zweiten Teil der Reise kommen. Er war schon sehr alt und sehr berühmt und in Japan auch sehr angesehen, man hatte ihm für diese Reise genügend Begleitung und einen eigenen ärztlichen Betreuer mitgegeben, und seine Plattenfirma hatte eigene Happy Coats mit der Aufschrift „Wiener Philharmoniker/Karl Böhm/Japan" drucken und verteilen lassen, und auch Dohnanyi hatte passenderweise einen solchen als Erinnerungsgeschenk bekommen. Nur eines hatte man vergessen: die Arbeitsbewilligung für Karl Böhm einzuholen. Worauf die Zöllner in Narita sich Autogramme vom Dirigenten erbaten, ihm aber die Einreise verweigerten, solange er keine Arbeitsbewilligung vorlegen könne. Österreichs Botschafter brauchte über eine Stunde, ehe das in Ordnung gebracht war, und es muß eine der härtesten Stunden für den Herrn Botschafter gewesen sein.

Im Flugzeug darf man das, man darf zum Thema „Warten" auch gleich die endlosen Zeiten rekapitulieren, die auf einer Rußlandreise der Symphoniker draufgingen, wenn man nach einem Konzert noch etwas anderes als die im Hotel bereitgestellten und zwischendurch kalt gewordenen Menüs haben wollte: In der Sowjetunion war man damals für Musik und Österreicher sehr begeistert, aber das Service war auch in den Ausländerhotels von jener völlig unberechenbaren Qualität, die man erst einmal an sich erlebt haben muß. Hat man sie überlebt, dann erträgt man auch Zollkontrollen in Kairo, die

Ruhe von Taxifahrern irgendwo in Ägypten, die ihrer eigenen Ansicht nach nicht genügend Bakschisch vor Augen haben und deshalb nicht fahren wollen, und jede andere Wartezeit. Musiker, die viel herumkommen, sind längst nicht so hektisch, wie man meinen könnte. Sie haben gelernt, zu warten und nicht aus der Haut zu fahren.

Endlose Musikergespräche fallen mir da wieder ein, in Boston, weil ein Flugzeug nicht abheben konnte, das Gepäck jedoch bereits verladen war und für die Nacht keine Zimmer mehr gebucht waren. Eine ganze Nacht Musikergespräche. Unwiederholbar für irgendeinen, der dabei war, und doch glaubt man, man habe noch alle die Pointen im Gedächtnis, die damals gefallen sind.

Und dann die Pointen, die Staatsopernsänger so nebenbei im Hôtel des Artistes in Montreal erzählten, als sie sich anläßlich der Weltausstellung dort erst eingelebt hatten: Als das Ensemble mit zwei Sondermaschinen ankam, da waren sämtliche Zimmer des Hotels noch von den Mitgliedern des Moskauer Bolschoi-Theaters besetzt, deren Flugzeuge aus unbekannten Gründen nicht nach Montreal gefunden hatten. Nach einem gar nicht kurzen Flug also wußten an die dreihundert Wiener Künstler, daß sie jetzt nicht nur nicht in ihre Zimmer konnten, sondern zudem auch noch warten mußten, ob diese anschließend auch geputzt und frisch bezogen werden würden . . .

So begann ein Gastspiel, das sich dann doch zu einem überaus großartigen Unternehmen auswuchs und von dem Veteranen noch erzählen. Da war die Führungsgarnitur der Wiener Staatsoper noch der Dr. Egon Hilbert, der Hofrat Ernst August Schneider und der Hofrat Heinrich Reif-Gintl. Die drei Herren sahen von der Weltausstellung nicht einmal den österreichischen Pavillon, sondern saßen zu dritt in einem engen Zimmer in dem „Opernhaus“ und spielten Direktion. Mit allem, was zu einer ordentlichen Wiener Operndirektion gehört – Egon Hilbert, der selbstverständlich wissen wollte, was in den Wiener Zeitungen über das Gastspiel geschrieben wurde, hatte seinen eigenartigen Stolz und ließ sich nicht mit Durchschlägen der Fernschreiben abspeisen, die wir alle nach Wien sandten. Er saß stundenlang beim Telephon und ließ sich von Wien aus vorlesen, was er Tage vorher im Original in Montreal hätte haben können.

Murre niemand, daß das auch auf Kosten der Steuerzahler geschah – es ist die Summe längst in den Bilanzen verschwunden und der Direktor Hilbert immerhin der Wiener Direktor, der sein Leben im wahrsten Sinn des Wortes für die Oper gab. Ich werde nie vergessen, daß er todkrank war, als er die Reise nach Montreal unternahm, und daß er sich viel besser geschont hätte – aber er war als Chef der Bundestheaterverwaltung bald nach dem Krieg mit der Oper ins Ausland gezogen, und er wollte es noch einmal tun, und schließlich tat er es auch. Und dann starb er, als er ins Büro fahren und seine Geschäfte in zwei Tagen einem Nachfolger übergeben sollte. Friede seiner Asche, er war ein großer Liebhaber der Musik und Wiens. Er war ein Enthusiast, wie man nur selten einen findet.

Schlußapplaus

Schon Anchorage?

Auch das ist ein Flughafen, den man einmal beschreiben müßte. Er ist immer, wenn man ankommt, von Eis umgeben und immer, wenn man das Flugzeug verläßt, vollklimatisiert, man hat von der offenbar hervorragenden Luft draußen gar nichts. Man ist seinem Zeitgefühl nach irgendwo in der tiefen Nacht, in Anchorage jedoch plötzlich an einem ausnehmend geschäftigen Vormittag, und gleichzeitig weiß man, daß man bald wieder in eine Nacht eintauchen wird, aus der man in Europa noch einmal zum Frühstück auftauchen wird. Was man jetzt will, das wäre frische Luft und eine Tasse Kaffee. Aber die Luft gibt es nur gegen ein Einreisevisum und den Kaffee überhaupt nicht, denn auf dem Flughafen von Anchorage haben Japaner alle Verkaufsstände in ihrer Hand und bieten noch einmal Japanisches an. Und dazu gehört kein guter starker Kaffee, wie man weiß.

In einem Buch, das Karl Böhm immerhin noch gesehen hat, bevor er starb, ist auch ein Bild von ihm, das ihn vor einem Eisbären unter einem Glassturz zeigt. Ich habe vergessen, unter dieses Bild eine eigene Legende zu schreiben, und also wissen nur die Eingeweihten, warum Böhm halb ergeben, halb flehentlich die Hände vor dem Bären ringt. Der Bär steht seit undenklichen Zeiten zwischen den Verkaufsständen in der Wartehalle Anchorage, und Böhm hatte nie ein Visum für die Umgebung, sondern immer nur ein Transitkärtchen in der Tasche. Unterwegs von oder nach Tokyo. Mit einem Rendezvous beim Bären, wo man so große Sehnsucht nach frischer Luft hat, nach Kaffee und nach einem eigenen Bett.

Davon hätte mein Sermon eigentlich auch handeln können – von den unzähligen Einzelreisenden in Sachen Musik, von den Kammersängerinnen und Kammersängern, die unterwegs sind und manchmal nicht nur zum eigenen Ruhm, sondern unter ausdrücklichem Hinweis auf ihre Wiener – oder Preßburger – Herkunft. Aber erstens war ich nie der Reisebegleiter einer Kammersängerin, und zweitens habe ich die Erfahrung gemacht, daß sie alle sehr still und möglichst unauffällig fliegen. Sie haben immer Frühmaschinen gebucht, weil sie rechtzeitig in der nächsten Stadt sein wollen. Sie sprechen beinahe nie laut und herrisch, weil ihnen ihre Stimme wichtiger ist als alles Aufsehen, das sie erregen könnten. Sie sind nur wenig geschminkt und werden selten „erkannt"; etwa am Zielort, wenn jemand mit Blumen wartet, oder eine Fluglinie besonders aufmerksam ist und ein Auto zur Gangway schickt, erfahren Fluggäste, daß sie mit Edita Gruberova geflogen sind oder mit der Leonie Rysanek. Im Zustand des Reisens selbst erkennt man sie kaum. Und selbst wenn sie gehäuft auftreten, sind sie nur schwer als bedeutende Künstler zu erkennen – von den unzähligen Photos, die es von dem Japangastspiel der Wiener Staatsoper gibt, sind diejenigen am wenigsten sensationell, die Kammersängerinnen im Hotel zeigen. Was mich gleich wieder darauf bringt, daß ich im Flugzeug sitze und irgendwo hinter Anchorage schon wieder tiefe Nacht heraufzieht und mich daran denken läßt, daß jetzt die Symphoniker noch in Tokyo sind und noch Konzerte vor sich haben und zwischendurch auch im Hotel leben, ohne sonderlich aufzufallen, es sei denn, sie versuchten noch einmal, nach einem Konzert einen Schluck japanischen Whisky zu bekommen.

Am letzten gemeinsamen Abend gab Mister Kajimoto einen Empfang. Er und Christoph Eschenbach waren die Gastgeber, die Symphoniker waren die Gäste, und das Büffet war vorzüglich geraten. Eschenbach sagte ein paar nette Worte über Sympathie, die sich ergibt, wenn man gemeinsam musiziert und das richtig macht. Mister Kajimoto aber, der sich tiefernst mit seinem Namen vorstellte, sprach von dem ordentlichen Erfolg des Orchesters und daß auch die weiteren Konzerte ausverkauft seien: Niemand, der ihm zuhörte, wußte genau, wer da sprach.

Der höfliche, zarte Japaner war dem Orchester bis zuletzt fremd geblieben, und kaum jemand wußte überhaupt, daß die Tournee von seiner Organisation zustande gebracht worden war.

Lutz Lüdemann war drauf und dran, auch eine Rede zu halten. Daß er sie nicht hielt, sicherte ihm die Sympathie der Musiker, die zum Büffet wollten. Ein Generalsekretär, das habe ich auf dieser Reise wieder einmal gelernt, kann sich nur durch sehr außergewöhnliche Taten Sympathie erwerben. Im Prinzip gelingt es ihm beinahe nie, denn er hat ja immer im Sinn, alles gewöhnlich – im Sinne von ordentlich und nach dem Rechten – zu tun, und dies wiederum ist nichts, womit sich ein Ensemble enthusiastisch einverstanden erklären kann.

Niemals, niemals könnte ich ein Generalsekretär sein. Ich hätte zu viel Sympathie mit den einzelnen Musikern zwischen mir und meinem Amt, und ich würde mir die zu oft verscherzen, nähme ich mein Amt ernst. Glücklich ist Lutz Lüdemann, denke ich, weil er in dem Buch von Peter Weiser nach der Wiener Eigenart suchen kann, weil er die Wiener halb versteht und doch nicht ganz begreift und weil er in seinen allerbesten Momenten drauf und dran ist, niemandem zu sagen, wie ungern er der Mittler zwischen dem Verein und seinen Vereinsmitgliedern ist. Mir hat er es auch nicht gesagt, doch ich interpretiere ihn, und dagegen kann er ja nur schwer etwas unternehmen.

Seltsam, ich habe auf der Reise davon gar nichts aufgeschrieben: Er hat auch mich betreut. Er wollte mir immer viel Gutes tun und war kaum böse, wenn ich das nicht immer annehmen wollte. Er hatte ein ganz gutes Gefühl dafür, daß ich manchmal am liebsten nur ein Symphoniker gewesen wäre und nicht ein Beobachter, dem man schon eine Art Sonderstatus gibt. Daß wir noch immer leichte Verständigungsschwierigkeiten haben, ist völlig normal und wird sich auch nicht ändern. Er hat zu lange in Deutschland gelebt, um Wort für Wort mit Wienern sprechen zu können. Aber er hat eine Art parsifalesken

Schutzwall um sich und leidet nicht ununterbrochen dran, daß er ein bisserl eine andere Sprache spricht.

Die Symphoniker, die mir zuliebe schon vier Tage vor dem Ende der Reise resümierten und die meinten, das sei im Grunde eine der angenehmsten und ganz und gar reibungslosen Tourneen gewesen, haben Lutz Lüdemann ein Kompliment gemacht, obgleich sie ihn gar nicht erwähnten. Ich kann es mir nicht ganz so einfach machen. Ich muß ihn schon wieder mit ins Spiel bringen. Er hat seinen Anteil an der Reise, und daß sie so reibungslos verlaufen ist, dankt man wahrscheinlich nicht nur dem „Vorsitzenden der Gewerkschaften", sondern auch ihm.

Und jetzt ist tiefe Nacht. Vier Nächte später wird es auf dieser Linie wahrscheinlich etwas geselliger zugehen; ein Orchester fliegt dann gen Hamburg, und die Luftlinie, die sich via Telex und andere Drähte hat erklären lassen, daß ihr Image bei den hundert potentiellen Kunden etwas gelitten hat, wird sich nicht lumpen lassen. Ich sehe das Orchester, wie es sich von den Stewardessen verwöhnen läßt, wie es sich auf die Heimkehr vorbereitet, wie es Pläne für die zwei freien Tage macht, wie es sogar schon an die Reise in die USA im Herbst des Jahres denkt.

Darüber schlafe sogar ich kurz ein.

Ich erwache mit dem betrüblichen Gefühl, daß ich wieder nicht aufgeschrieben habe, was mir auf Reisen mit Musikern schon alles aufgefallen ist. Daß ich wieder nicht notiert habe, wie der Posaunist Horst Küblböck sehr virtuos mit kleinen japanischen Posaunisten umgeht und ihnen seine Tricks verrät – er schaut so fröhlich groß aus zwischen ihnen, und man glaubt so gar nicht, daß auch nur einer von ihnen die schweren Instrumente heben kann, die Küblböck ganz selbstverständlich ansetzt und bläst.

Und von unseren Sängerknabenreisen habe ich zwar diesmal viel gesprochen, weil potentielle Sängerknabenväter immer wieder wissen wollen, ob es denn auch ihren noch zu kleinen Söhnen wirklich nicht schaden könne, wenn diese einmal so auf Reisen gingen – das allein war schon sehr komisch, in einem weit über zweihundert Stundenkilometer rasenden Zug zwischen Osaka und Tokyo einem Musiker zu sagen, daß Konzertreisen nichts wirklich Furchtbares sind. Wie diese Reisen aber einem im Gedächtnis bleiben und wie man, viel später, Jahrzehnte nachher noch, sowohl Begegnungen mit Menschen oder Wahrzeichen, aber auch Gefühle von solchen Reisen reproduziert und wieder Enthusiasmus und Patriotismus und selbstverständlich auch einfachen Spaß nachschmeckt, das habe ich wieder nicht notiert.

Nun, es wird wieder Reisen geben, und ich bin längst nicht bereit, mich jetzt zurückzuziehen. Irgendwann werde ich wieder miterleben, wie ein Auditorium irgendwo auf der Welt sich in einen Wiener Konzertsaal verwandelt und die Menschen den „Kaiserwalzer" lieben oder zu begreifen scheinen, was Schubert geschrieben hat. Und wieder werde ich Diplomaten treffen, die höfliche Reden halten und von den besten Botschaftern Österreichs sprechen und dabei auch nachrechnen, wie teuer sie ein Empfang für mehr als hundertfünfzig geladene Gäste kommt.

Und auf jeder dieser Reisen werden mir einige alte Freunde fehlen, werden mir neue Bekannte zuwachsen, wird mir wieder ein Stück Musik erklärt werden, wie das nur möglich ist, wenn man sie immer und immer wieder hört und das in immer neuer Umgebung, aber mit immer denselben Musikern, die sie immer noch besser spielen wollen – das nämlich erfährt auf einer Reise nur, wer von Station zu Station dabeibleibt und den Fortschritt spürt und die kleinen Rückschläge – und dann das eine, das wirklich gute Konzert ...